Zu diesem Buch

«Eine japanische Weisheit besagt, daß das Makellose einer Lotosblume viel Sumpf brauche. Dieser Roman nun versucht sich an der Entgiftung des Sumpfes, an der Durchleuchtung der jüngsten japanischen Vergangenheit und daran, die der Lotosblume zugefügten Makel zu deuten. Sein Autor spielt sich bei diesem Versuch nun keineswegs als besserwisserischer Ankläger auf. Statt dessen kreist er mit bemerkenswert behutsamer Eindringlichkeit den Gegenstand seiner Betrachtung ein: das Gewissen des betagten, bis Kriegsende überaus einflußreichen Künstlers Masuji Ono, der in den dreißiger Jahren sich zum ersten Fürsprecher eines neuen ‹patriotischen Stils› in der Malerei gemacht hat und von den Mächtigen im Kulturministerium als Berater des ‹Komitees gegen unpatriotische Aktivitäten› herangezogen wurde... Am Schluß weiß Ono, daß er vorbehaltlos zu dem Geschehen stehen muß; und er hofft darauf, daß die jungen Menschen durch ihr Verhalten dazu beitragen, das Vergangene in Zukunft läutern zu helfen.» («Frankfurter Allgemeine Zeitung»)

Kazuo Ishiguro, geboren 1954 in Nagasaki, kam im Alter von sechs Jahren nach England. Er studierte Anglistik und Philosophie und war danach eine Zeitlang als Sozialarbeiter tätig. Kazuo Ishiguro lebt seit 1960 in London. «Seine Romane gehören zum Eindrucksvollsten der neuen englischen Literatur.» («Die Zeit»)

In der Reihe der rororo-Taschenbücher liegt bereits sein Roman «Was vom Tage übrigblieb» (Nr. 13150) vor.

Kazuo Ishiguro

DER MALER DER FLIESSENDEN WELT

Roman

Aus dem Englischen von
Hartmut Zahn

rororo

Rowohlt

Die Originalausgabe erschien unter
dem Titel «An Artist of the Floating World»
bei Faber & Faber Ltd., London

Veröffentlicht im Rowohlt Taschenbuch Verlag GmbH,
Reinbek bei Hamburg, August 1993
Über alle Rechte der deutschen Ausgabe verfügt
die J. G. Cotta'sche Buchhandlung Nachfolger GmbH,
gegr. 1659. Stuttgart, 1988

Umschlaggestaltung Bernhard Kunkler / Stefan Kiefer
Gesetzt aus der Janson (Linotronic 500)
Gesamtherstellung Clausen & Bosse, Leck
Printed in Germany
990-ISBN 3 499 13312 1

OKTOBER 1948

Gehst du an einem sonnigen Tag den steilen Pfad hinter der Brücke hinauf, die hier in der Gegend noch immer «Brücke des Zauderns» genannt wird, dann dauert es nicht lange, bis zwischen den Wipfeln zweier Ginkgo-Bäume das Dach meines Hauses auftaucht. Selbst wenn es dort oben auf dem Hügel nicht eine so beherrschende Stellung einnähme, würde es sich dennoch von den anderen Häusern in der Nähe abheben, daß du dich, während du den Weg hinaufgehst, gewiß fragst, welchem reichen Mann es wohl gehören mag.

Ich bin jedoch weder reich, noch war ich es je. Das imposante Haus kann ich vielleicht damit erklären, daß es von meinem Vorbesitzer erbaut wurde, und der war kein geringerer als Akira Sugimura. Falls du fremd in dieser Stadt bist, dann ist dir dieser Name natürlich nicht geläufig. Aber nenne ihn nur in Gegenwart eines Menschen, der hier schon vor dem Krieg wohnte, und du wirst erfahren, daß Sugimura dreißig Jahre oder länger zu den einflußreichsten Männern dieser Stadt gehörte.

Wenn du, nachdem ich dir all dies erzählt habe, oben auf dem Hügel ankommst, stehenbleibst und das vornehme Tor aus Zedernholz betrachtest, das weitläufige, von einer Gartenmauer umfriedete Grundstück, das Dach mit den schönen Ziegeln und den kunstvoll geschnitzten, weit in die Landschaft hinausragenden Giebelbalken, dann wunderst du dich vielleicht, wie ich, der ich doch behaupte, ein Mensch von nur bescheidenen Mitteln zu sein, solch einen Besitz erwerben konnte. Die Wahrheit ist: Ich habe das Haus zum Nennwert gekauft, also für einen Betrag, der damals wahrscheinlich nicht einmal der Hälfte des tatsächlichen Wertes entsprach. Dies wurde möglich durch ein höchst seltsames – mancher würde sagen: törichtes – Verfahren, auf das sich die Familie Sugimura beim Verkauf des Hauses versteifte.

Das alles liegt nun schon an die fünfzehn Jahre zurück. Zu jener Zeit, als es schien, meine Lebensumstände würden sich von Monat zu Monat immer mehr verbessern, fing meine Frau an, mich zu bedrängen, uns ein neues Haus zu suchen. Vorausschauend wie sie nun einmal war, verwies sie darauf, wie wichtig es sei, ein standesgemäßes Zuhause zu haben – nicht aus Eitelkeit, sondern um der Heiratsaussichten unserer Kinder willen. Dies leuchtete mir zwar ein, aber da Setsuko, unsere Älteste, erst vierzehn oder fünfzehn Jahre alt war, ging ich die Sache ohne Eile an. Immerhin zog ich etwa ein Jahr lang stets Erkundigungen ein, wenn ich hörte, daß ein für uns geeignetes Haus zum Verkauf stand. Es war einer meiner Schüler, der mich darauf aufmerksam machte, daß Akira Sugimuras Haus, ein Jahr nach seinem Tod, verkauft werden sollte. Der Gedanke, daß ich einen solchen Besitz erwerben könnte, schien absurd, und ich schrieb die Anregung dem übertriebenen Respekt zu, den mir meine Schüler schon immer entgegengebracht hatten. Trotzdem erbat ich nähere Auskünfte – und bekam eine unerwartete Antwort.

Eines Nachmittags erhielt ich Besuch von zwei hochnäsigen grauhaarigen Damen, die, wie es sich zeigte, die Töchter von Akira Sugimura waren. Als ich mein Erstaunen darüber zum Ausdruck brachte, daß sich Mitglieder einer so vornehmen Familie persönlich zu mir bemühten, erklärte die ältere der beiden Schwestern kühl, es handele sich nicht nur um einen Höflichkeitsbesuch. In den vergangenen Monaten sei eine beträchtliche Zahl von Anfragen wegen des Hauses ihres verstorbenen Vaters eingegangen, doch am Ende sei die Familie übereingekommen, alle Kaufgesuche bis auf vier zurückzuweisen. Die vier Interessenten seien vom Familienrat sorgfältig unter alleiniger Berücksichtigung ihres Charakters und ihrer persönlichen Verdienste ausgewählt worden.

«Für uns ist es von vorrangiger Bedeutung», fuhr sie fort, «daß das von unserem Vater erbaute Haus in den Besitz eines Menschen übergeht, den er gebilligt und des Hauses für wert erachtet hätte. Gewiß, die Umstände zwingen uns, auch die finanzielle Seite zu bedenken, doch ist diese durchaus zweitrangig. Wir haben deshalb von uns aus einen Preis festgesetzt.»

Nach diesen Worten reichte mir ihre jüngere Schwester, die bisher kaum ein Wort gesagt hatte, einen Briefumschlag, und beide sahen mit ungerührter Miene zu, wie ich ihn öffnete. Er enthielt ein einziges Blatt Papier, leer bis auf eine elegant mit Tusche und Pinsel gemalte Zahl. Schon wollte ich meine Verwunderung über den niedrigen Preis äußern, doch ein Blick auf die beiden Gesichter vor mir genügte, damit ich begriff, daß jede weitere finanzielle Erörterung als Geschmacklosigkeit gewertet würde. Die ältere Schwester sagte schlicht: «Keinem der Interessenten ist damit gedient, wenn er versucht, die anderen zu überbieten. Uns liegt nicht daran, einen höheren als den von uns verlangten Preis zu erzielen. Wir beabsichtigen vielmehr, eine Art Eignungsprüfung durchzuführen.»

Sie seien persönlich gekommen, erläuterte sie, um mich – und danach natürlich auch die anderen drei Bewerber – im Namen der Familie Sugimura förmlich zu ersuchen, mich einer Begutachtung meiner familiären Verhältnisse und meines gesellschaftlichen Ansehens zu unterziehen. All dies diene nur der Auswahl eines geeigneten Käufers.

Es war ein ungewöhnliches Verfahren. Aber ich fand nichts Schlimmes daran; schließlich war es nicht viel anders, als sollte ein Ehevertrag ausgehandelt werden. Ich fühlte mich sogar geschmeichelt, daß mich eine so alte und stolze Familie als würdigen Kandidaten erachtete. Als ich einer Überprüfung meiner Person zustimmte und ein paar Worte des Dankes sagte, richtete die jüngere Schwester zum ersten Mal das Wort an mich: «Unser Vater war ein kultivierter Mann, Herr Ono. Für Künstler empfand er große Achtung. Übrigens kannte er Ihr Werk.»

Während der nächsten Tage hörte ich mich ein bißchen um und fand die Worte der jüngeren Schwester bestätigt. Akira Sugimura war in der Tat so etwas wie ein Kunstliebhaber gewesen und hatte häufig Ausstellungen finanziell unterstützt. Mir kamen auch gewisse interessante Gerüchte zu Ohren: Ein großer Teil der Familie hatte sich offenbar gegen den Verkauf des Hauses ausgesprochen, und es war mehrfach zu erbitterten Auseinandersetzungen gekommen. Am Ende machten jedoch drückende wirtschaftliche Probleme eine Veräußerung unausweichlich.

Das seltsame Verfahren bei der Transaktion stellte einen Kompromiß gegenüber jenen dar, die der Familie das Haus hatten erhalten wollen. Kein Zweifel, aus diesem Vorgehen sprach eine gewisse Dünkelhaftigkeit, aber ich war dennoch bereit, Verständnis für die Gefühle einer Familie mit einer so bemerkenswerten Vergangenheit aufzubringen. Meine Frau allerdings reagierte auf die Vorstellung, daß unsere Lebensverhältnisse überprüft werden sollten, durchaus nicht freundlich.

«Für wen halten die sich eigentlich?» protestierte sie. «Wir sollten ihnen sagen, daß wir in Zukunft nichts mehr mit ihnen zu tun haben wollen.»

«Aber was ist so schlimm daran?» gab ich zu bedenken. «Wir haben nichts zu verbergen. Gut, ich entstamme keiner wohlhabenden Familie, aber das wissen die Sugimuras bestimmt schon. Trotzdem halten sie uns für würdige Anwärter. Laß sie ruhig nachforschen! Sie können nur Dinge zutage fördern, die zu unserem Vorteil sind.» Ich unterbrach mich kurz und fügte dann mit Nachdruck hinzu: «Im Grunde verhalten sie sich so, als würden sie mit uns über eine Heirat verhandeln, nichts weiter. Daran müssen wir uns allmählich gewöhnen.»

Außerdem hatte der Vorschlag einer Eignungsprüfung «unter alleiniger Berücksichtigung des Charakters und der persönlichen Verdienste», so die Worte der älteren Schwester, viel für sich. Man fragt sich, warum bestimmte Angelegenheiten nicht öfter auf diese Weise erledigt werden. Wie ehrenhaft ist ein solches Verfahren, bei dem Lebenswandel und Verdienst eines Menschen berücksichtigt werden und nicht seine pralle Geldbörse! Noch jetzt erinnere ich mich an das Gefühl größter Genugtuung, das mich erfüllte, als ich erfuhr, die Sugimuras hätten mich nach äußerst sorgfältigen Erhebungen zum würdigen Nachbesitzer des von ihnen so hochgeschätzten Hauses erkoren. Und dieses Haus war wirklich ein paar Unannehmlichkeiten wert; denn entgegen seinem beeindruckenden und imposanten Äußeren war es innen geprägt von glatten Naturhölzern mit ausgesucht schöner Maserung, und wir alle, die wir in ihm gelebt haben, genossen seine beruhigende und entspannende Atmosphäre.

Während der Abwicklung des Geschäfts schimmerte immer

wieder das dünkelhafte Wesen der Sugimuras durch. Einige Familienmitglieder machten sich nicht einmal die Mühe, ihre Abneigung gegen uns zu verbergen, so daß ein weniger verständnisvoller Käufer als ich vielleicht gekränkt von der Sache Abstand genommen hätte. Selbst wenn ich in späteren Jahren manchmal zufällig dem einen oder anderen Sugimura begegnete, tauschte die betreffende Person mit mir nicht etwa die üblichen Höflichkeiten aus, sondern befragte mich wie bei einem Verhör nach dem Zustand des Hauses und nach den von mir vorgenommenen Veränderungen.

Heutzutage höre ich kaum noch von den Sugimuras. Kurz nach der Kapitulation allerdings bekam ich Besuch von der jüngeren jener beiden Schwestern, die mich damals wegen des Hauskaufs aufgesucht hatten. Die Kriegsjahre hatten sie zu einer hageren, gebrechlichen Greisin gemacht. In der für ihre Familie so bezeichnenden Art machte sie kaum einen Hehl daraus, daß sie sich vor allem dafür interessierte, wie es dem Haus – und nicht etwa dessen Bewohnern – während des Krieges ergangen war. Mit ein paar dürren Worten sprach sie mir ihr Beileid aus, als sie von meiner Frau und Kenji erfuhr, um mir anschließend Fragen über die Bombenschäden zu stellen. Anfänglich verbitterte mich das; doch dann fiel mir auf, wie ihre Blicke unwillkürlich durch den Raum schweiften und wie sie sich gelegentlich mitten in einem ihrer wohlgesetzten, steifen Sätze unterbrach. Ich begriff, daß ihre Gefühle sie überwältigten, weil sie sich nach langer Zeit wieder einmal in diesem Haus befand. Und bei dem Gedanken, daß die meisten ihrer Verwandten aus der Zeit, als das Haus verkauft wurde, inzwischen wohl schon gestorben waren, überkam mich schließlich Mitgefühl für diese Greisin, und ich erbot mich, ihr das ganze Haus zu zeigen.

Das Gebäude, das den Krieg durchaus nicht unbeschadet überstanden hatte, war einst auf Akira Sugimuras Geheiß nach Osten hin um einen, aus drei geräumigen Zimmern bestehenden und durch einen über die ganze Länge des Gartens verlaufenden Laubengang mit dem Hauptbau verbundenen, Anbau erweitert worden. Der Gang wirkte wegen seiner Länge derart extravagant, daß manche Leute meinten, Sugimura habe ihn und den östlichen Anbau allein in der Absicht bauen lassen, sich seine Eltern vom Leib zu halten. Wie dem auch sei: Der Laubengang entpuppte sich als eines der gelungensten baulichen Details. Nachmittags erzeugte das umgebende Laubwerk in ihm auf ganzer Länge ein Spiel von Licht und Schatten, so daß man sich in einem Tunnel wähnte. Dieser Teil des Anwesens hatte den größten Schaden genommen. Ich bemerkte, daß Fräulein Sugimura den Tränen nahe war, während wir im Garten standen und uns umsahen. Inzwischen hatte ich meine Verärgerung überwunden und versicherte der alten Dame, daß der Schaden möglichst bald behoben und das Haus wieder so hergerichtet werde, wie ihr Vater es hatte erbauen lassen.

Als ich dies versprach, wußte ich nicht, wie lange noch Mangel an Baumaterial herrschen sollte. Nach der Kapitulation mußte man manchmal wochenlang auf ein Stück Holz oder auf ein Paket Nägel warten. Alles, was unter solchen Umständen getan werden konnte, mußte folglich dem Hauptbau, der auch sein Teil abbekommen hatte, zugute kommen, und so ging es mit dem Garten und dem Laubengang nur langsam voran. Ich habe getan, was ich konnte, um ernsthafte Folgeschäden zu verhindern, aber noch immer sind wir weit davon entfernt, den Anbau des Hauses wieder bewohnen zu können. Außerdem: da nur Noriko und ich übriggeblieben sind, haben wir es nicht sehr eilig damit, unsere Wohnfläche zu vergrößern.

Würde ich dich heute mit zu mir nach Hause nehmen und die schwere Schiebetüre öffnen, um dir zu zeigen, was aus Sugimuras Laubengang geworden ist, dann könntest du dir ein Bild davon machen, wie malerisch er einst gewesen sein muß, doch zweifellos würdest du nicht nur die Spinnweben und den Schimmel bemerken, die ich nicht habe fernhalten können, sondern auch die breiten, notdürftig mit einer Plane abgedeckten Risse im Dach. So manches Mal habe ich frühmorgens die Tür zur Seite geschoben und zugeschaut, wie das in leuchtenden Bahnen durch die Ritzen strömende Sonnenlicht dichte Staubschwaden sichtbar werden ließ, die in der Luft standen, als wäre das Dach erst vor wenigen Augenblicken eingestürzt.

Abgesehen vom Laubengang und dem östlichen Anbau wurde

die Veranda am schwersten beschädigt. Meine Familie, zumal meine beiden Töchter, hatten dort immer besonders gern gesessen, miteinander geplaudert und den Garten betrachtet. Als Setsuko, meine verheiratete Tochter, uns nach der Kapitulation zum ersten Mal besuchte, war ich deshalb nicht erstaunt, wie traurig sie beim Anblick der Veranda wurde. Zwar hatte ich die schlimmsten Schäden beseitigt, doch seitlich, wo die Wucht der Explosion den Fußboden von unten in die Höhe gedrückt hatte, waren die Dielenbretter nach wie vor verbogen oder gar geborsten. Auch das Verandadach hatte gelitten. An regnerischen Tagen mußten wir noch immer Töpfe aufstellen, um das Wasser aufzufangen.

Im letzten Jahr bin ich jedoch mit den Reparaturarbeiten gut vorangekommen, und als Setsuko uns vor einem Monat wiederum besuchte, war die Veranda fast so wie früher. Noriko hatte für die Dauer des Besuches ihrer Schwester Urlaub genommen, und da das Wetter schön blieb, saßen meine Töchter wie einst lange auf der Veranda beisammen. Ich schloß mich ihnen häufig an, und manchmal war es beinahe wie vor Jahren, als sich unsere Familie an sonnigen Tagen dort zu entspannten, oftmals nichtssagenden Plaudereien versammelte. Einmal – es war wohl am Morgen nach Setsukos Ankunft vor einem Monat – saßen wir nach dem Frühstück auf der Veranda, als Noriko sagte:

«Ich bin froh, daß du endlich gekommen bist, Setsuko. Jetzt habe ich nicht dauernd unseren Vater am Hals.»

«Also, Noriko, wirklich ...» Die ältere Schwester rutschte unbehaglich auf ihrem Sitzkissen hin und her.

«Vater muß ständig umsorgt werden, seit er sich zur Ruhe gesetzt hat», sagte Noriko und lächelte schelmisch. «Man muß ihm etwas zu tun geben, sonst fängt er an, Trübsal zu blasen.»

«Hör auf», sagte Setsuko nervös. Mit einem Seufzer wandte sie sich dem Garten zu. «Der Ahornbaum scheint sich vollständig erholt zu haben. Er sieht prächtig aus.»

«Setsuko hat anscheinend keine Ahnung, was seit einiger Zeit mit dir los ist, Vater. Sie erinnert sich nur an die Zeit, als du ein Tyrann warst und uns alle herumkommandiert hast. Du bist jetzt viel umgänglicher geworden, stimmt's?»

Ich lachte kurz, um Setsuko zu zeigen, daß alles nur ein Scherz war, aber meine ältere Tochter blickte nach wie vor unbehaglich drein. Noriko drehte sich zu ihr um und sagte: «Man muß sich wirklich viel mehr um ihn kümmern, weil er sonst den ganzen Tag im Haus rumsitzt und schmollt.»

«Sie redet mal wieder Unsinn», verwahrte ich mich. «Wenn ich hier den ganzen Tag trübsinnig herumsitzen würde – wie hätte ich dann alles reparieren können?»

«Richtig», sagte Setsuko und lächelte mir zu. «Das Haus sieht jetzt wieder wunderbar aus. Vater muß sehr hart gearbeitet haben.»

«Er hatte Leute, die ihm bei den schweren Arbeiten halfen», erwiderte Noriko. «Anscheinend glaubst du mir nicht, Setsuko, aber Vater ist ganz anders als früher. Man braucht keine Angst mehr vor ihm zu haben. Er ist viel sanfter und zahmer.»

«Noriko! Also wirklich»!

«Er kocht sogar manchmal. Da staunst du, was? Vater wird allmählich ein richtig guter Koch.»

«Noriko, ich glaube, wir haben genug darüber geredet», sagte Setsuko leise.

«Habe ich nicht recht, Vater? Du machst Fortschritte, nicht wahr?»

Ich lächelte betrübt und schüttelte resigniert den Kopf. Und jetzt, daran erinnere ich mich, wandte sich Noriko zum Garten und schloß die Augen, weil die Sonne ihr ins Gesicht schien, und sagte:

«Er kann schließlich nicht erwarten, daß ich jeden Tag herkomme und für ihn koche, wenn ich verheiratet bin. Ich werde so viel zu tun haben, daß ich mich nicht auch noch um Vater kümmern kann.»

Während Noriko das sagte, warf mir ihre ältere Schwester, die es bisher aus Taktgefühl vermieden hatte, mich direkt anzuschauen, einen fragenden Blick zu. Ihre Augen ruhten jedoch nur kurz auf mir, denn sie fühlte sich verpflichtet, Norikos Lächeln zu erwidern. Von nun an aber sprach aus Setsukos Verhalten eine ganz neue, tiefe Betroffenheit, und sie wirkte fast dankbar, als ihr kleiner Sohn an uns in Richtung Veranda vorbeirannte und ihr einen Vorwand lieferte, dem Gespräch eine andere Wendung zu geben.

«Ichiro! Bitte setz dich hin!» rief sie ihm hinterher.

Zweifellos war Ichiro, an die moderne elterliche Wohnung gewöhnt, von der Weitläufigkeit meines Hauses fasziniert. Jedenfalls schien ihm nichts daran zu liegen, bei uns auf der Veranda zu sitzen, sondern er rannte lieber, so schnell ihn die Beine trugen, von einem Ende zum anderen und schlitterte über die glatten Dielenbretter. Mehr als einmal wäre er fast gegen unser Teetablett gestoßen, aber die wiederholte Aufforderung seiner Mutter, sich hinzusetzen, hatte bisher nichts gefruchtet. Auch jetzt, als seine Mutter ihm neuerlich befahl, sich ein Sitzkissen zu nehmen und zu uns zu kommen, blieb er schmollend am anderen Ende der Veranda stehen.

«Komm her, Ichiro!» rief ich ihm zu. «Ich habe es satt, mich immer nur mit Frauen zu unterhalten. Komm her, damit ich mit dir von Mann zu Mann reden kann.»

Das wirkte. Ichiro schob sein Kissen neben mich und nahm in äußerst würdevoller Haltung Platz, die Hände auf den Oberschenkeln und die Schultern nach hinten gedrückt.

«Oji», sagte er ernst. «Ich will dich etwas fragen.»

«Was denn, Ichiro?»

«Erzähl mir von dem Monster!»

«Monster?»

«Ist es prähistorisch?»

«Prähistorisch? Du kennst schon solche Wörter? Dann mußt du ein kluger Junge sein.»

Damit war es anscheinend um Ichiros Würde geschehen. Er gab seine Pose auf, rollte sich auf den Rücken und fing an, mit den Beinen in der Luft zu strampeln.

«Ichiro!» rief seine Mutter eindringlich. «So schlechte Manieren in Gegenwart deines Großvaters! Setz dich hin!»

Ichiros einzige Reaktion bestand darin, daß er seine Füße schlaff auf die Dielenbretter fallen ließ. Dann kreuzte er die Arme über der Brust und schloß die Augen.

«Oji», sagte er mit schläfriger Stimme. «Ist das Monster prähistorisch?»

«Welches Monster meinst du, Ichiro?»

«Bitte, hab Nachsicht mit ihm», sagte Setsuko und lächelte nervös. «Als wir gestern ankamen, hing draußen vor dem Bahnhof ein Filmplakat. Er hat den Taxifahrer mit Fragen bombardiert. Leider habe ich selbst das Plakat nicht gesehen.»

«Oji, ist das Monster prähistorisch oder nicht? Ich will eine Antwort!»

«Ichiro!» Seine Mutter warf ihm einen entsetzten Blick zu.

«Ich bin mir nicht sicher, Ichiro. Ich glaube, wir sollten uns den Film anschauen, um es herauszufinden.»

«Wann schauen wir uns den Film an?»

«Hm. Das besprichst du am besten mit deiner Mutter. Wer weiß, vielleicht macht der Film kleinen Kindern zuviel Angst.»

Ich hatte meinen Enkel mit dieser Bemerkung nicht provozieren wollen, aber die Wirkung war verblüffend. Er setzte sich wieder auf, funkelte mich zornig an und schrie: «Was sagst du da! Wie kannst du es wagen!»

«Ichiro!» rief Setsuko entsetzt, aber Ichiro starrte mich weiterhin mit einem so furchteinflößenden Ausdruck an, daß seiner Mutter nichts weiter übrigblieb, als ihr Kissen zu verlassen und zu uns zu kommen. «Ichiro!» flüsterte sie ihm zu und schüttelte seinen Arm. «Starr deinen Großvater nicht so an!»

Ichiros Reaktion bestand darin, daß er sich wieder auf den Rücken fallen ließ und mit den Beinen in der Luft strampelte. Erneut lächelte mir seine Mutter nervös zu.

«Schlechte Manieren», sagte sie, und da ihr anscheinend nichts weiter einfiel, lächelte sie wieder.

«Ichiro-san», sagte Noriko und stand auf. «Willst du mir nicht helfen, das Frühstück wegzuräumen?»

«Das ist Frauenarbeit», erwiderte Ichiro und strampelte weiter mit den Füßen in der Luft.

«Ichiro will mir also nicht helfen? Das ist aber schlimm. Der Tisch ist so schwer, und ich bin nicht stark genug, um ihn allein an seinen Platz zurückzustellen. Wer könnte mir dabei wohl zur Hand gehen?» Dies bewirkte, daß Ichiro mit einem Ruck auf die Füße sprang. Ohne sich umzublicken, ging er schnurstracks ins Haus. Noriko folgte ihm lachend.

Setsuko schaute ihnen nach, ergriff die Teekanne und schenkte mir noch eine Tasse ein. «Ich hatte keine Ahnung, daß die Dinge so weit gediehen sind», sagte sie mit leiser Stimme. «Ich meine die Verhandlungen wegen Norikos Hochzeit.»

«Die Dinge sind überhaupt nicht weit gediehen», sagte ich kopfschüttelnd. «Ehrlich gesagt ist noch nichts entschieden. Wir sind noch immer am Anfang.»

«Verzeih mir. Aber aus dem, was Noriko gerade gesagt hat, habe ich natürlich geschlossen, alles sei mehr oder weniger...» Sie verstummte und wiederholte nach einem Weilchen: «Verzeih mir.» Sie sagte es in einer Weise, daß eine Frage unausgesprochen im Raum stand.

«Leider ist es nicht das erste Mal, daß Noriko so daherredet», sagte ich. «Ehrlich gesagt benimmt sie sich komisch, seit diese Verhandlungen angefangen haben. Letzte Woche hat uns Herr Mori besucht. Erinnerst du dich an ihn?»

«Natürlich. Geht es ihm gut?»

«Einigermaßen. Er kam hier vorbei und machte einen kurzen Höflichkeitsbesuch. Noriko fing in seiner Gegenwart an, über die Verhandlungen zu reden, und genau wie vorhin tat sie so, als wäre schon alles geregelt. Es war äußerst peinlich. Herr Mori gratulierte mir beim Abschied sogar und erkundigte sich nach dem Beruf des Bräutigams.»

«Oh, das muß wirklich peinlich gewesen sein», meinte Setsuko nachdenklich.

«Herrn Mori kann man nichts vorwerfen. Du hast deine Schwester ja gerade selbst gehört. Was soll sich ein Fremder dabei denken?»

Setsuko antwortete nicht. Wir schwiegen ein Weilchen. Als ich meiner Tochter einen verstohlenen Blick zuwarf, sah ich, daß sie starr in den Garten hinausschaute, wobei sie ihre Teetasse mit beiden Händen festhielt, als hätte sie sie vergessen. Dies war einer von mehreren Augenblicken während ihres Besuches im letzten Monat, als ich mir plötzlich über ihr Aussehen Gedanken machte – vielleicht wegen eines besonderen Lichteinfalls oder etwas ähnlichem. Kein Zweifel, Setsuko sieht besser aus, je älter sie wird. In ihrer Mädchenzeit hatten meine Frau und ich uns besorgt gefragt, ob sie nicht ein bißchen zu hausbacken war, um eine gute Partie zu machen. Schon als Kind hatte Setsuko ziemlich grobe Züge gehabt, die sich, während sie heranwuchs, eher noch verstärkten; dies war so ausgeprägt, daß Noriko, wenn meine Töchter sich stritten, nur «Junge! Du bist ein Junge!» zu rufen brauchte, um Setsuko zutiefst zu verletzen. Wer weiß, welche Spuren dergleichen im Charakter eines Menschen hinterläßt? Jedenfalls ist es sicher kein Zufall, daß aus Noriko ein so selbstsicherer Mensch wurde, während Setsuko scheu und zurückhaltend blieb. Doch jetzt, da sie auf die Dreißig zugeht, strahlt ihre äußere Erscheinung eine neue, nicht unbeträchtliche Würde aus. Ich weiß noch genau, daß ihre Mutter dies immer vorausgesagt hatte: «Unsere Setsuko wird im Sommer erblühen.» Damals meinte ich, sie wolle sich nur selbst trösten, aber letzten Monat mußte ich mir mehr als einmal verblüfft eingestehen, wie recht meine Frau gehabt hatte.

Setsuko tauchte aus ihrer Träumerei auf, warf einen raschen Blick ins Haus und sagte: «Ich nehme an, das, was letztes Jahr passiert ist, hat Noriko sehr zu schaffen gemacht. Vielleicht mehr, als wir ahnen.»

Ich nickte mit einem Seufzer. «Ja, und es ist gut möglich, daß ich mich nicht genug um sie gekümmert habe.»

«Nein, unser Vater hat bestimmt alles getan, was er konnte, aber so was ist natürlich für eine Frau ein schwerer Schlag.»

«Ehrlich gesagt dachte ich, daß deine Schwester ein bißchen Theater spielte, wie sie es manchmal tut. Die ganze Zeit hatte sie von einer ‹Liebesheirat› geredet, und als daraus nichts wurde, mußte sie sich natürlich entsprechend verhalten. Vielleicht war nicht alles gespielt.»

«Ja, wir haben damals darüber gelacht», sagte Setsuko, «aber vielleicht war wirklich Liebe im Spiel.»

Das Gespräch stockte. Wir hörten, wie Ichiro drinnen im Haus mehrmals hintereinander etwas rief.

«Verzeih mir», sagte Setsuko mit einem neuen Klang in der Stimme. «Aber haben wir jemals Genaueres erfahren, warum letztes Jahr aus der Hochzeit nichts wurde? Alles kam so unerwartet.»

«Keine Ahnung. Aber das ist jetzt nicht mehr wichtig, oder?»

«Nein, natürlich nicht, verzeih mir.» Setsuko schien kurz nachzudenken, dann sagte sie: «Es ist nur, daß Suichi mich immer wieder fragt, warum die Miyakes sich vor einem Jahr auf diese Weise aus der Angelegenheit zurückgezogen haben.» Sie lachte kurz, wie zu sich selbst. «Anscheinend ist er überzeugt, ich verheimliche ihm etwas. Ständig muß ich ihm sagen, daß ich keine Ahnung habe.»

«Ich versichere dir», erwiderte ich etwas frostig, «daß für mich alles genauso mysteriös ist wie für dich. Wüßte ich mehr, dann würde ich es weder dir noch Suichi verheimlichen.»

«Ja, natürlich. Bitte, verzeih mir, ich wollte nicht andeuten, daß...» Mit einer unbeholfenen Geste brach sie mitten im Satz ab.

Mag sein, daß ich mich an jenem Morgen meiner Tochter gegenüber ein wenig zu ungehalten zeigte, aber es war immerhin nicht das erste Mal, daß mich Setsuko über die Gründe für den Rückzieher der Familie Miyake auszufragen versuchte. Warum sie glaubte, ich würde ihr etwas verschweigen, weiß ich nicht. Falls die Miyakes die Verhandlungen aus einem bestimmten Grund abgebrochen hatten, dann konnte ich nicht erwarten, daß sie mir diesen mitteilten.

Ich vermute jedoch, daß an der ganzen Angelegenheit nichts Besonderes dran war. Sicher, der Rückzieher kam höchst unerwartet und im allerletzten Augenblick, aber muß man deswegen einen bestimmten Grund dahinter vermuten? Mein Instinkt sagt mir, daß letztlich die gesellschaftliche Stellung ausschlaggebend war. So wie ich die Miyakes kennengelernt habe, sind sie einfach nur eine stolze, redliche Familie, denen der Gedanke Unbehagen bereiten mußte, ihren Sohn über seinen Stand hinaus heiraten zu lassen. Noch vor wenigen Jahren hätten sie wahrscheinlich viel früher davon Abstand genommen, aber da Braut und Bräutigam von «Liebesheirat» sprachen und heutzutage sowieso alle Welt über neumodische Sitten daherredet, ließen sich die Miyakes vielleicht vom schicklichen und korrekten Weg abbringen. Sicher ist die Erklärung so einfach.

Möglicherweise ließen sich die Miyakes auch durch mein offenkundiges Einverständnis beeinflussen. Denn in Fragen der gesellschaftlichen Stellung verhielt ich mich äußerst lax. Es liegt einfach nicht in meinem Wesen, solchen Dingen viel Bedeutung beizumessen. Ehrlich gesagt habe ich mir über meinen eigenen sozialen Status kaum jemals Gedanken gemacht; sogar jetzt bin ich jedesmal überrascht, wenn ich durch irgendein Ereignis oder durch eine Bemerkung daran erinnert werde, in welch hohem Ansehen ich stehe. Erst neulich abends ging ich beispielsweise hinunter in unser altes Vergnügungsviertel, um bei Frau Kawakami etwas zu trinken, wo Shintaro und ich, wie es seit einiger Zeit immer häufiger passiert, mal wieder die einzigen Gäste waren. Wie üblich saßen wir an der Bar auf unseren hohen Hockern und plauderten mit Frau Kawakami. So verstrichen die Stunden. Wir blieben allein, und die Unterhaltung wandte sich allmählich persönlicheren Dingen zu. Frau Kawakami erzählte uns von einem Verwandten und beklagte sich darüber, daß sich der junge Mann bisher vergebens nach einer seinen Fähigkeiten angemessenen Arbeit umgesehen habe. Da rief Shintaro:

«Sie müssen ihn zu Sensei schicken, Obasan! Ein gutes Wort von Sensei bei den richtigen Leuten, und Ihr Verwandter hat bald eine gute Stellung.»

«Was sagst du da, Shintaro?» protestierte ich. «Ich lebe jetzt im Ruhestand. Ich habe keine Beziehungen mehr.»

«Einer Empfehlung von einem so geachteten Mann wie Sensei wird jedermann Respekt entgegenbringen», hatte Shintaro beharrt. «Schicken Sie den jungen Mann ruhig zu Sensei, Obasan.»

Zuerst wunderte ich mich darüber, wie sehr Shintaro von der Richtigkeit seiner Worte überzeugt zu sein schien, doch dann begriff ich, daß er sich noch immer an den kleinen Gefallen erinnerte, den ich seinem jüngeren Bruder einst vor vielen Jahren getan hatte.

Es muß wohl im Jahr 1935 oder 1936 gewesen sein, und es handelte sich, wenn ich mich recht entsinne, um eine reine Routineangelegenheit, nämlich um ein an einen Bekannten im Außenministerium gerichtetes Empfehlungsschreiben oder dergleichen. Ich hätte an die Angelegenheit kaum noch einen Gedanken verschwendet, doch eines Nachmittags, als ich mich zu Hause ausruhte, kam meine Frau und verkündete, draußen in der Diele warteten Besucher auf mich.

«Bitte führ sie herein», hatte ich gesagt.

«Sie wollen dich aber auf keinen Fall stören, indem sie hereinkommen.»

Ich ging also in die Diele, und da standen Shintaro und sein Bruder, damals noch ein junger Bursche. Bei meinem Anblick verbeugten sich die beiden immer wieder kichernd.

«Bitte kommt herein», sagte ich, aber sie verneigten sich weiter und kicherten. «Shintaro, bitte, kommt herein und setzt euch zu mir.»

«Nein, Sensei», erwiderte Shintaro lächelnd und sich verbeugend. «Es ist der Gipfel der Unverschämtheit, einfach so in Ihrem Haus zu erscheinen. Der Gipfel der Unverschämtheit. Aber wir hielten es zu Hause nicht mehr länger aus, ohne uns bei Ihnen bedankt zu haben.»

«Kommt herein. Ich glaube, Setsuko gießt gerade Tee auf.»

«Nein, Sensei, das wäre höchst ungehörig, wirklich.» Shintaro wandte sich zu seinem Bruder um und flüsterte rasch: «Yoshio! Yoshio!»

Jetzt erst hörte der junge Mann auf, sich zu verneigen. Er blickte nervös zu mir auf und sagte: «Ich werde Ihnen für den Rest meines Lebens dankbar sein. Ich werde alles aufbieten, um Ihrer Empfehlung würdig zu sein. Ich versichere Ihnen, daß ich Sie nicht enttäuschen werde. Ich werde hart arbeiten und mich stets bemühen, meine Vorgesetzten zufriedenzustellen. Wie weit ich es auch in der Zukunft bringen werde – nie werde ich den Mann vergessen, der mir am Anfang meiner Laufbahn zu einem guten Start verholfen hat.»

«Es ist nicht der Rede wert. Ich habe nur getan, was Sie verdienen.»

Dies löste bei ihnen Worte des heftigsten Protests aus, und Shintaro sagte zu seinem Bruder: «Yoshio, wir haben Sensei jetzt genug behelligt. Aber bevor wir uns verabschieden, schau dir noch einmal genau den Mann an, der dir geholfen hat. Es ist für uns ein großes Privileg, einen so einflußreichen und großzügigen Wohltäter zu haben.»

«Oh, ja, wirklich», stammelte der junge Mann und blickte zu mir auf.

«Bitte, Shintaro, dies ist mir peinlich. Bitte, kommt herein, damit wir die Angelegenheit mit einem Gläschen Sake feiern.»

«Nein, Sensei, wir müssen Sie jetzt verlassen. Es war äußerst unverschämt von uns, einfach so vorbeizuschauen und Ihnen den Nachmittag zu verderben, aber wir hielten es keinen Moment länger aus, ohne uns bei Ihnen bedankt zu haben.»

Jener Besuch – das muß ich gestehen – erfüllte mich mit einer gewissen Genugtuung. Es war im Verlauf eines geschäftigen Lebens mit wenig Zeit für eine nachdenkliche Zwischenbilanz einer jener Augenblicke, die einem plötzlich klarmachen, wie weit man gekommen ist. Denn tatsächlich hatte ich beiläufig einem jungen Menschen eine gute Karriere eröffnet. Wenige Jahre zuvor wäre dergleichen noch undenkbar gewesen, doch seitdem hatte sich meine Position immer mehr verbessert.

«Vieles hat sich seit den alten Zeiten verändert, Shintaro», meinte ich an dem erwähnten Abend in Frau Kawakamis Bar. «Ich bin jetzt im Ruhestand und habe nicht mehr so viele Beziehungen.»

Dies sagte ich, wohl wissend, daß Shintaro vermutlich gar nicht einmal so unrecht hatte. Gut möglich, daß ich selbst, falls ich es darauf ankommen ließe, über das Ausmaß meines Einflusses erstaunt wäre. Aber wie gesagt, mir ist meine eigene Bedeutung nie recht bewußt gewesen.

Selbst wenn Shintaro bisweilen in manchen Dingen Naivität verrät, darf man ihm das doch nicht ankreiden, denn heutzutage findet man nicht so leicht Menschen, die von der Bitterkeit und dem Zynismus unserer Zeit unberührt geblieben sind. Es hat etwas Tröstliches, Frau Kawakamis Haus zu betreten und Shintaro an der Bar sitzen zu sehen, genau wie die letzten siebzehn Jahre oder länger, vor sich auf dem Tresen eine Tasse, die er mit der für ihn typischen Bewegung geistesabwesend hin- und herdreht. Es ist wirklich, als hätte sich für Shintaro nichts verändert. Er begrüßt mich jedesmal höflich, als wäre er noch immer mein Schüler, und mag er sich im Verlauf des Abends noch so betrinken, er wird mich doch stets mit «Sensei» anreden und mich mit allergrößter Ehrerbietung behandeln. Manchmal stellt er mir sogar Fragen über Maltechniken und -stile, und dann wirkt er eifrig und lernbegierig wie ein Lehrling, obwohl sich Shintaro natürlich längst nicht mehr mit Kunst im wahren Sinn des Wortes befaßt. Seit Jahren schon widmet er sich ganz der Illustration von Büchern, und seine derzeitige Spezialität sind, glaube ich, Feuerwehrautos. Den ganzen Tag sitzt er oben in seiner Dachkammer und zeichnet ein Feuerwehrauto nach dem anderen, aber ich vermute, daß sich Shintaro abends nach ein paar Gläschen gern in dem Glauben wiegt, er sei noch immer der idealistische junge Künstler, den ich einst unter meine Fittiche nahm.

Dieser kindliche Wesenszug von Shintaro war für Frau Kawakami, die einen Hang zur Boshaftigkeit hat, häufig ein Anlaß zur Belustigung. Beispielsweise war Shintaro vor kurzem abends während eines Gewitters in das kleine Lokal gestürzt und hatte seine Mütze über der Türmatte ausgewrungen.

«Also wirklich, Shintaro-san!» hatte Frau Kawakami ihm zugerufen. «Was für schlimme Manieren!»

Da hatte Shintaro zutiefst bekümmert aufgeblickt, als hätte er tatsächlich etwas entsetzlich Ungehöriges getan. Seine überschwenglichen Worte des Bedauerns bewirkten jedoch nur, daß Frau Kawakami ihn noch mehr aufzog.

«Solch ein Verhalten ist mir noch nie untergekommen, Shintaro-san. Sie scheinen keinerlei Achtung vor mir zu haben.»

«Hören Sie jetzt bitte auf damit, Obasan», hatte ich mich nach einem Weilchen eingeschaltet. «Das reicht. Sagen Sie ihm, daß es nur ein Scherz war.»

«Ein Scherz? Ich pflege nicht zu scherzen. Es ist der Gipfel des schlechten Benehmens.»

Und so war es weitergegangen, bis Shintaro recht erbärmlich dreinschaute. Bei anderen Anlässen hingegen, wenn man es ernst mit ihm meint, glaubt Shintaro, man necke ihn. Einmal brachte er Frau Kawakami in Verlegenheit, als er über einen kurz zuvor als Kriegsverbrecher hingerichteten General unbefangen äußerte: «Ich habe den Mann seit meiner Kindheit bewundert und frage mich, was er jetzt wohl treibt. Wahrscheinlich ist er im Ruhestand.»

An jenem Abend waren ein paar neue Gäste im Lokal gewesen, und sie hatten ihn mißbilligend angeblickt. Als Frau Kawakami, um ihr Geschäft besorgt, daraufhin zu ihm gegangen und ihm leise vom Schicksal des Generals berichtet hatte, war Shintaro in lautes Gelächter ausgebrochen.

«Wirklich, Obasan», hatte er mit erhobener Stimme gesagt, «Ihre Scherze gehen manchmal ziemlich weit.»

Shintaros Blauäugigkeit ist oft bemerkenswert, aber wie gesagt, man darf es ihm nicht ankreiden. Man sollte vielmehr dankbar dafür sein, daß es Menschen gibt, die noch nicht vom heutigen Zynismus angesteckt sind. Ehrlich gesagt ist es wohl gerade diese Eigenschaft Shintaros – daß alles spurlos an ihm vorübergegangen ist –, die dazu geführt hat, daß ich mich seit Jahren in seiner Gesellschaft immer wohler fühle.

Was Frau Kawakami betrifft, so bemüht sie sich zwar redlich, sich von der gegenwärtigen Stimmung nicht anstecken zu lassen, doch kann nicht bestritten werden, daß sie während des Krieges stark gealtert ist. Vor dem Krieg mochte sie noch als «junge Frau» gelten, aber seitdem scheint etwas in ihr gebrochen und in sich zusammengesunken zu sein. Kein Wunder, wenn man bedenkt, wie viele der Ihren sie im Krieg verloren hat. Auch in geschäftlicher Hinsicht sind die Zeiten für sie immer schwieriger geworden. Sicher fällt es ihr manchmal schwer zu glauben, daß dies noch dasselbe Stadtviertel ist, in dem sie vor sechzehn oder siebzehn Jahren ihr Lokal eröffnet hat. Denn eigentlich ist von unserem alten Vergnügungsviertel kaum etwas übriggeblieben. Die Konkurrenz hat größtenteils dichtgemacht und ist weggezogen. Wahrscheinlich hat Frau Kawakami auch schon mehr als einmal daran gedacht.

In den Anfangszeiten war ihr Laden zwischen so vielen Lokalen und Speisehäusern eingeklemmt, daß manche Leute, wie ich mich entsinne, Zweifel daran äußerten, ob er lange durchhalten würde. Man konnte damals kaum durch jene engen Straßen gehen, ohne mit der Schulter die zahllosen Fähnchen zu streifen, die sich einem ringsum von den Fassaden der Lokale entgegenstreckten und deren Vorzüge in aufdringlichen Schriftzeichen priesen. Aber in jenen Tagen gab es im Vergnügungsviertel genug Kundschaft, so daß alle diese Etablissements florierten. Besonders an den wärmeren Abenden füllte sich unser Stadtteil mit Menschen, die ohne Hast von Lokal zu Lokal schlenderten, oder die einfach mitten auf der Straße standen und miteinander plauderten. Die Autofahrer hatten längst den Versuch aufgegeben, hier durchzukommen, und es bereitete sogar große Mühe, ein Fahrrad durch die Trauben unachtsamer Fußgänger hindurchzuschieben.

Ich sage «unser Vergnügungsviertel», obwohl dort kaum mehr geboten wurde als Essen und Trinken und die Möglichkeit, Leute zu treffen und zu reden. Man mußte sich ins Stadtzentrum begeben, wenn man sich wirklich amüsieren wollte, denn dort waren all die Geisha-Häuser und die Theater. Ich selbst habe unserem Bezirk jedoch immer den Vorzug gegeben. Er zog eine lebenslustige, zugleich aber ehrbare Menschenmenge an, darunter viele Leute meines Schlages – Künstler und Schriftsteller, angelockt von der Verheißung hitziger Gespräche, die bis spät in die Nacht andauerten. Das Stammlokal meiner Clique hieß Migi-Hidari und lag an einer Stelle, wo drei Seitenstraßen auf einen Platz einmündeten. Das Migi-Hidari war im Gegensatz zu anderen Lokalen in der Nachbarschaft ein geräumiger, zweistöckiger Bau, und es gab dort eine große Zahl von westlich und traditionell japanisch gekleideten Mädchen. Ich hatte meinen kleinen Beitrag dazu geleistet, daß das Migi-Hidari die Konkurrenz in den Schatten stellte, und in Anerkennung dieser Tatsache war unserer Gruppe ein eigener Ecktisch zugewiesen worden. Die Männer, die dort mit mir zechten, gehörten zur Elite meiner Schule: Kuroda, Murasaki, Tanaka – brillante junge Männer, deren Ansehen bereits stetig wuchs. Sie alle diskutierten gern, und ich erinnere mich, daß an unserem Tisch manch heftiges Streitgespräch ausgetragen wurde.

Shintaro, würde ich sagen, gehörte nie zu jener ausgewählten Gruppe. Zwar hätte ich selbst nichts dagegen gehabt, ihn aufzunehmen, doch meine Schüler hatten einen ausgeprägten Sinn für Hierarchie, und Shintaro gehörte gewiß nicht zu meinen besten Schülern. Ich weiß noch, wie ich eines Abends, kurz nach dem Besuch Shintaros und seines Bruders bei mir daheim, an unserem

Tisch von diesem Vorfall berichtete, und ich entsinne mich, daß Kuroda und Kumpane lachten, als sie hörten, wie dankbar sich die Brüder wegen einer «routinemäßigen Gefälligkeit» gezeigt hatten, doch anschließend lauschten sie mit feierlichem Gesicht, während ich darlegte, wie ein Mensch, der tüchtig arbeitet, unversehens zu Einfluß und Ansehen gelangen kann, obwohl er es nicht darauf abgesehen hat, sondern seine Befriedigung darin findet, die ihm gestellten Aufgaben nach bestem Wissen und Gewissen zu erfüllen. Da lehnte sich einer – zweifellos war es Kuroda – vor und sagte:

«Ich habe schon seit längerer Zeit den Eindruck, daß Sensei sich nicht bewußt ist, in welch hohem Ansehen er bei den Bewohnern dieser Stadt steht. Tatsächlich reicht sein Ruhm inzwischen, wie das von ihm soeben geschilderte Beispiel schlagend beweist, weit über die Welt der Kunst hinaus bis in alle anderen Lebensbereiche. Wie bezeichnend ist es doch für Senseis bescheidenes Wesen, daß er sich dessen nicht gewahr ist! Wie typisch für ihn, daß er selbst am meisten über die Hochachtung staunt, die man ihm entgegenbringt! Für uns alle ist das jedoch keineswegs überraschend. Gerade wir, die wir hier an diesem Tisch sitzen, wissen, daß der enorme Respekt, den die Öffentlichkeit Sensei zollt, immer noch zu gering ist. Ich persönlich zweifle jedoch nicht daran, daß sein Name im Lauf der Jahre immer heller erstrahlen wird und daß wir es eines Tages als Ehre empfinden werden, anderen voller Stolz erzählen zu können, daß wir einst Schüler von Masuji Ono waren.»

Dergleichen war keineswegs ungewöhnlich; es war beinahe Gewohnheit geworden, daß meine Protegés mir abends, wenn wir alle schon ein bißchen angetrunken waren, durch solche Reden ihre Loyalität bekundeten. Besonders Kuroda, der sozusagen ihr Sprecher war, tat sich darin hervor. Natürlich ging ich meist nicht auf solche Worte ein, doch bei diesem speziellen Anlaß, kurze Zeit nachdem Shintaro und dessen Bruder kichernd und sich verneigend auf der Schwelle meines Hauses gestanden hatten, durchströmte mich warm ein Gefühl der Genugtuung.

Es traf übrigens durchaus nicht zu, daß ich mich nur mit den besten meiner Schüler zusammensetzte. Als ich zum ersten Mal

Frau Kawakamis Lokal betrat, tat ich dies, sofern ich mich recht entsinne, mit dem Vorsatz, den Abend mit Shintaro zu verbringen und mit ihm etwas zu besprechen. Wenn ich mich heute an jenen Abend zu erinnern versuche, muß ich feststellen, daß sich in meinem Gedächtnis die Geräusche und Bilder all der anderen Abende miteinander vermischt haben: Lampions über den Haustüren, das Lachen der Menschen, die vor dem Migi-Hidari beieinanderstanden, der Geruch gedünsteter Speisen, ein Barmädchen, das jemanden zu überreden versucht, zu seiner Frau zurückzukehren – und überall der Widerhall zahlloser Sandalen, die über Beton klappern. Ich weiß noch, daß es eine warme Sommernacht war, und da ich Shintaro nicht in einer seiner Stammkneipen antraf, besuchte ich eine kleine Bar nach der anderen. Trotz der Konkurrenz, die sich jene Lokale wohl gegenseitig machten, herrschte doch auch ein gutnachbarschaftliches Verhältnis, und so war es ganz natürlich, daß mir, als ich mich in einer dieser Bars nach Shintaro erkundigte, von der Inhaberin ohne eine Spur von Gehässigkeit geraten wurde, in dem «neuen Laden» nach ihm Ausschau zu halten.

Kein Zweifel, Frau Kawakami kann mittlerweile auf zahlreiche Neuerungen verweisen – ihre kleinen, im Lauf der Jahre gemachten «Verbesserungen», aber mir scheint, daß ihr Lokal an jenem Abend fast genauso aussah wie heute. Beim Eintreten fällt einem sofort der Kontrast zwischen dem Tresen mit den tiefhängenden, warmes Licht spendenden Lampen und dem dämmrigen Raum auf. Die meisten Kunden setzen sich am liebsten an die Bar in den Lichtkegel, und das verleiht dem Lokal eine anheimelnde, intime Stimmung. Ich weiß noch, wie ich mich an jenem ersten Abend angenehm überrascht umblickte. Mag sich die Welt draußen seitdem noch so verändert haben – Frau Kawakamis Lokal ist genauso angenehm wie früher.

Ansonsten ist fast nichts mehr wie damals. Man braucht nur vor Frau Kawakamis Tür zu treten, schon kommt man sich vor, als hätte man in einem vorgeschobenen Posten der Zivilisation ein paar Gläser getrunken. Rings umher erstreckt sich eine Wüste aus Schutt und Trümmern. Lediglich die rückwärtigen Fassaden von ein paar Gebäuden in der Ferne erinnern daran, daß es nicht weit zum Stadtzentrum ist. «Kriegsschäden» nennt es Frau Kawakami. Ich jedoch erinnere mich daran, daß ich kurz nach der Kapitulation in unserem Viertel herumgelaufen bin und daß noch viele alte Häuser standen. Das Migi-Hidari war noch da, allerdings mit eingedrückten Fensterscheiben und teilweise eingestürztem Dach. Und ich entsinne mich, daß ich mich im Vorbeigehen fragte, ob die beschädigten Häuser jemals wieder von Leben erfüllt sein würden. Dann, eines Morgens, kam ich wieder vorbei und stellte fest, daß die Bulldozer alles niedergewalzt hatten.

Auf der anderen Seite der Straße erstreckt sich jetzt also ein Trümmerfeld, nichts weiter. Zweifellos haben die Behörden Pläne parat, aber seit drei Jahren tut sich hier nichts. Das Regenwasser sammelt sich zwischen zerbrochenen Ziegelsteinen in kleinen, dauerhaften Tümpeln, mit der Folge, daß Frau Kawakami vor ihren Fenstern Moskitonetze anbringen mußte, was ihrer Meinung nach nicht gerade anziehend auf die Kundschaft wirkt.

Auf Frau Kawakamis Straßenseite sind die Häuser stehen-, jedoch zumeist unbewohnt geblieben. Die Gebäude links und rechts von ihr sind beispielsweise seit längerer Zeit leer, und das erfüllt Frau Kawakami mit einem unguten Gefühl. Würde sie plötzlich reich, sagt sie oft zu uns, dann würde sie diese Häuser aufkaufen und ihr Geschäft erweitern. Doch so bleibt ihr nichts weiter übrig, als darauf zu warten, daß jemand nebenan einzieht, und sie hätte nichts dagegen, wenn in den Häusern Bars wie ihre eigene eröffnet würden, denn dann müßte sie wenigstens nicht mehr allein mitten auf einem Friedhof hausen.

Würdest du in der Abenddämmerung aus Frau Kawakamis Haus treten, dann könnte es passieren, daß du unwillkürlich stehenbleibst und den Blick über die vor dir liegende öde Fläche schweifen läßt. Vielleicht würdest du dann trotz des spärlichen Lichts hier und dort Haufen von Ziegelsteinen und Bauholz und – an manchen Stellen – wie Unkraut aus dem Boden ragende Rohrleitungen erkennen. Während du dann an einem Schutthaufen nach dem anderen vorbeigingest, würden die vielen kleinen Tümpel kurz im Licht der Straßenlaternen aufblitzen.

Und falls du dann am Fuß der Anhöhe, wo der Weg hinaufführt zu meinem Haus, auf der Brücke des Zauderns stehenbleibst und auf die Reste unseres alten Vergnügungsviertels zurückschaust, dann kannst du, sofern die Sonne noch nicht ganz untergegangen ist, vielleicht die Reihe der alten Telephonmasten (noch immer ohne verbindende Drähte) unterscheiden, die sich entlang der Strecke, die du soeben zurückgelegt hast, in der Dunkelheit verlieren. Mag sein, daß du sogar die Vögel erkennst, die sich unbequem und in schwarzen Klumpen auf den Mastspitzen drängen, als warteten sie auf die Drähte, auf denen sie sich früher in langer Reihe vom Himmel abhoben.

Eines Abends vor nicht allzu langer Zeit stand ich auf der kleinen Holzbrücke und sah in der Ferne zwei aus dem Trümmerfeld aufsteigende Rauchsäulen. Vielleicht werkelten dort Bauarbeiter im Auftrag der Regierung an einem unendlich langsam vorankommenden Projekt, oder vielleicht frönten Kinder einem verbotenen Spiel. Jedenfalls versetzte mich der Anblick jener Rauchsäulen in eine melancholische Stimmung. Sie erinnerten mich an ein Laubfeuer auf einem verlassenen Friedhof – ja, Friedhof, so hatte Frau Kawakami es genannt, und wenn man bedenkt, wie es einst in dieser Gegend von Leuten gewimmelt hat, dann kann man es schwerlich mit anderen Augen sehen.

Aber ich schweife ab. Eigentlich versuchte ich, mir Einzelheiten von Setsukos Besuch vor einem Monat ins Gedächtnis zu rufen.

Vielleicht habe ich schon erwähnt, daß Setsuko den größten Teil des ersten Tages auf der Veranda saß und sich mit ihrer Schwester unterhielt. Irgendwann am Spätnachmittag, als meine Töchter mehr noch als sonst in ihr Gespräch von Frau zu Frau vertieft waren, ließ ich sie allein und machte mich auf die Suche nach meinem Enkel, der vor ein paar Minuten ins Haus gelaufen war.

Als ich den Korridor entlangging, vernahm ich einen dumpfen Schlag, der das ganze Haus erbeben ließ. Erschrocken eilte ich ins Eßzimmer. Zu jener Stunde des Tages herrscht dort dämmriges Licht, und nach der Helligkeit auf der Veranda dauerte es ein paar Augenblicke, bis ich feststellen konnte, daß sich Ichiro nicht dort befand. Wieder ein dumpfer Schlag, und gleich danach noch mehrere hintereinander. Dazu vernahm ich die Stimme meines Enkels, der rief: «I-ah! I-ah!» Der Krach kam aus dem angrenzenden Klavierzimmer. Ich ging zur Tür, lauschte einen Moment und schob sie auf.

Anders als das Eßzimmer bekommt das Klavierzimmer den ganzen Tag über Sonne. Es ist erfüllt von scharfem, klarem Licht, und wäre es ein bißchen größer gewesen, hätte es ein ideales Eßzimmer abgegeben. Eine Zeitlang hatte ich dort meine Bilder und Utensilien aufbewahrt, doch jetzt ist der Raum, abgesehen von dem deutschen Klavier, praktisch leer. Zweifellos hatte dieses Fehlen von hinderlichen Gegenständen meinen Enkel in ähnlicher Weise zum Spielen animiert wie zuvor die Veranda. Ich sah zu, wie er sich mit seltsam stampfenden Schritten hin- und herbewegte, und erriet, daß er in seiner Phantasie auf einem Pferd über ebenes Land galoppierte. Da er dabei der Tür den Rücken zuwandte, dauerte es ein Weilchen, bis er merkte, daß er beobachtet wurde.

«Oji!» sagte er und fuhr ärgerlich zu mir herum. «Siehst du nicht, daß ich keine Zeit habe?»

«Es tut mir leid, Ichiro, aber das konnte ich nicht wissen.»

«Ich kann jetzt nicht mit dir spielen!»

«Es tut mir sehr leid, aber von draußen klang das hier so aufregend, daß ich dachte, ich geh mal rein und schau zu.»

Einen Moment lang starrte mich mein Enkel erzürnt an, dann meinte er übellaunig: «Na gut, aber du mußt dich da hinsetzen und ganz ruhig sein. Ich hab für dich keine Zeit.»

«Sehr wohl», sagte ich und lachte. «Vielen Dank, Ichiro.»

Mein Enkel blickte mir zornig nach, während ich durch das Zimmer ging und mich beim Fenster niederließ. Als Ichiro am Abend zuvor mit seiner Mutter eingetroffen war, hatte ich ihm einen Zeichenblock und ein Sortiment bunter Kreiden geschenkt. Jetzt erblickte ich den Block dicht neben mir auf einer Matte, umgeben von drei oder vier achtlos hingeworfenen Kreiden. Die ersten Seiten des Blocks waren bemalt. Gerade als ich den Arm ausstreckte, um mir die Zeichnungen genauer anzusehen, fuhr Ichiro plötzlich mit seinem von mir unterbrochenen Spiel fort.

«I-ah! I-ah!»

Ich sah ihm eine Weile zu, konnte aber mit den Szenen, die er darstellte, kaum etwas anfangen. Zuweilen ahmte er die Bewegungen eines Pferdes nach, dann schien er sich mit einer Vielzahl unsichtbarer Feinde herumzuschlagen. Dazu stieß er mit unterdrückter Stimme Fetzen eines Dialogs aus. Ich strengte mich an, hinter den Sinn zu kommen, konnte jedoch nur feststellen, daß er keine richtigen Worte benutzte, sondern einfach nur mit der Zunge Geräusche machte.

Zwar gab er sich alle Mühe, mich zu ignorieren, aber meine Gegenwart hatte auf ihn eine eindeutig hemmende Wirkung. Mehrmals erstarrte er mitten in einer Bewegung, als hätte ihn plötzlich die Inspiration verlassen, doch jedesmal riß er sich zusammen und machte weiter. Es dauerte allerdings nicht lange, bis er aufgab und sich schlaff zu Boden sinken ließ. Ich fragte mich, ob ich applaudieren sollte, doch ließ ich es besser sein.

«Sehr eindrucksvoll, Ichiro. Sag mal, wen stellst du eigentlich dar?»

«Rate mal, Oji.»

«Hm. Vielleicht den Herzog Yoshitsune? Nein? Einen Samurai-Krieger? Oder ist es ein Ninja? Der *Ninja vom Wind*?»

«Oji ist auf einer total falschen Spur.»

«Dann sag es mir. Wen hast du dargestellt?»

«Den *Lone Ranger*.»

«*Wen*?»

«Lone Ranger! Hi yo, Silver!»

«Lone Ranger? Ist das ein Cowboy?»

«Hi yo, Silver!» Ichiro fing wieder an zu galoppieren, und diesmal gab er ein Geräusch von sich, das wie Wiehern klang.

Ich sah meinem Enkel eine Weile zu. «Wie bist du denn auf das Cowboyspielen gekommen, Ichiro?» fragte ich schließlich, doch er galoppierte einfach weiter und wieherte.

«Ichiro», sagte ich etwas energischer, «gib mal einen Moment Ruhe und hör zu. Es ist viel interessanter, jemanden wie Herzog Yoshitsune darzustellen. Soll ich dir sagen warum? Hör zu,

Ichiro, Oji wird es dir erklären. Ichiro, hör auf deinen Oji-san! Ichiro!»

Möglicherweise erhob ich die Stimme mehr als beabsichtigt, denn er hielt inne und betrachtete mich verwundert. Ich sah ihn ein paar Augenblicke lang an, dann meinte ich seufzend:

«Tut mir leid, Ichiro. Ich hätte dich nicht unterbrechen sollen. Natürlich kannst du sein, wer du willst, sogar ein Cowboy. Du mußt deinem Oji-san verzeihen. Das ist ihm so rausgerutscht.»

Mein Enkel starrte mich noch immer an, und ich machte mich darauf gefaßt, daß er gleich in Tränen ausbrechen und aus dem Zimmer laufen würde.

«Bitte, Ichiro, mach jetzt einfach weiter wie vorher.»

Ichiro blickte mich ein paar Sekunden länger unverwandt an, dann rief er gellend: «Lone Ranger! Hi yo, Silver!», und galoppierte los. Heftiger als zuvor stampfte er mit den Füßen auf, so daß das ganze Zimmer bebte. Ich schaute ihm ein Weilchen zu, dann griff ich nach dem Zeichenblock.

Ichiro war mit den ersten vier oder fünf Blättern recht verschwenderisch umgegangen. Seine Technik war gar nicht so übel, aber er hatte jede Zeichnung – Straßenbahnen und Züge – in einem sehr frühen Stadium auf sich beruhen lassen. Als er nun sah, wie ich prüfend auf den Block hinabblickte, kam er eilig zu mir gelaufen.

«Oji! Wer hat dir gesagt, daß du das anschauen darfst?» Er versuchte, mir den Block zu entreißen, aber ich hielt ihn außerhalb seiner Reichweite.

«Na, na, Ichiro, sei nicht ungezogen. Oji will doch nur sehen, was du mit den Kreiden gemacht hast, die er dir geschenkt hat. Das ist doch nicht zuviel verlangt.» Ich senkte den Block und zeigte auf das erste Bild. «Sehr beeindruckend, Ichiro. He, natürlich weißt du selber, daß du das noch viel besser könntest. Du mußt es nur wollen.»

«Oji, du darfst das nicht sehen!»

Mein Enkel machte einen weiteren Versuch, mir den Block wegzuschnappen, so daß ich mich mit dem freien Arm seiner erwehren mußte.

«Oji! Gib mir mein Buch zurück!»

«Ichiro, hör jetzt auf damit. Laß deinen Oji alles anschauen. Na los, bring die Kreiden her! Hol sie, damit wir beide etwas zusammen zeichnen. Oji wird es dir zeigen.»

Diese Worte hatten eine überraschende Wirkung. Mein Enkel hörte sofort mit der Kabbelei auf und ging hin, um die auf dem Boden verstreuten Kreiden aufzusammeln. Als er zurückkam, sprach aus seinem Verhalten etwas Neues, eine Art Faszination. Er setzte sich neben mich, hielt mir die Kreiden hin und beobachtete mich stumm, aber aufmerksam.

Ich schlug in dem Notizblock eine weiße Seite auf und legte ihn vor ihm auf den Boden. «Laß mich erst einmal zuschauen, wie du zeichnest, Ichiro. Danach wird dein Oji überlegen, ob er dir irgendwie helfen kann, es vielleicht noch ein bißchen besser zu machen. Was möchtest du malen?»

Mein Enkel war sehr ruhig geworden. Nachdenklich schaute er auf das weiße Papier hinab, machte jedoch keinerlei Anstalten, mit dem Zeichnen zu beginnen.

«Warum versuchst du nicht, etwas zu malen, das du gestern gesehen hast?» schlug ich vor. «Etwas, das dir bei deiner Ankunft in der Stadt gleich aufgefallen ist.»

Ichiros Blick ruhte noch immer auf dem Zeichenblock. Endlich schaute er auf und fragte: «War Oji früher ein berühmter Künstler?»

«Ein berühmter Künstler?» wiederholte ich lachend. «Ja, vielleicht kann man das sagen. Hast du das von deiner Mutter gehört?»

«Vater sagt, daß du früher ein berühmter Künstler warst. Aber du hast aufhören müssen.»

«Ich lebe im Ruhestand, Ichiro. Alle Menschen hören mit der Arbeit auf, sobald sie ein bestimmtes Alter erreicht haben. Das ist ihr gutes Recht. Sie haben sich ihre Ruhe verdient.»

«Vater sagt, daß du aufhören mußtest. Weil Japan den Krieg verloren hat.»

Wieder lachte ich, streckte dann den Arm aus und ergriff den Zeichenblock. Ich blätterte die Seiten um und überflog noch einmal die Skizzen meines Enkels von Straßenbahnen. Um besser sehen zu können, tat ich dies mit ausgestrecktem Arm. «Ab einem bestimmten Alter will man sich von allem ausruhen, Ichiro. Auch dein Vater wird nicht mehr arbeiten wollen, wenn er so alt ist wie ich. Eines Tages wirst auch du so alt sein, wie ich es jetzt bin, und dann wirst du ebenfalls ausruhen wollen. Also» – ich schlug wieder die weiße Seite auf und legte den Block vor ihn hin – «was willst du jetzt für mich zeichnen, Ichiro?»

«Hat Oji das Bild im Eßzimmer gemalt?»

«Nein, das ist von einem Künstler namens Urayama. Wieso? Magst du es?»

«Hat Oji das Bild im Korridor gemalt?»

«Das ist von einem anderen guten Maler, einem alten Freund von Oji.»

«Aber wo sind dann Ojis Bilder?»

«Die sind für eine Weile weggeräumt. Komm, Ichiro, wir wollen uns wieder mit wichtigeren Dingen beschäftigen. Was möchtest du für mich zeichnen? Woran erinnerst du dich, wenn du an gestern denkst? Ichiro, was ist los? Du bist plötzlich so still.»

«Ich will Ojis Bilder sehen.»

«Bestimmt kann sich ein kluger Junge wie du an allerlei Dinge erinnern. Was ist mit dem Filmplakat, das du gesehen hast? Das mit dem prähistorischen Monster? Ich bin sicher, daß jemand wie du es gut nachzeichnen könnte. Vielleicht wird es sogar besser als das Plakat.»

Ichiro schien darüber kurz nachzudenken. Er rollte sich auf den Bauch und begann, den Block dicht vor dem Gesicht, zu zeichnen.

Mit einer dunkelbraunen Kreide malte er über dem unteren Rand des Blattes eine Reihe von Kästchen, die sich bald als die Silhouette einer Stadt entpuppten. Als nächstes entstand hoch oben über der Stadt eine bedrohliche Kreatur, die auf ihren Hinterbeinen stand und einer riesigen Echse ähnelte. Mein Enkel hatte inzwischen die braune gegen eine rote Kreide ausgetauscht und ging daran, rund um die Echse eine Menge rote Striche zu ziehen.

«Was ist das, Ichiro? Feuer?»

Ohne zu antworten strichelte Ichiro weiter.

«Warum ist dort Feuer? Hat es etwas mit dem Monster zu tun, Ichiro?»

«Elektrische Leitungen», sagte er mit einem ungeduldigen Seufzer.

«Elektrische Leitungen? Wie interessant. Ich frage mich, warum elektrische Leitungen Feuer verursachen. Weißt du es?»

Ichiro seufzte ein zweites Mal und zeichnete weiter. Er nahm wieder die dunkle Kreide und begann, am unteren Rand Gestalten zu zeichnen, die in heller Panik nach allen Seiten davonliefen.

«Das machst du sehr gut, Ichiro», bemerkte ich. «Vielleicht nimmt dich Oji morgen als Belohnung mit ins Kino. Würde dir das gefallen?»

Mein Enkel hielt inne und blickte auf. «Der Film könnte Oji zu viel Angst machen», sagte er.

«Das bezweifle ich», verwahrte ich mich lachend. «Aber vielleicht lehrt er deine Mutter und deine Tante Noriko das Fürchten.»

Darüber mußte Ichiro laut lachen. Er rollte sich auf den Rükken, lachte noch eine Weile weiter und rief dann zur Zimmerdecke hinauf: «Mutter und Tante Noriko werden es richtig mit der Angst kriegen!»

«Aber wir Männer werden unseren Spaß haben, stimmt's, Ichiro? Laß uns morgen ins Kino gehen. Wie findest du das? Wir nehmen die Frauen mit und gucken zu, wie sie es mit der Angst kriegen.»

Ichiro schüttelte sich noch immer vor Lachen. «Tante Noriko wird sich von Anfang an fürchten!»

«Ja, das ist sehr wahrscheinlich», sagte ich und mußte selbst lachen. «Also gut, wir gehen morgen alle zusammen ins Kino. Aber jetzt solltest du besser mit deinem Bild weitermachen, Ichiro.»

«Tante Noriko wird sich fürchten! Sie wird bestimmt nach Hause wollen!»

«Komm, Ichiro, laß uns jetzt weitermachen. Du hast deine Sache bisher sehr gut gemacht.»

Ichiro rollte sich wieder auf den Bauch und wandte sich der

Zeichnung zu. Die Konzentration von vorhin schien ihn allerdings verlassen zu haben. Er fing an, am unteren Rand des Blattes noch mehr fliehende Gestalten zu malen, bis alles verschwamm und keinen Sinn mehr ergab. Irgendwann ließ er jegliche Sorgfalt fahren und bekritzelte wie von Sinnen den ganzen unteren Teil des Bildes.

«Ichiro, was machst du da? Wir gehen nicht ins Kino, wenn du so weitermachst. Ichiro, hör auf!»

Mein Enkel sprang auf die Füße und schrie: «Hi yo, Silver!»

«Ichiro, setz dich, wir sind noch nicht fertig.»

«Wo ist Tante Noriko?»

«Sie unterhält sich mit deiner Mutter. Komm jetzt, Ichiro, dein Bild ist noch nicht fertig. Ichiro!»

Aber mein Enkel brüllte wiederum «Lone Ranger! Hi yo, Silver!» und rannte aus dem Zimmer.

Ich entsinne mich nicht mehr genau, wie ich mich während der nächsten Minuten verhielt. Wahrscheinlich blieb ich im Klavierzimmer sitzen, betrachtete Ichiros Zeichnungen und dachte an nichts Besonderes, wie ich es seit einiger Zeit immer häufiger tue. Irgendwann stand ich auf und machte mich auf die Suche nach meiner Familie.

Ich fand Setsuko allein auf der Veranda sitzend und den Garten betrachtend. Die Sonne schien noch immer hell, aber es war viel kühler geworden. Als ich hinaustrat, griff Setsuko nach einem Kissen und schob es an eine Stelle, die von der Sonne beschienen wurde.

«Wir haben frischen Tee gemacht», sagte sie. «Hättest du gern ein Täßchen, Vater?»

Ich bedankte mich bei ihr, und während sie mir einschenkte, blickte ich hinaus in den Garten.

Zwar hatte er im Krieg sehr gelitten, doch inzwischen hatte er sich gut erholt und war wieder der Garten, den Akira Sugimura einst vor rund vierzig Jahren hatte anlegen lassen. An seinem fernen Ende, nahe der rückwärtigen Mauer, konnte ich Noriko und Ichiro sehen, wie sie prüfend einen Bambusstrauch betrachteten. Er war genau wie all die anderen Gewächse und Bäume auf Akira Sugimuras Geheiß aus einem anderen Teil der Stadt voll ausgewachsen hierher verpflanzt worden. Einem Gerücht zufolge spazierte Sugimura damals gern durch die Straßen, spähte durch Gartenzäune und bot den Besitzern von Sträuchern oder Bäumen, die er eigenhändig mitsamt den Wurzeln auszugraben wünschte, große Summen Geldes. Falls dies stimmte, dann traf er seine Auswahl mit bewundernswertem Geschmack, denn das Resultat war – und ist bis auf den heutigen Tag – eine herrliche Harmonie. Der ganze Garten verströmt eine üppige Natürlichkeit und verrät kaum eine Spur künstlicher Gestaltung.

«Noriko konnte schon immer so gut mit Kindern umgehen», bemerkte Setsuko, deren Blick auf den beiden ruhte. «Ichiro hat sie sehr liebgewonnen.»

«Ichiro ist ein feiner Junge», sagte ich. «Er ist überhaupt nicht schüchtern wie viele Kinder in seinem Alter.»

«Ich hoffe, er ist dir vorhin nicht allzu sehr auf die Nerven gegangen. Manchmal kann er sehr halsstarrig sein. Bitte zögere nicht, ihn zurechtzuweisen, wenn er dir Ärger bereitet.»

«Oh, das tut er nicht. Wir kommen gut miteinander aus. Vorhin haben wir sogar zusammen ein bißchen zeichnen geübt.»

«Wirklich? Das hat ihm bestimmt Spaß gemacht.»

«Ja, und er hat mir sogar eine kleine Theaterszene vorgespielt», sagte ich. «Er ist ein guter Imitator.»

«Oh, ja, damit verbringt er viel Zeit.»

«Erfindet er die Texte selbst? Ich habe ihm zugehört, aber ich bin aus dem, was er sagte, nicht schlau geworden.»

Meine Tochter legte eine Hand vor den Mund, um ein Lachen zu unterdrücken. «Bestimmt hat er wieder einmal Cowboy gespielt. Dann versucht er immer, Englisch zu sprechen.»

«Englisch? Sieh an. Das war es also.»

«Wir haben ihn einmal ins Kino mitgenommen. Es war ein amerikanischer Wildwestfilm, und seitdem gefallen ihm Cowboys. Wir mußten ihm sogar einen breitkrempigen Hut kaufen. Anscheinend ist er fest davon überzeugt, daß Cowboys so komisch klingen wie die Geräusche, die er macht. Auf dich hat das bestimmt sehr seltsam gewirkt.»

«So ist das also», sagte ich lachend. «Mein Enkel ist ein Cowboy geworden.»

Hinten im Garten bewegte eine Brise die Blätter. Noriko kauerte neben einer alten Laterne aus Stein an der Mauer und erklärte Ichiro etwas.

«Weißt du», sagte ich mit einem Seufzer, «noch vor ein paar Jahren hätte Ichiro so etwas wie einen Cowboyfilm nicht sehen dürfen.» Setsuko erwiderte, ohne sich vom Garten abzuwenden: «Suichi meint, es ist besser, wenn ihm Cowboyfilme gefallen, als daß er Leute wie Miyamoto Musashi vergöttert. Suichi glaubt, daß die amerikanischen Helden jetzt für Kinder die besseren Vorbilder sind.»

«Ach ja? Das also ist Suichis Ansicht.»

Ichiro schien sich aus der steinernen Laterne nichts zu machen, denn wir sahen, daß er heftig am Ärmel seiner Tante zerrte. Neben mir lachte Setsuko peinlich berührt.

«Er ist so herrisch! Ständig zieht er jemanden mal hierhin, mal dorthin. Was für schlechte Manieren!»

«Bevor ich's vergesse», sagte ich. «Ichiro und ich haben beschlossen, daß wir morgen ins Kino gehen.»

«Wirklich?» Setsuko wirkte schlagartig verunsichert.

«Ja», sagte ich. «Er scheint ganz versessen auf dieses prähistorische Monster. Keine Angst, ich hab mich in der Zeitung darüber informiert. Der Film ist für einen Jungen seines Alters absolut unbedenklich.»

«Oh, gewiß.»

«Übrigens dachte ich mir, wir könnten alle gehen. Ein Familienausflug sozusagen.»

Setsuko räusperte sich nervös. «Das wäre bestimmt sehr nett, aber es könnte sein, daß Noriko für morgen schon Pläne hat.»

«Ach ja? Was für Pläne denn?»

«Ich glaube, sie wollte mit uns in den Wildpark gehen. Natürlich könnten wir das auch ein andermal tun.»

«Ich hatte keine Ahnung, daß Noriko etwas vorhat. Mich hat sie jedenfalls nicht gefragt. Außerdem habe ich Ichiro versprochen, daß wir morgen ins Kino gehen. Er wird wohl darauf bestehen.»

«Ja, gewiß», sagte Setsuko. «Ich bin sicher, daß er gern ins Kino gehen würde.»

Noriko kam den Gartenweg entlang auf uns zu, vorneweg Ichiro, der sie an der Hand hinter sich herzog. Zweifellos hätte ich mit ihr unverzüglich über das Vorhaben am nächsten Tag reden können, aber sie und Ichiro blieben nicht auf der Veranda, sondern gingen ins Haus, um sich die Hände zu waschen. So kam es, daß ich das Thema erst abends nach dem Essen anschneiden konnte.

Tagsüber ist das Eßzimmer zwar ein ziemlich düsterer Ort, weil kaum Sonnenschein hineinfällt, aber nach Einbruch der Dunkelheit, wenn der Lampenschirm niedrig über dem Tisch hängt, herrscht dort eine gemütliche Atmosphäre. Wir saßen schon seit mehreren Minuten am Tisch und lasen in Zeitungen und Magazinen, als ich zu meinem Enkel sagte:

«Nun, Ichiro, hast du deiner Tante von morgen erzählt?»

Ichiro blickte verwundert von seinem Buch auf.

«Sollen wir die Frauen mitnehmen oder nicht?» fragte ich ihn. «Denk dran, was wir beide gesagt haben: Der Film könnte ihnen zuviel Angst machen.»

Jetzt verstand mich mein Enkel. Grinsend sagte er: «Ja, Tante Noriko kriegt vielleicht zuviel Angst.» Und zu meiner jüngeren Tochter: «Willst du trotzdem mitkommen, Tante Noriko?»

«Mitkommen? Wohin denn, Ichiro-san?» wollte Noriko wissen.

«In den Film mit dem Monster.»

«Ich dachte mir, wir könnten morgen alle ins Kino gehen», erläuterte ich. «Familienausflug sozusagen.»

«Morgen?» Noriko blickte zuerst mich an und wandte sich dann ihrem Neffen zu. «Also, morgen können wir nicht ins Kino gehen, oder, Ichiro? Wir gehen doch in den Tierpark, stimmt's?»

«Der Tierpark kann warten», sagte ich. «Der Junge freut sich schon auf den Film.»

«Unsinn», sagte Noriko. «Es ist alles arrangiert. Auf dem Rückweg besuchen wir Frau Watanabe. Sie will Ichiro seit langem kennenlernen. Außerdem haben wir das alles längst abgemacht. Oder etwa nicht, Ichiro?»

«Vater meint es sehr gut mit uns», warf Setsuko ein. «Aber

Frau Watanabe erwartet uns offenbar. Vielleicht sollten wir das Kino um einen Tag verschieben.»

«Aber Ichiro hatte sich doch so darauf gefreut», protestierte ich. «Nicht wahr, Ichiro? Wie lästig diese Frauen sein können!»

Ichiro blickte mich nicht an, er war anscheinend wieder ganz in sein Buch vertieft.

«Los, sag den Frauen Bescheid!» sagte ich.

Mein Enkel blickte noch immer starr auf sein Buch.

«Ichiro!»

Plötzlich ließ er das Buch auf den Tisch fallen, sprang auf und rannte quer durch den Raum in das angrenzende Klavierzimmer.

Ich lachte kurz und sagte zu Noriko: «Da hast du's. Jetzt ist er enttäuscht. Du hättest alles so lassen sollen, wie es war.»

«Das ist doch lächerlich, Vater! Wir sind seit langem mit Frau Watanabe verabredet. Außerdem ist es lachhaft, mit Ichiro in solch einen Film zu gehen. Es würde ihm überhaupt keinen Spaß machen, stimmt's, Setsuko?»

Meine ältere Tochter lächelte beklommen. «Vater hat es sehr gut gemeint», sagte sie leise. «Vielleicht könnten wir tags darauf...»

Ich seufzte, schüttelte den Kopf und vertiefte mich wieder in meine Zeitung. Doch als mehrere Minuten verstrichen und mir klar wurde, daß keine meiner Töchter Ichiro zurückzuholen gedachte, stand ich auf und ging selbst ins Klavierzimmer.

Ichiro hatte, da er nicht an die Schnur der Deckenlampe herankam, die Lampe auf dem Klavier angeknipst. Ich fand ihn auf dem Klavierhocker sitzend, sein Kopf ruhte auf dem Deckel des Instrumentes, und auf seinem Gesicht, gegen das dunkle Holz gepreßt, lag ein mürrischer Ausdruck.

«Tut mir leid, Ichiro», sagte ich, «aber sei bitte nicht enttäuscht. Wir gehen einfach übermorgen ins Kino.»

Da er nicht auf meine Worte reagierte, fuhr ich fort: «Hör mal, Ichiro, dies ist kein Grund, um derartig enttäuscht zu sein.»

Ich trat ans Fenster. Draußen war es schon dunkel. Ich erblickte nur mein Spiegelbild und das des Zimmers hinter mir. Von nebenan drangen die gedämpften Stimmen der beiden Frauen zu mir herüber.

«Kopf hoch, Ichiro», sagte ich. «Dies ist kein Grund, sich aufzuregen. Wir gehen übermorgen ins Kino, das verspreche ich dir.»

Als ich mich wieder zu ihm umdrehte, lag sein Kopf wie zuvor auf dem Deckel des Pianos, doch jetzt trommelte er leise mit den Fingern darauf, als würde er auf dem Instrument spielen.

Ich lachte und sagte leichthin: «Wirklich, Ichiro, wir schauen uns den Film übermorgen an. Und wir lassen nicht zu, daß uns die Frauen rumkommandieren, nicht wahr?» Wieder lachte ich. «Ich nehme an, sie haben zuviel Angst vor dem Film, was, Ichiro?»

Mein Enkel gab noch immer keine Antwort, aber er trommelte weiter mit den Fingern auf den Pianodeckel. Ich überlegte, daß es wohl am besten wäre, ihn ein Weilchen allein zu lassen. Lächelnd ging ich zurück ins Eßzimmer.

Meine Töchter saßen schweigend beisammen und lasen in einer Zeitschrift. Laut seufzend ließ ich mich nieder, aber sie reagierten nicht darauf. Ich setzte meine Brille auf und wollte mich gerade wieder in meine Zeitung vertiefen, als Noriko leise fragte: «Vater, sollen wir noch ein bißchen Tee aufbrühen?»

«Danke, Noriko, das ist sehr nett von dir, aber ich möchte vorerst keinen.»

«Und du, Setsuko?»

«Nein, danke, ich auch nicht.»

Eine Weile lasen wir und schwiegen, dann sagte Setsuko: «Wird unser Vater uns morgen begleiten? Wir könnten doch trotzdem einen Familienausflug machen.»

«Ich würde gerne mitgehen, aber ich fürchte, ich muß morgen ein paar Dinge erledigen.»

«Was meinst du damit?» mischte sich Noriko ein. «Was sollen das für Dinge sein?» Zu Setsuko gewandt sagte sie: «Hör nicht auf Vater. Er hat überhaupt nichts zu erledigen. Er würde nur hier im Haus herumtrödeln, wie er es seit einiger Zeit ständig tut.»

«Es wäre aber sehr schön, wenn uns unser Vater begleiten würde», sagte Setsuko und blickte mich an.

«Ich bedaure», erwiderte ich und blickte wieder auf meine

Zeitung hinab. «Leider muß ich mich um ein paar Dinge kümmern.»

«Du willst also ganz allein zu Hause bleiben?» fragte Noriko.

«Ja, wenn ihr alle ausgeht, dann bleibt mir wohl nichts anderes übrig.»

Setsuko hüstelte wohlerzogen. Dann sagte sie: «Vielleicht bleibe ich auch zu Hause. Vater und ich hatten bisher kaum Gelegenheit, Neuigkeiten auszutauschen.»

Noriko starrte ihre Schwester quer über den Tisch an. «Das ist kein Grund, um nicht mitzumachen. Du bist doch nicht hierhergekommen, um die ganze Zeit im Haus herumzusitzen.»

«Aber ich würde gern dableiben und Vater Gesellschaft leisten. Bestimmt haben wir uns eine Menge zu erzählen.»

«Schau nur, was du angerichtet hast», sagte Noriko zu mir, und mit einem Blick auf ihre Schwester fügte sie hinzu: «Jetzt sind also nur noch Ichiro und ich übrig.»

«Ichiro wird gern den ganzen Tag mit dir verbringen, Noriko», meinte Setsuko lächelnd. «Dich hat er zur Zeit mit Abstand am liebsten.»

Ich freute mich über Setsukos Entschluß, daheim zu bleiben, denn wir hatten bisher wirklich kaum Gelegenheit gehabt, ungestört miteinander zu reden – und es gibt natürlich viele Dinge im Leben einer verheirateten Tochter, die ein Vater gern wüßte, nach denen er sie jedoch nicht unverblümt fragen kann. An jenem Abend kam mir jedoch nicht in den Sinn, daß Setsuko ganz eigene Gründe dafür haben könnte, daß sie mit mir allein zu Hause bleiben wollte.

Vielleicht ist mein fortgeschrittenes Alter daran schuld, daß ich mir angewöhnt habe, ziellos durch das Haus zu wandern. Als Setsuko an jenem Nachmittag die Tür zum Empfangsraum aufschob – es war am zweiten Tag ihres Besuches –, da mußte ich dort wohl schon, in meine Grübeleien versunken, seit längerem gestanden haben. «Verzeih», sagte sie. «Ich komme später wieder.» Überrascht drehte ich mich um und sah meine Tochter auf der Türschwelle knien, in den Händen eine Vase voll mit Blumen und Zweigen.

«Nein, bitte komm herein», sagte ich zu ihr. «Ich habe nichts Besonderes zu tun.»

Eine der Freuden des Ruhestandes besteht darin, daß man sich treiben lassen und den Rhythmus seiner Tage selbst bestimmen kann, erfüllt von der wohltuenden Gewißheit, daß man die harte Arbeit hinter sich gebracht und etwas geleistet hat. Ich muß manchmal schon ziemlich geistesabwesend sein, denn sonst wäre ich nicht ohne eine bestimmte Absicht in das Empfangszimmer gegangen. Während all der Jahre hat mich nämlich das mir von meinem Vater eingetrichterte Gefühl begleitet, daß das Empfangszimmer eines Hauses ein Ort ist, der mit Ehrfurcht behandelt werden und nicht mit den Nichtigkeiten des Alltags besudelt werden sollte, daß er vielmehr der Bewirtung wichtiger Gäste oder der Andacht vor dem buddhistischen Altar vorbehalten bleiben muß. Die Folge war, daß das Empfangszimmer meines Hauses stets von einer viel feierlicheren Atmosphäre erfüllt war als ähnliche Räume in anderen Häusern. Und obwohl ich daraus, anders als mein Vater, nie eine Regel machte, erzog ich meine eigenen Kinder von klein auf dazu, das Zimmer nie zu betreten, es sei denn, sie wurden ausdrücklich dazu aufgefordert.

Mein Respekt vor Empfangszimmern mag übertrieben erscheinen, doch muß man bedenken, daß mir in meinem Elternhaus – in dem Dorf Tsuruoka, eine halbe Tagesreise mit der Eisenbahn von hier – das Betreten des Empfangszimmers bis zu meinem zwölften Lebensjahr verboten war. Da jener Raum in vielerlei Hinsicht der Mittelpunkt unseres Haushalts war, formte ich mir, von Neugier getrieben, ein eigenes Bild von ihm, nachdem ich gelegentlich einen raschen Blick in sein Inneres hatte werfen können. Später überraschte ich oft meine Kollegen mit dieser Begabung, nach einem nur ganz flüchtigen Blick eine Szene auf der Leinwand wiederzugeben. Gut möglich, daß ich diese Fertigkeit meinem Vater verdanke, genauer gesagt der von ihm während jener prägenden Jahre unbewußt herbeigeführten Schärfung meines künstlerischen Blickes. Wie dem auch sei – auf jeden Fall begannen für mich, als ich zwölf Jahre alt war, die «geschäftlichen Sitzungen», und das bedeutete, daß ich mich wöchentlich einmal im Empfangszimmer aufhielt.

«Masuji und ich haben heute abend Geschäftliches zu besprechen», pflegte mein Vater während des Abendessens zu verkünden, und das kam für mich einerseits der Aufforderung gleich, nach dem Essen im Empfangszimmer zu erscheinen, und andererseits war es für die restliche Familie eine Warnung, im näheren Umkreis während der Abendstunden keinen Lärm zu machen.

Mein Vater verschwand immer gleich nach der Mahlzeit und rief mich eine Viertelstunde später zu sich. Wenn ich den Raum betrat, war er von einer einzigen hohen Kerze erhellt, die in der Mitte auf dem Fußboden stand. Mein Vater saß in ihrem Lichtkreis mit untergeschlagenen Beinen auf der *tatami*, vor sich den hölzernen «Geschäftskasten». Mit einem Wink bedeutete er mir, ihm gegenüber im Licht Platz zu nehmen, und sobald ich dies tat, ließ der helle Schein der Kerze das restliche Zimmer viel dunkler erscheinen. Hinter meines Vaters Schultern konnte ich nur vage den buddhistischen Altar an der Wand erkennen und die wenigen Bilder in der Nische.

Mein Vater pflegte unverzüglich zur Sache zu kommen. Seinem «Geschäftskasten» entnahm er kleine, dicke Notizbücher und schlug das eine oder andere davon auf, um mir lange, dichtgedrängte Zahlenreihen zu zeigen. Dazu redete er die ganze Zeit in einem gemessenen, gravitätischen Tonfall und unterbrach sich gelegentlich nur kurz, um zu mir aufzublicken und sich zu vergewissern, daß ich gut mitkam. Ich beeilte mich dann stets zu sagen: «Ja, genau.»

Natürlich war es mir ganz unmöglich, den Erläuterungen meines Vaters zu folgen. Indem er sich, Fachausdrücke benützend, durch umfangreiche Kalkulationen hindurcharbeitete, machte er keine Zugeständnisse an die Tatsache, daß sein Zuhörer ein Knabe war. Doch genauso unmöglich schien es mir, ihn zu unterbrechen und ihn zu bitten, mir alles zu erklären. Denn für mich bedeutete es, daß mir Zutritt zum Empfangszimmer gewährt worden war, weil ich nun für alt genug gehalten wurde, um solches Gerede zu verstehen. Mein Schamgefühl wurde nur von der schrecklichen Furcht überboten, daß ich jederzeit aufgefordert werden könnte, mehr als immer nur «Ja, genau» zu sagen, und daß dann alles aufflog. So verging ein Monat nach dem anderen, und obschon nie eine andere Stellungnahme von mir verlangt wurde, lebte ich in Angst und Schrecken vor der jeweils nächsten «Geschäftssitzung».

Natürlich ist mir inzwischen klargeworden, daß mein Vater nie auch nur einen Augenblick von mir erwartete, ich könnte seinen Ausführungen folgen, doch andererseits habe ich nie herausfinden können, warum er mich eigentlich solchen Strapazen aussetzte. Möglicherweise wollte er mir von klein auf einprägen, daß er mich dazu ausersehen hatte, eines Tages die Geschäfte unserer Familie zu führen, oder vielleicht empfand er es als angebracht, daß ich als künftiges Familienoberhaupt bei allen Entscheidungen dabei war, deren Nachwirkungen ich mit einiger Wahrscheinlichkeit noch später als Erwachsener zu spüren bekommen würde. Auf diese Weise, mag sich mein Vater gesagt haben, hätte ich weniger Anlaß zur Klage, sollte er mir ein nicht sehr gesundes Unternehmen vererben.

Ich erinnere mich, daß ich an dem Tag, als ich fünfzehn Jahre alt wurde, zu einer ganz anderen Sitzung ins Empfangszimmer gerufen wurde. Wie üblich war der Raum von einer großen Kerze erhellt, und mein Vater saß mitten in ihrem kreisförmigen Lichtschein. Doch an jenem Abend stand statt des Geschäftskastens vor ihm ein schweres tönernes Kohlebecken. Dies verwunderte mich, denn dieses Becken – das größte in unserem Haus – wurde für gewöhnlich nur hervorgeholt, wenn Gäste da waren.

«Du hast sie alle mitgebracht?» fragte mich mein Vater.

«Ich habe getan, was du mir befohlen hast.»

Damit legte ich einen Stapel Bilder und Zeichnungen, den ich unter dem Arm getragen hatte, neben meinen Vater. Es war ein ziemlich unordentlicher Stapel, und er bestand aus Bögen unterschiedlicher Größe und Qualität. Die meisten waren zudem knittrig oder gewellt, was an der Farbe lag.

Ich saß schweigend da, während Vater mein Werk betrachtete. Auf jedes Bild warf er nur einen kurzen Blick und legte es zur Seite. Als er etwa die Hälfte besichtigt hatte, sagte er ohne aufzublicken:

«Masuji, bist du sicher, daß dies alles ist? Gibt es da nicht ein oder zwei Bilder, die du nicht mitgebracht hast?»

Ich antwortete nicht sofort. Da blickte er auf: «Nun?»

«Ja, es ist möglich, daß ich das eine oder andere Bild nicht mitgebracht habe.»

«Aha, zweifellos sind es die, auf die du am meisten stolz bist, stimmt's?»

Er hatte sich wieder meinen Bildern zugewandt, deshalb antwortete ich nicht. Eine Weile sah ich zu, wie der Stapel kleiner wurde. Einmal hielt er ein Bild dicht an die Kerzenflamme und sagte: «Dies ist doch der Weg, der vom Nishiyama-Hügel ins Tal führt, oder? Du hast die Szene sehr trefflich erfaßt. Ja, genauso sieht es aus, wenn man den Hügel hinuntergeht. Sehr gekonnt.»

«Danke.»

«Weißt du, Masuji» – meines Vaters Augen ruhten noch immer auf dem Bild – «ich habe von deiner Mutter etwas Seltsames erfahren. Sie scheint davon auszugehen, daß du den Beruf eines Malers ergreifen möchtest.»

Dies sagte er nicht als Frage. Deshalb verzichtete ich vorerst auf eine Antwort. Aber da schaute er auf und wiederholte: «Masuji, deine Mutter scheint davon auszugehen, daß du den Beruf eines Malers ergreifen möchtest. Natürlich irrt sie sich in dieser Annahme.»

«Natürlich», sagte ich leise.

«Du meinst, sie hat etwas mißverstanden.»

«Kein Zweifel.»

«Ich verstehe.»

Minutenlang prüfte mein Vater die restlichen Bilder, und ich schaute ihm schweigend zu. Schließlich meinte er ohne aufzublicken: «Ich glaube, deine Mutter ist gerade draußen vorbeigegangen. Hast du sie auch gehört?»

«Nein, tut mir leid, ich habe niemanden gehört.»

«Ich glaube, es war deine Mutter. Geh hin und bitte sie herein, wenn sie schon in der Nähe ist.»

Ich stand auf und ging zur Tür. Der Korridor war dunkel und leer, wie ich es erwartet hatte. Hinter mir vernahm ich meines Vaters Stimme: «Wenn du deine Mutter holen gehst, Masuji, dann kannst du auch gleich die restlichen Bilder mitbringen.»

Vielleicht bildete ich es mir nur ein, doch als ich ein paar Minuten später, begleitet von meiner Mutter, wieder ins Zimmer trat, kam es mir so vor, als wäre die tönerne Schale ein wenig näher an die Kerze herangerückt worden. Außerdem schien mir, daß es im Raum angebrannt roch, aber als ich einen raschen Blick in die Schale warf, entdeckte ich kein Anzeichen dafür, daß sie benutzt worden war.

Mein Vater nickte zerstreut, als ich die restlichen Blätter meines Werkes neben den ersten Stapel legte. Noch immer schien er ganz mit meinen Bildern beschäftigt, und eine Zeitlang ignorierte er nicht nur mich, sondern auch meine Mutter, die ihm schweigend gegenübersaß. Am Ende seufzte er, blickte auf und sagte zu mir: «Ich nehme an, Masuji, für Wanderpriester hättest du nicht viel Zeit, oder?»

«Wanderpriester? Nein, wohl kaum.»

«Sie haben aber viel über unsere Welt zu sagen. Meist schenke ich ihnen nicht viel Beachtung, aber man sollte heiligen Menschen Höflichkeit entgegenbringen, selbst wenn sie einem manchmal wie Bettler vorkommen.»

Er schien auf eine Antwort zu warten, deshalb sagte ich: «Ja, genau.»

Da richtete mein Vater das Wort an meine Mutter: «Sachiko, erinnerst du dich an die Wanderpriester, die früher durch unser Dorf kamen? Einer von ihnen kam kurz nach der Geburt unseres Sohnes zu diesem Haus. Ein hagerer Greis mit nur einer Hand, aber trotzdem ein zäher Bursche. Erinnerst du dich an ihn?»

«Ja, natürlich», antwortete meine Mutter. «Vielleicht sollte man sich nicht zu Herzen nehmen, was manche von diesen Priestern zu sagen haben.»

«Aber du weißt bestimmt noch», meinte mein Vater, «daß jener Priester tief in Masujis Herz schaute. Er verließ uns mit einer Warnung. Entsinnst du dich, Sachiko?»

«Unser Sohn war doch damals noch ein Baby», sagte meine Mutter so leise, als hoffte sie, ich könnte es nicht hören. Die Stimme meines Vaters hingegen war unnötig laut, als wende er sich an eine Zuhörerschaft:

«Er verließ uns mit einer Warnung. Masuji sei an Leib und Gliedern gesund, sagte er, doch sei er mit einem charakterlichen

Mangel zur Welt gekommen, mit einer schwachen Stelle, die ihm eine Neigung zu Unzuverlässigkeit und Täuschung verleihen werde. Erinnerst du dich, Sachiko?»

«Ja, aber ich glaube, der Priester wußte auch viele positive Dinge über unseren Sohn zu sagen.»

«Das ist wahr. Unser Sohn habe eine Menge guter Eigenschaften, meinte er nachdrücklich, aber du hast doch seine Warnung nicht vergessen, Sachiko? Sofern die guten Seiten unseres Sohnes die Oberhand gewinnen sollten, meinte er, müßten wir, die Eltern, wachsam sein und stets jener Schwäche entgegenwirken, wann immer sie sich zeige. Sonst, so sagte der Priester zu uns, könnte aus unserem Masuji ein Taugenichts werden.»

«Vielleicht», wandte meine Mutter behutsam ein, «ist es unklug, sich zu Herzen zu nehmen, was diese Priester zu sagen haben.»

Mein Vater schien von dieser Bemerkung ein wenig überrascht, doch dann nickte er nachdenklich, als hätte meine Mutter etwas Unerwartetes gesagt. «Mir selbst widerstrebte es damals, ihn ernst zu nehmen», fuhr er fort, «aber als Masuji dann heranwuchs, mußte ich den Worten des alten Mannes recht geben. Es kann nicht bestritten werden, daß eine Schwäche das Wesen unseres Sohnes durchzieht. Bosheit oder dergleichen findet sich wenig in ihm, aber wir mußten unablässig seine Faulheit, seine Abneigung gegen nützliche Arbeit und seine Willensschwäche bekämpfen.»

Mein Vater ergriff mit Bedacht drei oder vier meiner Bilder und hielt sie so in den Händen, als prüfe er ihr Gewicht. Zu mir gewandt sagte er: «Masuji, deine Mutter ging davon aus, daß du den Beruf eines Malers ergreifen möchtest. Hat sie dies vielleicht mißverstanden?»

Ich senkte den Blick und schwieg. Da hörte ich neben mir die Stimme meiner Mutter. Fast flüsternd sagte sie: «Er ist noch sehr jung. Sicher ist es nur eine kindliche Laune.»

Es entstand ein kurzes Schweigen, dann sagte mein Vater: «Sag mal, Masuji, hast du eigentlich eine Vorstellung davon, in was für einer Welt Künstler leben?»

Ich schwieg weiter und blickte vor mich hin zu Boden.

«Künstler», fuhr mein Vater fort, «leben in Not und Armut. Sie leben in einer Welt, die sie ständig in Versuchung führt, willensschwach und sittenlos zu werden. Habe ich nicht recht, Sachiko?»

«Natürlich. Aber vielleicht gibt es den einen oder anderen, der diese Laufbahn einschlagen und dennoch solchen Fußangeln ausweichen kann.»

«Gewiß, es gibt Ausnahmen», stimmte ihr mein Vater zu. Ich hielt noch immer den Blick gesenkt, aber ich konnte seiner Stimme anhören, daß er wieder verwundert mit dem Kopf nickte. «Ja, es gibt eine Handvoll Künstler mit außerordentlicher Charakterstärke, aber ich fürchte, unser Sohn ist nicht solch ein Mensch, sondern eher das Gegenteil. Es ist unsere Pflicht, ihn vor solchen Gefahren zu bewahren. Schließlich wollen wir doch, daß aus ihm jemand wird, auf den wir stolz sein können, nicht wahr?»

«Natürlich», sagte meine Mutter.

Ich blickte rasch auf. Die Kerze war zur Hälfte abgebrannt, und ihr Lichtschein erleuchtete hell eine Seite von meines Vaters Gesicht. Meine Bilder lagen jetzt in seinem Schoß, und mir entging nicht, wie ungeduldig seine Finger den Rand der Blätter betasteten.

«Masuji», sagte er, «du kannst jetzt gehen. Ich möchte mit deiner Mutter reden.»

Ich erinnere mich, daß ich später am Abend in dem dunklen Haus meiner Mutter begegnete, wahrscheinlich in einem der Korridore, aber ganz sicher bin ich mir nicht. Ich wüßte auch nicht zu sagen, warum ich in der Finsternis durch das Haus geisterte, doch tat ich es keineswegs, um meine Eltern zu belauschen, denn schließlich hatte ich mir vorgenommen, keinen Gedanken an das zu verschwenden, was sich nach meinem Weggehen im Empfangszimmer abgespielt haben mochte. Damals waren alle Häuser natürlich nur spärlich erleuchtet, und so war nichts Besonderes daran, daß meine Mutter und ich uns nun im Dunkeln gegenüberstanden und miteinander sprachen. Ich konnte die Umrisse ihrer Gestalt vor mir erkennen, nicht jedoch ihr Gesicht.

«Es riecht im ganzen Haus verbrannt», bemerkte ich.

«Verbrannt?» Meine Mutter zögerte kurz, dann sagte sie: «Nein, das glaube ich nicht. Du bildest es dir wohl ein, Masuji.»

«Ich kann es aber riechen», sagte ich. «Da! Da ist es wieder! Ist Vater noch im Empfangszimmer?»

«Ja. Er arbeitet.»

«Mir ist es egal, was er da macht», sagte ich. «Es kümmert mich nicht im geringsten.»

Da meine Mutter schwieg, fügte ich hinzu: «Das einzige, was Vater erreicht hat, ist, daß er meinen Ehrgeiz noch mehr angestachelt hat.»

«Das freut mich zu hören, Masuji.»

«Bitte versteh mich nicht falsch, Mutter. Ich habe keine Lust, in ein paar Jahren dort zu sitzen, wo Vater jetzt sitzt, und meinem eigenen Sohn Geldangelegenheiten und Rechnungen zu erklären. Könntest du stolz auf mich sein, wenn aus mir solch ein Mensch würde?»

«Allerdings, Masuji. Für ein Leben, wie dein Vater es führt, spricht viel mehr, als du es dir in deinem jetzigen Alter vorstellen kannst.»

«Ich wäre aber nie auf mich selber stolz! Als ich vorhin sagte, ich sei ehrgeizig, da wollte ich damit sagen, daß ich über eine solche Art zu leben hinauswachsen will.»

Meine Mutter ließ ein paar Sekunden verstreichen, dann sagte sie: «Wenn man jung ist, kommen einem viele Dinge trübe und leblos vor, aber wenn man dann älter wird, stellt man fest, daß einem gerade diese Dinge am wichtigsten sind.»

Darauf ging ich nicht ein; wenn ich mich nicht täusche, sagte ich statt dessen: «Früher hatte ich schreckliche Angst vor Vaters Geschäftssitzungen, aber seit einiger Zeit langweilen sie mich nur noch, nichts weiter. Ehrlich gesagt, widern sie mich sogar an. Warum soll es eine Auszeichnung sein, an ihnen teilnehmen zu dürfen? Das Abzählen von Kleingeld, das Befingern von Münzen – Stunde um Stunde! Nein, ich könnte es mir nie verzeihen, wenn ich mein Leben so einrichten würde.» Ich unterbrach mich, um zu sehen, ob meine Mutter etwas dazu zu sagen hatte. Einen Augenblick lang hatte ich das seltsame Gefühl, sie sei leise davongegangen, während ich noch redete, und hätte mich allein gelassen. Doch dann hörte ich, wie sie sich dicht vor mir bewegte, und so wiederholte ich: «Mir ist es egal, was Vater da drinnen im Empfangszimmer macht. Alles, was er erreicht hat, ist, meinen Ehrgeiz noch mehr anzustacheln.»

Doch wie ich sehe, bin ich vom Thema abgekommen. Eigentlich hatte ich hier das Gespräch wiedergeben wollen, das ich letzten Monat mit Setsuko führte, als sie in das Empfangszimmer kam, um die Blumen zu erneuern.

Ich sehe meine Tochter noch vor mir, wie sie vor dem buddhistischen Altar hockte und sich daran machte, ein paar schon recht welke Blumen aus dem schmückenden Strauß zu entfernen. Ich selbst hatte mich nicht weit hinter ihr niedergelassen und schaute zu, wie sie sorgsam jeden Stengel schüttelte, bevor sie ihn auf ihren Schoß legte, und ich glaube, daß wir dabei leichthin plauderten. Doch dann sagte sie, ohne ihre Blumen aus den Augen zu lassen:

«Verzeih mir, daß ich davon anfange, aber sicher hast du es schon selber gemerkt.»

«Was meinst du, Setsuko?»

«Ich bin nur darauf gekommen, weil es so aussieht, als würden die Verhandlungen wegen Norikos Heirat weitergehen.»

Setsuko hatte begonnen, eine Schnittblume nach der anderen aus der von ihr mitgebrachten Vase zu nehmen und sie in die Vasen rings um den Altar zu stecken. Dies tat sie mit großer Behutsamkeit und hielt nach jeder Blume kurz inne, um die Wirkung zu betrachten. «Ich wollte nur sagen», fuhr sie fort, «daß unser Vater gewisse vorbeugende Schritte unternehmen sollte, sobald es mit den Verhandlungen ernst wird.»

«Vorbeugende Schritte? Natürlich werden wir nichts überstürzen. Aber was genau meinst du damit?»

«Verzeih mir, ich dachte vor allem an die vertraulichen Nachforschungen.»

«Ja, wir werden uns so gründlich informieren, wie es angemessen scheint. Am besten übergeben wir die Sache wieder demselben Privatdetektiv wie letztes Jahr. Der Mann war sehr zuverlässig, wie du dich gewiß erinnerst.»

Setsuko rückte vorsichtig den Stiel einer Blume zurecht. «Verzeih mir, aber ich habe mich zweifellos unklar ausgedrückt. Ich meinte *ihre* vertraulichen Nachforschungen.»

«Es tut mir leid, aber ich bin nicht sicher, ob ich dir folgen kann. Ich wußte nicht, daß wir etwas zu verbergen haben.»

Setsuko lachte nervös. «Mein Vater möge mir vergeben. Wie du weißt, war Konversation nie meine Stärke. Suichi schimpft mich dauernd, weil ich mich schlecht ausdrücke. Er selbst ist ja so redegewandt! Ich sollte versuchen, von ihm zu lernen.»

«Oh, ich bin sicher, daß du weißt, wie man ein Gespräch führt, aber ich fürchte, ich kann dir diesmal nicht ganz folgen.»

Plötzlich hob Setsuko mit einer Geste der Verzweiflung die Hände, sagte seufzend: «Dieser Wind!» und machte sich wieder mit ihren Blumen zu schaffen. «Ich möchte sie gern *so* haben, aber der Wind scheint nicht einverstanden zu sein.» Über ihr Gesicht huschte ein sorgenvoller Ausdruck. «Verzeih mir, Vater. Suichi würde besser ausdrücken, was ich sagen will, aber leider ist er nicht hier. Ich wollte lediglich sagen, daß es vielleicht besser ist, wenn du als unser Vater gewisse vorbeugende Maßnahmen ergreifst, um sicherzustellen, daß es nicht zu Mißverständnissen kommt. Immerhin ist Noriko schon fast sechsundzwanzig. Wir können uns nicht mehr viele solche Mißverständnisse leisten wie letztes Jahr.»

«Mißverständnisse? Worüber denn, Setsuko?»

«Über die Vergangenheit. Aber bitte, ich bin sicher, daß ich das eigentlich nicht zu sagen bräuchte. Unser Vater hat diese Dinge bestimmt schon bedacht und wird alles Notwendige tun.»

Sie lehnte sich zurück, betrachtete ihr Werk und drehte sich dann lächelnd zu mir um. «Mir mangelt es in diesen Dingen an Geschicklichkeit», meinte sie und wies auf die Blumen.

«Sie sehen wunderbar aus.»

Setsuko warf einen zweifelnden Blick zum Altar und lachte befangen.

Während ich gestern die Fahrt in der Straßenbahn durch die ruhige Vorstadt Arakawa genoß, mußte ich plötzlich an dieses Gespräch im Empfangszimmer denken und spürte, wie mich eine

Welle der Verärgerung ergriff. Durch das Fenster betrachtete ich die Landschaft, die um so dünner besiedelt war, je weiter wir nach Süden fuhren, und zugleich sah ich im Geist das Bild meiner Tochter vor mir, wie sie vor dem Altar saß und mir riet, «vorbeugende Maßnahmen» zu ergreifen. Ich hatte noch nicht vergessen, wie sie, den Kopf eine Spur zu mir hingewendet, gesagt hatte: «Wir können uns nicht mehr viele solche Mißverständnisse leisten wie letztes Jahr.» Ich mußte auch daran denken, welch wissende Miene sie aufgesetzt hatte, als sie am ersten Morgen ihres Besuchs auf der Veranda angedeutet hatte, ich wisse im Zusammenhang mit dem Rückzieher der Familie Miyake vor einem Jahr von irgendeinem besonderen Geheimnis. Solche Erinnerungen hatten während des vergangenen Monats meine Stimmung beeinträchtigt, und erst gestern, als ich ganz allein durch die ruhigeren Vororte der Stadt fuhr, konnte ich mir selbst genauer Rechenschaft über meine eigenen Gefühle ablegen. Dabei wurde mir klar, daß meine Verärgerung weniger Setsuko galt als ihrem Mann.

Vermutlich ist es ganz natürlich, daß sich eine Ehefrau von den Vorstellungen ihres Mannes beeinflussen läßt – selbst wenn diese, wie im Fall Suichis, ziemlich unvernünftig sind. Doch wenn ein Mann seine Frau dazu anstiftet, argwöhnische Gedanken gegen ihren leiblichen Vater zu hegen, dann ist dies sicherlich Grund genug zur Verärgerung. Wegen der Dinge, die er irgendwo in der fernen Mandschurei durchgemacht haben muß, habe ich mich bemüht, gegenüber gewissen Aspekten seines Verhaltens Nachsicht zu üben. Beispielsweise habe ich ihm nie übelgenommen, daß er sich häufig seine Verbitterung gegenüber meiner Generation anmerken läßt. Allerdings bin ich stets davon ausgegangen, daß solche Gefühle im Lauf der Zeit verblassen. Leider scheinen sie jedoch bei Suichi mit der Zeit bitterer und unsinniger zu werden.

All dies würde mich jetzt nicht bekümmern – schließlich leben Setsuko und Suichi weit weg, und ich sehe sie höchstens einmal im Jahr –, würden jene unvernünftigen Ansichten sich nicht seit Setsukos Besuch vor einem Monat immer mehr auch in Norikos Kopf einnisten. Dies ist es, was mich verärgert und mich während der letzten paar Tage mehrmals fast dazu veranlaßt hat, Setsuko einen empörten Brief zu schreiben. Es ist nichts dagegen zu sagen, daß ein Mann und seine Frau sich mit lächerlichen Spekulationen die Zeit vertreiben, doch sollten sie dergleichen besser für sich behalten. Ein strengerer Vater hätte zweifellos schon längst etwas dagegen unternommen.

Mehr als einmal hatte ich meine Töchter im Gespräch überrascht, und mir war auch aufgefallen, daß sie jedesmal mit schuldbewußter Miene abbrachen und rasch ein anderes, ziemlich belangloses Thema anschnitten. Ich kann mit Sicherheit sagen, daß dies mindestens dreimal während Setsukos fünftägigem Besuch passierte. Als nun Noriko und ich vor ein paar Tagen unser Frühstück beendeten, sagte sie zu mir:

«Gestern kam ich am Shimizu-Kaufhaus vorbei. Rate mal, wen ich an der Straßenbahnhaltestelle stehen sah? Jiro Miyake!»

«Miyake?» Ich schaute von meiner Schüssel auf, verblüfft, daß Noriko den Namen so unverblümt ausgesprochen hatte. «Nun, das war eine unglückliche Begegnung.»

«Unglücklich? Nein, Vater, ich habe mich sogar gefreut, ihn zu sehen. Ihm schien es jedoch peinlich zu sein, deshalb habe ich nicht lange mit ihm geredet. Außerdem mußte ich zurück ins Büro. Siehst du, ich hatte nur etwas zu erledigen. Wußtest du eigentlich, daß er verlobt ist und bald heiraten wird?»

«Hat er dir das gesagt? Der muß Nerven haben!»

«Er ist natürlich nicht freiwillig damit herausgerückt. Ich habe ihn gefragt. Ich habe ihm erzählt, daß ich jetzt wieder mitten drin in Verhandlungen bin, und fragte ihn, wie es denn um seine eigenen Heiratsaussichten stehe. Das habe ich ihn einfach gefragt, und er lief puterrot an! Aber dann kam er doch mit der Sprache raus und sagte, er sei so gut wie verlobt. Alles sei praktisch schon perfekt.»

«Noriko, du solltest wirklich nicht so indiskret sein! Mußtest du denn ausgerechnet vom Heiraten reden?»

«Ich war neugierig, und es macht mir nichts mehr aus. Da sich die Verhandlungen wegen meiner eigenen Heirat jetzt so gut anlassen, dachte ich einfach, es wäre schade, wenn Jiro Miyake noch immer über die Sache vom letzten Jahr nachgrübeln würde.

Du kannst dir also vorstellen, wie ich mich freute, als ich hörte, er sei praktisch verlobt.»

«Verstehe.»

«Hoffentlich lerne ich seine Braut bald kennen. Sie ist sicher sehr nett, meinst du nicht auch, Vater?»

«Ja, gewiß.»

Wir aßen weiter, doch dann, nach einem Weilchen, meinte Noriko: «Es gab da noch etwas anderes, wonach ich ihn fast gefragt hätte, aber ich habe es dann doch nicht getan.» Sie beugte sich vor und flüsterte: «Ich habe ihn fast gefragt, was vor einem Jahr passiert ist – ich meine, warum sie einen Rückzieher gemacht haben.»

«Es war richtig, ihn das *nicht* zu fragen. Im übrigen haben uns die Miyakes damals eindeutige Gründe genannt. Sie hatten alle das Gefühl, daß der junge Mann nicht die gesellschaftliche Stellung hatte, um eine Frau wie dich zu verdienen.»

«Aber du weißt doch, daß das bloß der Formalität wegen war, Vater! Den wahren Grund haben wir nie herausgefunden. Mir ist er jedenfalls nie zu Ohren gekommen.» Etwas in ihrer Stimme veranlaßte mich, wieder von meiner Schüssel aufzuschauen. Noriko saß reglos da, die Stäbchen in der erhobenen Hand, als wartete sie darauf, daß ich etwas sagte. Als ich jedoch weiteraß, fragte sie: «Warum haben sie denn deiner Meinung nach die Verhandlungen abgebrochen? Hast du es jemals herausgefunden?»

«Nein, ich habe nichts herausgefunden. Wie ich schon sagte: Sie haben es mir gegenüber damit begründet, daß der junge Mann in gesellschaftlicher Hinsicht nicht der Richtige für dich war. Das ist eine durchaus zufriedenstellende Erklärung.»

«Ich frage mich, Vater, ob es nicht einfach daran gelegen hat, daß ich nicht ihre Anforderungen erfüllen konnte. Vielleicht war ich ihnen nicht hübsch genug? Könnte es nicht deiner Meinung nach daran gelegen haben?»

«Nein, es hatte nichts mit dir zu tun, das weißt du genau. Es gibt alle möglichen Gründe, warum eine Familie solche Verhandlungen abbrechen könnte.»

«Gut, Vater, aber wenn es nichts mit mir zu tun hatte, dann frage ich mich, warum sie sich zurückgezogen haben.»

Mir kam das, was meine Tochter da sagte, für ihre Verhältnisse allzu absichtsvoll und wohlüberlegt vor. Vielleicht bildete ich es mir nur ein, wenngleich gerade ein Vater selbst kleinste Veränderungen im Tonfall seiner Tochter am ehesten wahrnimmt.

Wie dem auch sei – das Gespräch mit Noriko vergegenwärtigte mir wieder meine letzte Begegnung mit Jiro Miyake, die damit geendet hatte, daß wir an einer Straßenbahnhaltestelle standen und uns unterhielten. Das geschah vor reichlich einem Jahr, als die Verhandlungen mit der Familie Miyake noch immer in Gang waren. Es war an einem Spätnachmittag, und in den Straßen der Stadt wimmelte es von Menschen, die nach ihrer Tagesarbeit heimkehrten. Aus irgendeinem Grund hatte ich einen Spaziergang durch das Yokote-Viertel gemacht und steuerte auf die Straßenbahnhaltestelle vor dem Gebäude der Firma Kimura zu. Falls du dich im Yokote-Viertel auskennst, dann weißt du auch von den zahlreichen und ziemlich schäbigen Büros über der langen Reihe Läden im Erdgeschoß. Als ich Jiro Miyake dort an jenem Tag erblickte, kam er gerade aus solch einem Büro, genau gesagt befand er sich schon am Fuß einer schmalen Treppe, die zwischen zwei Geschäften hinaufführte.

Bis zu jenem Tag war ich ihm erst zweimal begegnet, und zwar immer nur bei formellen Familientreffen, zu denen er in seiner besten Kleidung erschienen war. Jetzt sah er ganz anders aus. Er trug einen recht ärmlichen, ein wenig zu großen Regenmantel und hatte sich seine Aktentasche unter den Arm geklemmt. Insgesamt gab er das Bild eines jungen Mannes ab, der daran gewöhnt ist, herumgeschubst zu werden, und aus seiner Haltung sprach die Bereitschaft, sich jederzeit zu verbeugen. Als ich ihn fragte, ob er in dem Büro arbeite, aus dem er gerade gekommen war, lachte er nervös, als hätte ich ihn beim Verlassen eines anrüchigen Etablissements ertappt.

Zuerst dachte ich, sein äußerst linkisches Verhalten sei eine Folge unserer zufälligen Begegnung, doch bald begriff ich, daß ihm die Schäbigkeit des Bürogebäudes und dessen Umgebung peinlich war. Erst rund eine Woche später, als ich zu meiner Überraschung erfuhr, daß die Miyakes die Verhandlungen abgebrochen hatten, begann ich mir Gedanken über die Begegnung und ihre Auswirkungen zu machen.

«Ich frage mich», sagte ich zu Setsuko, die damals gerade wieder auf Besuch bei uns weilte, «ob die Miyakes zu dem Zeitpunkt, als ich mich mit dem jungen Mann unterhielt, nicht schon längst beschlossen hatten, die Verhandlungen scheitern zu lassen.»

«Damit wäre seine Nervosität erklärt», hatte sie geantwortet. «Hat er denn keinerlei Hinweise gegeben, aus denen sich auf ihre Absichten schließen ließ?»

Es war erst eine Woche seit der Begegnung mit dem jungen Miyake vergangen, aber ich konnte mich kaum noch an den Wortlaut unserer Unterhaltung erinnern. An jenem Nachmittag ging ich ja auch noch immer davon aus, daß seine Verlobung mit Noriko an einem der nächsten Tage bekanntgegeben würde, daß ich mich also einem künftigen Mitglied unserer Familie gegenübersah. Mein Hauptinteresse bestand folglich darin, den jungen Mann dahin zu bringen, daß er sich in meiner Gegenwart ein bißchen lockerer gab, und so erklärt es sich, daß ich kaum darauf achtete, was er während des kurzen Spaziergangs zur Straßenbahnhaltestelle und während der wenigen Minuten zu mir sagte, nachdem wir dort angekommen waren.

Als ich dann in den nächsten Tagen die ganze Angelegenheit gründlich überdachte, kam mir eine neue Idee: Vielleicht hatte die Begegnung dazu beigetragen, die Verhandlungen scheitern zu lassen?

«Das ist durchaus denkbar», äußerte ich gegenüber Setsuko. «Es war dem jungen Miyake peinlich, daß ich seinen Arbeitsplatz gesehen hatte. Mag sein, daß ihm dadurch schlagartig aufging, wie groß die Kluft zwischen unseren Familien ist. Die Miyakes haben selbst allzu oft darauf hingewiesen, als daß es nur eine Formalität sein könnte.»

Diese Theorie schien Setsuko jedoch nicht zu überzeugen, und nach ihrer Rückkehr hat sie wohl daheim mit ihrem Mann darüber spekuliert, welches die wahren Gründe für das Scheitern der Heiratspläne ihrer Schwester waren. Jedenfalls scheint sie bei ihrem diesjährigen Besuch ihre eigenen Theorien mitgebracht zu haben – oder zumindest die von Suichi. So sehe ich mich also gezwungen, wieder einmal über die Begegnung mit dem jungen Miyake nachzudenken und sie unter einem anderen Blickwinkel zu betrachten. Doch wie gesagt, schon eine Woche danach konnte ich mich kaum noch an etwas erinnern, und inzwischen ist über ein Jahr vergangen.

Seitdem ist mir allerdings ein bestimmter Teil unseres Gesprächs wieder in den Sinn gekommen, ein paar Sätze, denen ich damals wenig Bedeutung beimaß. Miyake und ich hatten die Hauptstraße erreicht und standen vor dem Gebäude der Firma Kimura. Ich weiß noch, daß er, während wir auf unsere Straßenbahn warteten, zu mir sagte:

«Gestern gab's bei uns im Büro eine schlimme Nachricht. Der Präsident von unserer Mutterfirma ist tot.»

«Es tut mir leid, dies zu hören. War er schon ziemlich betagt?»

«Nein, er war erst Anfang sechzig. Ich habe nie das Glück gehabt, ihn mit meinen eigenen Augen zu sehen, aber natürlich habe ich mir seine Photos in unseren Firmenzeitschriften angeschaut. Er war ein bedeutender Mensch, und wir fühlen uns alle, als wären wir verwaist.»

«Es muß euch alle wie ein Schlag getroffen haben.»

«Ja, das hat es», sagte Miyake. Er hielt kurz inne und fügte dann hinzu: «Leider wissen wir in unserem Büro nicht so recht, wie wir am besten unser Beileid zum Ausdruck bringen könnten. Wissen Sie, um ganz ehrlich zu sein, der Präsident hat Selbstmord begangen.»

«Ach ja?»

«Ja. Er hat sich mit Gas umgebracht. Aber allem Anschein nach hat er vorher versucht, Harakiri zu machen, weil er am Bauch ein paar leichte Schnittwunden hatte.» Miyake blickte tiefernst zu Boden. «Es war seine Art, sich bei den von ihm geleiteten Firmen zu entschuldigen.»

«Zu entschuldigen?»

«Unser Präsident fühlte sich offenbar für gewisse Vorkommnisse verantwortlich, in die wir während des Krieges verwickelt waren. Zwei ältere Führungskräfte waren schon zuvor von den Amerikanern entlassen worden, aber unser Präsident schien das nicht für ausreichend zu halten. Was er getan hat, war ein Akt der Sühne in unser aller Namen gegenüber den Familien, die im Krieg Angehörige verloren haben.»

«Ich muß schon sagen», meinte ich, «das klingt alles ziemlich übertrieben. Die Welt scheint verrückt geworden zu sein. Es vergeht kaum ein Tag, an dem nicht von jemandem berichtet wird, der sich, um seine Schuld zu sühnen, das Leben nimmt. Sagen Sie, Herr Miyake, halten Sie das nicht auch für eine große Verschwendung? Wenn das eigene Land einen Krieg führt, dann gibt man sein Bestes, und daran ist nichts Schändliches. Warum sollte man später dafür mit seinem Leben büßen?»

«Sie haben zweifellos recht. Aber ehrlich gesagt, viele bei uns in der Firma sind erleichtert. Wir haben das Gefühl, daß wir jetzt unsere Verfehlungen der Vergangenheit vergessen und in die Zukunft blicken können. Unser Präsident hat uns einen großen Dienst erwiesen.»

«Es ist trotzdem eine große Verschwendung! Einige unserer besten Männer opfern auf diese Weise ihr Leben.»

«Ja, es ist wirklich schade. Manchmal denke ich, daß es eine Menge Leute gibt, die für das, was sie getan haben, mit dem Leben bezahlen sollten, aber sie sind zu feige, um sich selbst zur Verantwortung zu ziehen. Deshalb bleibt es Menschen wie unserem Präsidenten überlassen, mit einer solch noblen Geste zu sterben. Viele haben schon längst wieder die Stellung, die sie während des Krieges hatten, und manch einer ist kaum besser als die Kriegsverbrecher. Sie sind es, die Buße leisten sollten.»

«Ich verstehe, was Sie meinen», sagte ich. «Doch alle, die während des Krieges loyal für unser Land kämpften und arbeiteten, können nicht als Kriegsverbrecher gebrandmarkt werden. Ich fürchte, man geht mit dieser Bezeichnung heutzutage allzu leichtfertig um.»

«Genau dies sind die Männer, die unser Land auf den falschen Weg geführt haben. Es ist doch nur recht und billig, daß sie nun für ihre Taten geradestehen. Ich finde es feige, wenn solche Leute nicht zu ihren Fehlern stehen. Und wenn diese Fehler im Namen eines ganzen Landes begangen wurden, dann ist es die schlimmste Feigheit überhaupt.»

Hat Miyake tatsächlich all dies an jenem Nachmittag zu mir gesagt? Vielleicht verwechsle ich seine Worte mit dem, was Suichi in diesem Zusammenhang sagen würde. Ja, das ist gut möglich. Schließlich sah ich in Miyake meinen zukünftigen Schwiegersohn und habe ihn vielleicht deshalb in Gedanken mit Setsukos Mann verwechselt. Ausdrücke wie «schlimmste Feigheit» klingen ja auch viel mehr nach Suichi als nach dem schüchternen jungen Miyake. Trotzdem bin ich mir ziemlich sicher, daß unsere Unterhaltung ungefähr so verlaufen ist, als wir an jenem Tag auf die Straßenbahn warteten, und mir kommt es im nachhinein ein bißchen seltsam vor, daß der junge Mann solch ein Thema angeschnitten hat. Was nun den Ausdruck «schlimmste Feigheit» anbelangt, so bin ich mir allerdings ganz sicher, daß ich ihn von Suichi gehört habe. Wenn ich jetzt darüber nachdenke, glaube ich sogar sagen zu können, daß Suichi diese Worte am Abend nach der feierlichen Beisetzung von Kenjis Asche benutzt hat.

Es hatte länger als ein Jahr gedauert, bis die Asche meines Sohnes endlich aus der Mandschurei eintraf. Die Kommunisten, sagte man uns ständig, bereiteten dort nichts als Schwierigkeiten. Als Kenjis Asche dann endlich zusammen mit der von dreiundzwanzig anderen jungen Männern ankam, die bei einem hoffnungslosen Angriff in einem Minenfeld getötet worden waren, gab es keinerlei Gewißheit, daß es tatsächlich seine war, nur seine allein. «Falls die Asche meines Bruders mit der anderer vermischt ist», hatte Setsuko damals geschrieben, «dann nur mit der Asche seiner Kameraden, und dann dürfen wir uns nicht beklagen.» So akzeptierten wir denn die Asche als Kenjis und bestatteten sie in einer verspäteten Zeremonie, die sich vor einem Monat zum zweiten Mal gejährt hat.

Es geschah mitten in der Totenfeier, daß ich Suichi mit ärgerlichen Schritten davongehen sah. Als ich mich bei Setsuko erkundigte, was mit ihrem Mann los sei, flüsterte sie mir rasch zu: «Bitte verzeih ihm, er fühlt sich nicht wohl. Sein Magen ist seit Monaten leicht verstimmt, und er wird es nicht los.»

Später jedoch, als sich die Trauergäste in meinem Haus versammelten, sagte Setsuko zu mir: «Bitte hab Verständnis, Vater. Solche Zeremonien erschüttern Suichi zutiefst.»

«Wie feinfühlig», sagte ich. «Ich hatte keine Ahnung, daß er deinem Bruder so nahe stand.»

«Sie haben sich immer gut miteinander vertragen», erwiderte Setsuko. «Außerdem identifiziert sich Suichi sehr mit jungen Männern, wie Kenji einer war. Er sagt, es hätte genausogut ihn selbst treffen können.»

«Aber ist nicht gerade *das* ein Argument dagegen, die Zeremonie so zu verlassen?»

«Es tut mir leid, Vater, Suichi wollte auf keinen Fall respektlos erscheinen. Wir haben im vergangenen Jahr an vielen Feierlichkeiten zu Ehren von Suichis gefallenen Freunden und Kameraden teilgenommen, und er war jedesmal furchtbar verstimmt.»

«Verstimmt? Weshalb verstimmt?»

Doch da trafen weitere Gäste ein, und so mußte ich unser Gespräch abbrechen. Erst später am Abend hatte ich Gelegenheit, mit Suichi selbst zu sprechen. Es waren noch immer zahlreiche Gäste da. Sie hatten sich im Empfangszimmer versammelt. Ich erblickte die hochgewachsene Gestalt meines Schwiegersohns allein am entfernten Ende des Raumes. Er hatte die beiden Flügel der Schiebetür geöffnet, die zum Garten hinausführt, stand mit dem Rücken zum von Stimmengewirr erfüllten Zimmer und blickte unverwandt in die Dunkelheit hinaus. Ich ging zu ihm und sagte:

«Suichi, Setsuko hat mir erzählt, daß dich solche Zeremonien verstimmen.»

Er drehte sich um und lächelte. «Ja, das kann man wohl sagen. Ich werde wütend, wenn ich über gewisse Dinge nachdenke. Über die sinnlosen Opfer.»

«Ja, der Gedanke daran ist schrecklich. Aber Kenji ist wie so viele andere tapfer gestorben.»

Sekundenlang sah mich mein Schwiegersohn ruhig und mit ausdruckslosem Gesicht an. Das tut er von Zeit zu Zeit, und ich habe mich nie daran gewöhnen können. Solche Blicke sind zweifellos ganz unschuldig gemeint, aber Suichi ist ein kräftiger Mann und hat furchteinflößende Züge. Deshalb kann es leicht passieren, daß man auf seinem Gesicht eine Drohung oder einen Vorwurf zu erkennen meint.

«Das mutige Sterben scheint kein Ende zu nehmen», sagte er. «Die Hälfte meiner ehemaligen Schulkameraden ist eines tapferen Todes gestorben. Sie wurden allesamt stupiden Idealen geopfert, aber das zu begreifen blieb ihnen keine Zeit. Weißt du, was mich wirklich wütend macht, Vater?»

«Was ist es, Suichi?»

«Die Leute, die Kenji und seinesgleichen losgeschickt haben, damit sie tapfer sterben – wo sind sie heute? Sie sind am Leben, und für sie hat sich nicht viel verändert. Viele sind sogar erfolgreicher als vorher und benehmen sich gegenüber den Amerikanern mustergültig. Dabei sind sie es gewesen, die uns in die Katastrophe geführt haben. Aber nicht um sie, sondern um junge Männer wie Kenji müssen wir trauern! Das ist es, was mich wütend macht. Tapfere junge Männer sterben für stupide Ideale, aber die wahren Schuldigen leben nach wie vor in unserer Mitte. Sie haben Angst, sich uns als das zu zeigen, was sie sind, und ihre Schuld einzugestehen.» Es war an dieser Stelle, dessen bin ich mir sicher, daß er sich wieder dem dunklen Garten zuwandte und sagte: «Meiner Meinung nach ist das die schlimmste Feigheit.»

Ich war nach der Zeremonie erschöpft, sonst hätte ich einigen seiner Aussagen entschieden widersprochen, doch ich sagte mir, daß es für solche Gespräche noch ausreichend Gelegenheit geben würde, und schnitt ein anderes Thema an. Ich weiß noch genau, wie ich dort neben ihm stand, in die Nacht hinausblickte und mich nach seiner Arbeit und Ichiro erkundigte. Suichi hatte ich seit seiner Heimkehr aus dem Krieg kaum zu sehen bekommen, und es war meine erste Erfahrung mit meinem veränderten, ziemlich verbitterten Schwiegersohn – an den ich mich inzwischen gewöhnt habe. Es überraschte mich an jenem Abend, ihn so reden zu hören. Wenn er vor dem Krieg streng und steif gewirkt hatte, so war davon keine Spur übriggeblieben. Ich erblickte den Grund dafür in den emotionalen Nachwirkungen der Bestattungszeremonie und ganz allgemein in der erschütternden Kriegserfahrung, die für ihn schrecklich gewesen sein muß, wie Setsuko mir gegenüber angedeutet hat.

Tatsächlich jedoch entsprach die Gemütsverfassung, in der ich ihn an jenem Abend antraf, durchaus seiner alltäglichen Stimmungslage. Die Wandlung dieses höflichen, in sich gekehrten jungen Mannes, der Setsuko zwei Jahre vor Kriegsausbruch geheiratet hatte, war beachtlich. Natürlich ist es tragisch, daß so viele junge Männer seiner Generation einen solchen Tod erleiden mußten, aber warum erfüllt ihn das mit einer derartigen Bitterkeit gegenüber uns Älteren? Suichis Ansichten und Meinungen haben etwas Hartes, fast Bösartiges, das mir Sorge macht – um so mehr, als sie auf Setsuko abzufärben scheinen.

Doch solch einen Wandel hat keineswegs nur mein eigener Schwiegersohn durchgemacht. Ich brauche mich nur umzusehen, und er offenbart sich mir allenthalben. Etwas, was ich nicht ganz verstehe, ist im Charakter der jungen Generation anders geworden, und gewisse Aspekte dieser Veränderung sind unbestreitbar alarmierend. Neulich abends beispielsweise hörte ich bei Frau Kawakami, wie ein Mann, der ein Stück weiter an der Bar saß, sagte:

«Ich habe gehört, daß sie diesen Schwachsinnigen ins Krankenhaus geschafft haben, mit ein paar gebrochenen Rippen und einer Gehirnerschütterung.»

«Meinen Sie den jungen Hirayama?» fragte Frau Kawakami besorgt.

«Heißt er so? Ich meine den Kerl, der überall herumläuft und solche Sachen schreit. Jemand mußte ihm mal Bescheid geben. Anscheinend ist er gestern abend zusammengeschlagen worden. Es ist natürlich eine Schande, sich an einem Schwachsinnigen zu vergreifen, egal was er die ganze Zeit geschrien hat.»

Darauf wandte ich mich dem Mann zu und sagte: «Entschuldigen Sie, sagten Sie gerade, daß der junge Hirayama überfallen worden ist? Aus welchem Grund?»

«Wahrscheinlich hat er mal wieder eins von den alten Soldatenliedern gesungen und reaktionäre Parolen gegrölt.»

«Das hat der junge Hirayama doch schon immer getan», wandte ich ein. «Er kennt nur zwei oder drei Lieder. Mehr hat man ihm nicht beigebracht.»

Der Mann meinte achselzuckend: «Stimmt. Was hat es für einen Sinn, einen Verrückten zusammenzuschlagen? Brutal ist es, nichts weiter! Drüben an der Kayabashi-Brücke ist es passiert. Sie wissen ja, wie ungemütlich es dort abends werden kann. Hirayama hockte vielleicht eine Stunde lang auf der Brücke und grölte und sang. Man konnte ihn in der Bar auf der anderen Straßenseite hören, und anscheinend ist er ein paar Leuten auf die Nerven gegangen.»

«Wozu soll das nur gut sein?» fragte Frau Kawakami. «Der junge Hirayama ist doch harmlos.»

«Jemand sollte ihm vielleicht mal ein paar neue Lieder beibringen», sagte der Mann und nahm einen Schluck aus seinem Glas. «Den schlagen sie doch wieder zusammen, wenn er weiter rumläuft und die alten Lieder singt.»

Wir sagen noch immer «der junge Hirayama», obwohl er inzwischen mindestens fünfzig sein muß. Aber der Name paßt zu ihm, denn Hirayama ist in geistiger Hinsicht ein Kind. Wenn ich in meinen Erinnerungen krame, dann entsinne ich mich, daß sich damals die katholischen Nonnen in der Mission um ihn kümmerten, aber vielleicht war er wirklich der Sproß einer Familie namens Hirayama. In den alten Zeiten, als unser Vergnügungsviertel noch florierte, sah man den jungen Hirayama immer am Eingang zum Migi-Hidari oder einem benachbarten Etablissement auf der Erde kauern. Er war, wie Frau Kawakami richtig bemerkt hatte, ganz harmlos. In den Jahren vor und während des Krieges wurde er wegen seiner Soldatenlieder und Imitationen patriotischer Ansprachen im Vergnügungsviertel zu einem allseits bekannten Original.

Wer ihm jene Lieder beigebracht hatte, weiß ich nicht zu sagen. Sein ganzes Repertoire bestand nur aus zwei oder drei Liedern, und von jedem kannte er nur die erste Strophe auswendig, aber diese gab er stets mit beträchtlicher Lautstärke zum besten. In den Pausen unterhielt er seine Zuhörer damit, daß er, die Hände in die Hüften gestemmt, grinsend zum Himmel aufblickte und dabei brüllte: «Dieses Dorf muß ein gebührendes Maß an Opfern für den Kaiser erbringen! Einige von euch werden dabei ihr Leben lassen, aber die anderen werden im Triumph heimkehren und eine neue Morgenröte erleben!» Dies oder ähnliches sagte er, und manch ein Passant meinte daraufhin: «Der junge Hirayama ist vielleicht nicht ganz richtig im Kopf, aber er hat die richtige Einstellung. Ein echter Japaner.» Oft sah ich Leute stehenbleiben und ihm Geld geben. Manche kauften ihm auch etwas zu essen, und dann hellte sich das Gesicht des Schwachsinnigen zu einem Lächeln auf. Kein Zweifel, der junge Hirayama war in seine patriotischen Gesänge so vernarrt, weil sie ihm die Aufmerksamkeit der Leute und eine gewisse Popularität sicherten.

Damals hatte niemand etwas gegen Schwachsinnige. Was muß seitdem mit den Menschen passiert sein, daß sie Lust verspüren, solch einen armen Kerl zusammenzuschlagen? Gut, vielleicht mögen sie seine Lieder und Reden nicht, doch wahrscheinlich sind sie doch dieselben Menschen, die ihm früher einen Klaps auf den Kopf gaben und ihn auch sonst zum Weitermachen ermunterten – bis die paar Strophen fest in seinem Hirn verankert waren.

Aber wie gesagt, in unserem Land herrscht heutzutage eine andere Stimmung, und Suichis Ansichten sind vielleicht keineswegs die Ausnahme. Wahrscheinlich bin ich ungerecht, wenn ich auch dem jungen Miyake eine solche Verbitterung anlaste, doch so wie die Dinge liegen, stellt man wohl bei genauer Überprüfung fest, daß sich durch alles, was die Leute zu einem sagen, dasselbe bittere Gefühl wie ein roter Faden zieht. Meines Wissens hat Miyake jene Worte zu mir gesagt, und vielleicht denken und reden jetzt viele Männer aus Miyakes und Suichis Generation so.

Ich glaube, ich habe schon erwähnt, daß ich gestern nach Arakawa, tief im Süden unserer Stadt, gefahren bin. Arakawa ist die Endstation im Süden, und viele Leute staunen darüber, daß das Straßenbahnnetz überhaupt so weit in die Vorstädte hineinreicht. In der Tat will es einem nur schwer in den Kopf, daß Arakawa, diese Wohngegend mit ihren sauberen, von Ahornbäumen gesäumten Straßen, ihren gediegenen, durch Gärten voneinander getrennten Häusern und ihrer ländlichen Atmosphäre, ein Teil unserer Stadt ist. Trotzdem bin ich der Ansicht, daß die Behörden gut daran getan haben, die Straßenbahnlinie bis Arakawa auszubauen. Für die Stadtbewohner kann es nur von

Nutzen sein, wenn sie leichter und schneller in eine ruhigere, dünner besiedelte Gegend gelangen. Früher war man um unser Wohl nicht so besorgt, und ich weiß noch genau, daß man sich vor dem Ausbau der Straßenbahnlinien in der Stadt viel beengter und gefangener fühlte als jetzt, besonders während der heißen Sommerwochen.

Das Straßenbahnnetz, so wie es jetzt ist, wurde meines Wissens 1931 in Betrieb genommen und ersetzte die unzureichenden Verkehrsverbindungen, die die Leute dreißig Jahre lang geärgert hatten. Für jemanden, der das nicht miterlebt hat, ist es schwer vorstellbar, welch nachhaltige Auswirkungen diese neuen Straßenbahnlinien auf manche Bereiche des städtischen Lebens hatten. Ganze Bezirke schienen über Nacht ihr Wesen zu verändern; Parkanlagen, in denen es immer von Leuten gewimmelt hatte, lagen menschenleer da, und alteingesessene Unternehmen verzeichneten herbe Verluste.

Natürlich gab es auch Stadtteile, die einen unvermuteten Aufschwung erlebten, so die Gegend auf der anderen Seite der Brücke des Zauderns, aus der rasch unser Vergnügungsviertel werden sollte. Vor dem Bau der neuen Straßenbahn hättest du dort nur ein paar langweilige, abgelegene Straßen vorgefunden, gesäumt von Häusern mit Schindeldächern. Niemand betrachtete diese Gegend damals als ein eigenständiges Stadtviertel, und wollte man es benennen, dann sagte man einfach «östlich von Furukawa». Die neue ringförmige Straßenbahnlinie jedoch brachte es mit sich, daß viele Fahrgäste zur Endhaltestelle in Furukawa fuhren und von dort aus zu Fuß zum Stadtzentrum gingen, weil dies zeitsparender war als umzusteigen und mit der Ringbahn die zweite Teilstrecke zurückzulegen. Die Folge dieses plötzlichen Zustroms war, daß die paar Lokale in jener Gegend, die jahrelang nur mittelmäßige Umsätze gemacht hatten, auf spektakuläre Weise zu florieren begannen, und daß in rascher Folge ein neues Lokal nach dem anderen eröffnet wurde.

Das Etablissement, das später unter dem Namen Migi-Hidari bekannt werden sollte, hieß damals schlicht und einfach «Yamagata» – nach dem Besitzer, einem betagten Kriegsveteranen –, und es war das älteste Lokal im ganzen Viertel. Zu jener Zeit wirkte es eher ein bißchen schäbig, aber ich war dort trotzdem Stammgast gewesen, seit ich vor zehn Jahren in die Stadt gezogen war. Wenn mich meine Erinnerung nicht täuscht, begriff Yamagata erst ein paar Monate nach Eröffnung der neuen Straßenbahnlinien, was sich um ihn her abspielte, und er begann, seine Ideen in die Tat umzusetzen. Da diese Gegend nun drauf und dran war, ein waschechtes Kneipenviertel zu werden, kam seinem an der Kreuzung dreier Straßen gelegenen Lokal unter all den Vergnügungsstätten logischerweise eine Art Patriarchenrolle zu, war es doch das älteste. Angesichts dieser Tatsache sagte sich Yamagata, daß es geradezu seine Pflicht sei, zu expandieren und im großen Stil neu zu eröffnen. Der Händler über ihm erklärte sich zum Verkauf bereit, und es bereitete keine Schwierigkeiten, das erforderliche Kapital zu beschaffen. Für das größte Hindernis hielt Yamagata die Haltung der Behörden – Behinderung nicht nur für ihn und sein Lokal, sondern für das ganze Viertel.

Darin täuschte er sich nicht. Denn das Jahr 1933 oder 1934 war – wie man weiß – denkbar ungünstig, um ein neues Vergnügungsviertel zu planen. Die Behörden hatten, um gewissen frivolen Tendenzen in der Stadt Einhalt zu gebieten, drastische Maßnahmen ergriffen, mit der Folge, daß im Stadtzentrum ein anrüchiges Etablissement nach dem anderen geschlossen wurde. Deshalb fanden Yamagatas Ideen anfänglich bei mir nicht sonderlich viel Anklang. Erst als er mir schilderte, was für ein Lokal ihm vorschwebte, zeigte ich mich ziemlich beeindruckt und versprach, mein Möglichstes zu tun, um ihm weiterzuhelfen.

Ich glaube, ich habe schon erwähnt, daß mir das Migi-Hidari zu einem geringen Teil seine Existenz verdankt. Da ich kein wohlhabender Mann war, hatte ich natürlich in finanzieller Hinsicht wenig zu bieten, doch andererseits stand ich damals in unserer Stadt schon in einem gewissen Ansehen. Zwar war ich in jener Zeit noch nicht Mitglied der staatlichen Kommission für die schönen Künste, aber ich hatte dort zahlreiche persönliche Kontakte und wurde schon häufig in politischen Fragen zu Rate gezogen. Deshalb war die Petition, die ich zu Yamagatas Gunsten bei den Behörden einreichte, nicht gänzlich ohne Gewicht.

«Es liegt in der Absicht des Besitzers», legte ich dar, «mit seinem Lokal den neuen patriotischen Geist Japans zu feiern. Dieser neue Geist soll in dem gesamten Dekor zum Ausdruck kommen. Andere Wirte, die sich noch gegen den Geist der Zeit sperren, sollten möglichst zum Aufgeben bewegt werden. Im übrigen schwebt dem Besitzer ein Ort der Begegnung für jene Schriftsteller und Künstler vor, die den neuen Geist am trefflichsten verkörpern. Im Hinblick auf dieses Ziel habe ich mich selbst der Unterstützung mehrerer meiner Kollegen versichert, darunter des Malers Masayuki Harada, des Stückeschreibers Misumi und der Journalisten Shigeo Otsuji und Eiji Nastuki – Persönlichkeiten, deren Werke bekanntlich von unerschütterlicher Loyalität gegenüber Seiner Majestät dem Kaiser erfüllt sind.»

Des weiteren wies ich darauf hin, daß ein solches Lokal angesichts seiner vorherrschenden Stellung in der Nachbarschaft ein geradezu ideales Mittel sein könnte, um im ganzen Stadtviertel für die gewünschte Stimmung zu sorgen.

«Sonst», warnte ich, «müssen wir uns darauf gefaßt machen, daß sich erneut in einem Teil unserer Stadt eine Sittenlosigkeit breitmacht, gegen die wir mit ganzer Kraft ankämpfen sollten, weil wir wissen, wie sehr sie unsere Kultur in ihrem innersten Kern zu schwächen droht.»

Die Behörden antworteten nicht einfach nur zustimmend, sondern mit einem Enthusiasmus, der mich verblüffte. Es war wohl wieder einer jener Augenblicke, in denen einem plötzlich klar wird, in welch unvermutet hohem Ansehen man steht. Aber wie gesagt, um Fragen des Ruhmes und des Ansehens habe ich mich nie gekümmert, und so war es auch nicht dieser Aspekt der Angelegenheit, der mir bei der Entstehung des Migi-Hidari so große Genugtuung bereitete. Eher war ich stolz darauf, etwas bestätigt zu sehen, worauf ich schon seit langem hingewiesen hatte, nämlich daß der neue Geist Japans durchaus nicht unvereinbar war mit der Lebensfreude jedes einzelnen; daß der Wunsch nach Vergnügen nicht automatisch zu Sittenlosigkeit und Dekadenz führen mußte.

Kurz und gut: Zweieinhalb Jahre nach Einrichtung der neuen Straßenbahnlinien wurde das Migi-Hidari eröffnet. Die umfassende Renovierung war mit Geschick durchgeführt worden. Wer nach Einbruch der Dunkelheit an dem Haus vorbeischlenderte, konnte die hellerleuchtete Fassade kaum übersehen. Zahlreiche Lampions, große und kleine, hingen unter den Giebeln, den Dachtraufen und – säuberlich aufgereiht – an den Fenstersimsen und über der großen Eingangstür. Außerdem wehte am Firstbalken eine große, hellbeleuchtete Fahne mit dem neuen Namen – vor dem Hintergrund von im Gleichschritt marschierenden Soldatenstiefeln.

Eines Abends, es war kurz nach der Eröffnung, bat mich Yamagata hinein und forderte mich auf, ihm zu sagen, welcher Tisch mir am liebsten wäre. Dies tat ich, und er erklärte, dieser Tisch sei künftig ausschließlich für mich reserviert. Vermutlich war das in erster Linie eine Geste der Anerkennung für die kleine Gefälligkeit, die ich ihm erwiesen hatte, aber natürlich kam auch dazu, daß ich schon immer einer von Yamagatas besten Kunden gewesen war. Immerhin hatte ich Yamagatas Lokal schon seit über zwanzig Jahren frequentiert, bevor aus ihm das Migi-Hidari wurde. Nicht, daß ich mich bewußt für Yamagata entschieden hätte – nein, dafür war das Lokal, wie gesagt, viel zu schäbig, doch als ich, damals noch ein junger Mann, in diese Stadt zog, wohnte ich in Furukawa, und bis zu Yamagata waren es nur ein paar Schritte.

Es ist schwer vorstellbar, wie häßlich Furukawa zu jener Zeit war. Falls du neu in dieser Stadt bist, denkst du bei der Erwähnung des Stadtteils Furukawa wahrscheinlich sofort an den Park, den man dort mittlerweile angelegt hat und der besonders wegen seiner Pfirsichbäume bekannt ist. Als ich jedoch zum ersten Mal in diese Stadt kam – es war im Jahr 1913 –, gab es in dieser Gegend fast nur Fabriken und Lagerhäuser, die kleineren Firmen gehörten. Viele waren verlassen oder baufällig. Die Wohnhäuser waren alt und schäbig, und dort wohnten ausschließlich Leute, die nur niedrigste Mieten zahlen konnten.

Ich hauste in einer kleinen Dachkammer, die eigentlich gar nicht meinen Bedürfnissen entsprach. Unter mir wohnte eine alte Frau mit ihrem unverheirateten Sohn. Im Haus gab es keine Elektrizität, und so mußte ich beim Schein einer Öllampe malen.

Für die Staffelei war kaum Platz, und es ließ sich nicht vermeiden, daß ich die Wände und die *tatami* mit Farbe bekleckste. Wenn ich nachts arbeitete, störte ich oft den Schlaf der alten Frau und ihres Sohnes. Schlimmer noch: meine Dachstube war so niedrig, daß ich mich nicht ganz aufrichten konnte, sondern stundenlang mit gekrümmtem Rücken arbeiten mußte. Immer wieder stieß ich mit dem Kopf gegen die Dachbalken. Ich freute mich damals jedoch so unbändig darüber, von der Firma Takeda angenommen worden zu sein und meinen Lebensunterhalt als Künstler bestreiten zu können, daß ich kaum einen Gedanken an diese ungünstigen Lebensumstände verschwendete.

Tagsüber arbeitete ich natürlich nicht in meinem Zimmer, sondern in Meister Takedas «Studio». Es lag ebenfalls in Furukawa und war ein langgestreckter Raum über einem Restaurant – so langgestreckt, daß wir alle unsere Staffeleien nebeneinander aufstellen konnten, insgesamt fünfzehn. Die Decke war zwar um einiges höher als in meiner Dachkammer, hing jedoch in der Mitte ziemlich durch. Beim Eintreten meinten wir jedesmal scherzhaft, sie hätte seit dem Vortag noch ein paar Zentimeter nachgegeben. Fenster waren ausreichend vorhanden, um uns bei der Arbeit gutes Licht zu spenden, aber manchmal war das gebündelte Sonnenlicht zu grell, und in dem Studio herrschte fast eine Atmosphäre wie in der Kabine eines Schiffes. Ein anderes Problem bestand darin, daß der Restaurantbesitzer uns nur bis sechs Uhr abends arbeiten ließ, denn dann stellte sich bei ihm allmählich Kundschaft ein. «Ihr macht da oben Krach wie eine Viehherde», beklagte er sich mehrmals. Deshalb blieb uns nichts weiter übrig, als in unseren jeweiligen Behausungen mit unserer Arbeit weiterzumachen.

Ich sollte vielleicht anmerken, daß wir, um unseren Zeitplan einzuhalten, unbedingt auch abends arbeiten mußten. Die Firma Takeda verwies mit Stolz darauf, daß sie in der Lage war, in kurzer Zeit eine relativ große Anzahl von Gemälden zu liefern. Meister Takeda hatte uns darauf hingewiesen, daß wir künftige Aufträge an Konkurrenzfirmen verlieren würden, falls wir es nicht schafften, unsere Termine einzuhalten, so daß die Bilder per Schiff verschickt werden konnten. Die Folge war, daß wir bis spät in die Nacht hinein schufteten und uns am nächsten Tag trotzdem schuldig fühlten, weil wir noch immer unserem Soll hinterherhinkten. Es war durchaus nichts Ungewöhnliches, daß wir, während ein Liefertermin näherrückte, nachts nur zwei oder drei Stunden Schlaf fanden und praktisch rund um die Uhr malten. Auch konnte es geschehen, daß unserer Firma kurz hintereinander mehrere Aufträge erteilt wurden. Dann reihte sich ein endlos langer Arbeitstag an den anderen, bis uns vor Erschöpfung ganz schwindlig war. Dennoch kann ich mich an keinen einzigen Auftrag erinnern, den wir nicht pünktlich ausgeführt hätten, und das allein ist wohl schon ein Hinweis darauf, wie gut uns Meister Takeda im Griff hatte.

Ich hatte ungefähr ein Jahr für Meister Takeda gearbeitet, als ein neuer Künstler eingestellt wurde. Er hieß Yasunari Nakahara, ein Name, der dir sicher nicht viel sagt. Ich weiß nicht einmal, warum ich ihn überhaupt nenne, denn sein Träger hat es nie zu Ruhm und Ansehen gebracht. Ein paar Jahre vor dem Krieg ergatterte er einen Posten als Kunsterzieher an einer Oberschule im Yuyama-Bezirk, und dem Vernehmen nach hat er diesen Posten heute noch, weil die Behörden keinen Anlaß sehen, ihn zu entlassen (was sie mit so vielen anderen Lehrern getan haben). Für mich ist er in der Erinnerung immer noch «die Schildkröte», denn dies war sein Spitzname, als wir alle für die Firma Takeda arbeiteten; und so habe ich ihn stets genannt, solange wir befreundet waren.

Mir ist ein von Schildkröte gemaltes Bild erhalten geblieben. Es ist ein Selbstportrait, das nicht lange nach der Zeit bei Takeda entstand. Es zeigt einen hageren jungen Mann mit Brille, der hemdsärmelig in einem schattigen, mit Staffeleien und wackeligen Möbelstücken vollgestopften Raum sitzt, die eine Seite seines Gesichtes vom Sonnenlicht, das zum Fenster hereinströmt, erhellt. Der scheue Ernst, der aus den Zügen spricht, stimmt durchaus mit meiner Erinnerung an Schildkröte überein, und ich muß sagen, daß der Freund in diesem Punkt bemerkenswert ehrlich war; wenn man sein Portrait betrachtet, dann meint man, er sei einer, den man in der Straßenbahn ohne weiteres mit dem Ellbogen beiseite stoßen kann, um ihm einen Sitzplatz wegzuschnappen. Trotzdem hat er wohl genau wie ich seinen ganz speziellen Dünkel. Zwar verbot ihm die Bescheidenheit, das eigene schüchterne Wesen zu vertuschen, doch hinderte sie ihn andererseits nicht daran, sich selbst in der Attitüde des überlegenen Intellektuellen darzustellen – der er meines Wissens nie war. Fairerweise muß hier gesagt werden, daß ich mich an kein einziges absolut ehrliches Selbstportrait eines Kollegen zu entsinnen vermag. Gleich wie akkurat und äußerlich detailgetreu man sein eigenes Spiegelbild wiedergibt, selten nur wird die dargestellte Persönlichkeit an das heranreichen, was andere als wahr und echt empfinden.

Schildkröte fing in unserer Firma an, als ein besonders eiliger Auftrag all unsere Kräfte in Anspruch nahm, und er verdiente sich den Spitznamen dadurch, daß er für zwei bis drei Bilder so viel Zeit brauchte wie der Rest von uns für sechs oder sieben. Anfänglich wurde diese Langsamkeit mit Unerfahrenheit entschuldigt und der Spitzname nur hinter dem Rücken unseres neuen Kollegen genannt, doch als dann die Wochen verstrichen und keine Leistungssteigerung erfolgte, wuchs in uns die Erbitterung. Schon bald gehörte es zu unserem Alltag, den Neuen ganz offen «Schildkröte» zu nennen, und obwohl ihm durchaus klar sein mußte, daß diese Bezeichnung alles andere als freundschaftlich gemeint war, gab er sich, wie ich mich entsinne, alle Mühe, so zu tun, als verhielte es sich so. Wenn ihm beispielsweise einer von uns quer durch den Raum zurief: «He, Schildkröte, malst du noch immer an dem Blütenblatt, das du vor einer Woche angefangen hast?», dann zwang er sich zu einem Lachen, als fände er die Bemerkung so witzig wie wir. Ich weiß noch, daß meine Kollegen seine offenkundige Unfähigkeit, andere Menschen in die Schranken zu verweisen, auch auf die Tatsache zurückführten, daß Schildkröte aus dem Negishi-Bezirk stammte, denn damals wie heute gab es die ziemlich ungerechtfertigte Legende, Menschen, die in jenem Stadtteil heranwuchsen, wären unweigerlich Schwächlinge ohne Rückgrat.

Ich entsinne mich, daß eines Morgens, als Meister Takeda den Raum für einige Augenblicke verlassen hatte, zwei meiner Kollegen zu Schildkröte gingen und ihn wegen seiner Langsamkeit zur

Rede stellten. Meine Staffelei stand nicht weit von seiner entfernt, und so konnte ich deutlich den nervösen Ausdruck auf seinem Gesicht erkennen, während er antwortete:

«Ich bitte euch, Geduld mit mir zu haben. Es ist mein größter Wunsch, von euch, meinen überlegenen Kollegen, zu lernen, Werke von solcher Qualität genauso schnell herzustellen wie ihr. Ich habe in den vergangenen Wochen mein Äußerstes getan, um schneller zu malen, aber leider sind mir dabei mehrere Bilder mißraten, denn die Folge von so viel Eile war ein derartiger Qualitätsverlust, daß sie für das hohe Ansehen dieser Firma eine Schande gewesen wären. Trotzdem werde ich alles tun, um meine Position euch gegenüber zu verbessern. Bitte verzeiht mir und habt noch eine Weile Geduld.»

Diese flehentliche Bitte wiederholte Schildkröte zwei- oder dreimal, während ihn seine Quälgeister weiterhin beschimpften, ihn der Faulheit beschuldigten und ihm vorwarfen, er verlasse sich darauf, daß die anderen einen Großteil seiner Arbeit verrichteten. Die meisten von uns hatten inzwischen aufgehört zu malen und sich um die kleine Gruppe geschart. Als die Ankläger Schildkröte mit besonders groben Vorwürfen überhäuften, während meine anderen Kollegen untätig herumstanden und fasziniert zuschauten, trat ich vor und sagte:

«Das reicht! Versteht ihr denn nicht, daß dieser Mensch ein integrer Künstler ist? Wenn ein Künstler sich weigert, die Qualität zugunsten der Geschwindigkeit zu vernachlässigen, dann sollten wir alle Achtung für ihn empfinden. Ihr macht euch selbst zu Dummköpfen, wenn ihr das nicht einseht.»

Dies ist natürlich schon viele Jahre her, und ich kann mich nicht dafür verbürgen, daß ich an jenem Morgen exakt diese Worte sagte, aber irgend etwas dieser Art brachte ich zur Verteidigung von Schildkröte vor, dessen bin ich mir sicher, denn ich erinnere mich noch genau an die Dankbarkeit und Erleichterung, die die Züge meines Kollegen widerspiegelten, als er zu mir aufschaute, aber auch an die verblüfften Blicke der Umstehenden. Ich hatte damals in unserem Kreis eine ziemlich starke Position, denn meine Leistungen wurden hinsichtlich Quantität und Qualität von niemandem überboten. Sicherlich erlöste ich Schildkröte durch mein Einschreiten aus der Bedrängnis, und sei es auch nur für den restlichen Vormittag.

Nun könntest du meinen, ich rücke mich selbst durch die Schilderung dieser kleinen Episode in ein allzu günstiges Licht, aber eigentlich lag das Argument, das ich zur Verteidigung von Schildkröte vorbrachte, doch auf der Hand, und man sollte meinen, daß jeder, der auch nur ein bißchen Respekt vor wahrer Kunst empfindet, sofort von selbst darauf kommen müßte. Doch darf nicht übersehen werden, was für eine Atmosphäre damals in Meister Takedas Studio herrschte: Wir alle hatten das Gefühl, dauernd gegen die Zeit anzukämpfen, um unserer Firma den mühsam erworbenen guten Ruf zu bewahren. Im übrigen war uns allen auch klar, daß es bei jener Art von Auftragsarbeiten – Geishas, Kirschbäume, schwimmende Karpfen, Tempel – vor allem darauf ankam, sie in den Augen der Ausländer, zu denen sie auf dem Seewege verschickt wurden, möglichst «japanisch» aussehen zu lassen, und daß feinere stilistische Merkmale wahrscheinlich ohnehin unbemerkt blieben. Ich glaube deshalb nicht, daß ich den jungen Mann, der ich damals war, in ein besonders günstiges Licht rücke, wenn ich andeute, daß mein Verhalten an jenem Tag Ausdruck einer Charaktereigenschaft war, die mir in späteren Jahren viel Ansehen einbringen sollte: die Fähigkeit, eigenständig zu denken und zu urteilen, selbst wenn dies bedeutete, daß ich gegen den Strom schwimmen mußte. Jedenfalls steht fest, daß ich an jenem Morgen der einzige war, der für Schildkröte Partei ergriff.

Während der darauffolgenden Tage versuchte Schildkröte mir zu zeigen, wie dankbar er für jene unbedeutende Intervention und für meine späteren hilfreichen Gesten war, doch herrschte zu jener Zeit bei uns eine derartige Hektik, daß es eine Weile dauerte, bis ich mich ungestört mit ihm aussprechen konnte. Tatsächlich vergingen nach dem soeben berichteten Vorfall ganze zwei Monate, bevor sich unser fieberhaftes Arbeitstempo ein bißchen verlangsamte. Eines Tages schlenderte ich über das Gelände des Tamagawa-Tempels, wie ich es in meiner spärlichen Freizeit gern tat. Da erblickte ich Schildkröte auf einer Bank in der Sonne. Offenbar war er eingenickt.

Auch heute noch kann ich mich für den Tamagawa-Park begeistern und will nicht bestreiten, daß er mit seinen neuangelegten Hecken und Alleen mehr als früher eine Stimmung verbreitet, die einem heiligen Ort angemessen ist, doch jedesmal, wenn ich dort weile, ertappe ich mich dabei, wie ich mich nach dem alten Tamagawa-Park zurücksehne. In jenen Tagen, als es dort noch keine Hecken und Bäume gab, wirkte das Gelände viel weitläufiger, schien mit mehr Leben erfüllt. Die großen Rasenflächen waren gesprenkelt von kleinen Ständen, an denen Süßigkeiten und Ballons verkauft wurden, und es gab auch Buden mit Gauklern und Zauberern. Ich entsinne mich noch genau, daß man, wenn man ein Photo von sich benötigte, nur in den Tamagawa-Park zu gehen brauchte, weil man dort schon nach einem kurzen Spaziergang unweigerlich auf einen Photographen stieß, der in seiner engen Bude hockte, neben sich ein Stativ und einen schwarzen Umhang. Es war ein Sonntagnachmittag zu Beginn des Frühlings, als ich Schildkröte dort sitzen sah. Ringsumher tummelten sich Eltern mit ihren Kindern. Er schreckte aus dem Schlaf hoch, als ich mich neben ihn setzte.

«Nanu, Ono-San!» rief er, und sein Gesicht hellte sich auf. «Was für ein Glück, dir heute zu begegnen! Weißt du, was ich mir vorhin überlegt habe? Daß ich Ono-san gern etwas kaufen würde, wenn ich ein bißchen Geld übrig hätte, irgendein Zeichen der Dankbarkeit für seine Güte. Leider könnte ich mir zur Zeit nur etwas Billiges leisten, und das wäre eine Kränkung. Deshalb gestatte mir, daß ich mich einstweilen nur mit Worten für alles bedanke, was du für mich getan hast.»

«Ich habe nicht viel für dich getan», entgegnete ich. «Ich habe nur ein paarmal gesagt, was ich dachte, nichts weiter.»

«Ehrlich, Ono-san, Menschen wie du sind viel zu selten! Es ist eine Ehre, Kollege eines solchen Mannes zu sein. Nie werde ich deine Gutherzigkeit vergessen, mögen die Wege unseres Lebens in den kommenden Jahren noch so sehr auseinanderlaufen.»

Ich erinnere mich, daß ich mir noch ein Weilchen anhören mußte, wie er meinen Mut und meine Anständigkeit pries. Schließlich sagte ich: «Ich möchte schon seit längerer Zeit mit dir reden. Weißt du, ich habe über alles nachgedacht und erwäge, Meister Takeda bald zu verlassen.»

Schildkröte starrte mich erst verblüfft an, dann blickte er sich komischerweise um, als befürchtete er, jemand hätte mich belauscht.

«Das Glück meint es gut mit mir», fuhr ich fort. «Meine Arbeit ist bei dem Maler und Holzschneider Seiji Moriyama auf Interesse gestoßen. Du hast von ihm gehört, nehme ich an?»

Schildkröte starrte mich noch immer an und schüttelte den Kopf.

«Herr Moriyama», sagte ich, «ist ein wirklicher Künstler, wahrscheinlich sogar ein großer. Ich schätze mich außerordentlich glücklich, von ihm Rat und Beistand zu erhalten. Er ist sogar der Meinung, daß meine Begabung nicht wieder gutzumachenden Schaden erleidet, wenn ich bei Meister Takeda bleibe, und er hat mir angeboten, sein Schüler zu werden.»

«Ist das so?» fragte mein Kollege zaghaft.

«Ja. Weißt du, als ich gerade durch den Park schlenderte, da sagte ich mir: ‹Herr Moriyama hat natürlich absolut recht. Sollen doch die anderen wie Ackergäule unter der Fuchtel von Meister Takeda schuften! Jemand mit ernsthaften Ambitionen muß schauen, wo er bleibt.›»

Nach diesen Worten warf ich Schildkröte einen bedeutungsschweren Blick zu. Er starrte mich weiterhin an, und langsam breitete sich ein verblüffter Ausdruck über sein Gesicht.

«Es tut mir leid, aber ich habe mir die Freiheit herausgenommen, Herrn Moriyama gegenüber deinen Namen zu nennen», fuhr ich fort. «Ehrlich gesagt habe ich sogar die Meinung vertreten, du seist der einzige Ausnahmefall unter meinen Kollegen, und nur du allein hättest echtes Talent und Ehrgeiz.»

«Also wirklich, Ono-san!» sagte er und lachte schallend. «Wie kannst du nur so etwas sagen? Ich weiß, daß du gut zu mir sein willst, aber dies geht zu weit.»

«Ich habe mich entschlossen, Herrn Moriyamas freundliches Angebot anzunehmen», fuhr ich fort. «Und ich bitte dich dringend, ihm deine Arbeiten zu zeigen. Mit ein bißchen Glück fordert er dich auch auf, sein Schüler zu werden.»

Schildkröte blickte mich verzagt an.

«Aber, Ono-san, was sagst du da?» meinte er leise. «Meister Takeda hat mich auf Empfehlung eines Mannes eingestellt, den mein Vater wie keinen anderen schätzt und achtet. Außerdem hat mich Meister Takeda trotz meiner Probleme mit großer Nachsicht behandelt. Wie kann ich ihm da untreu werden und schon nach wenigen Monaten gehen?» Plötzlich schien Schildkröte die Tragweite seiner eigenen Worte zu begreifen. Eilig fügte er hinzu: «Natürlich will ich damit nicht sagen, daß du es in irgendeiner Weise an Treue mangeln ließest, Ono-san. In deinem Fall liegen die Dinge anders, und es würde mir nie einfallen...» Er ließ den Satz unvollendet und kicherte verlegen. Dann riß er sich zusammen und fragte: «Denkst du ernsthaft daran, Meister Takeda zu verlassen, Ono-san?»

«Meiner Meinung nach», antwortete ich, «verdient Meister Takeda nicht die Loyalität von Menschen wie du und ich. Loyalität muß man sich verdienen. Es wird viel zuviel über sie geredet. Die Leute reden von Loyalität und meinen blinden Gehorsam. Ich für meinen Teil habe keine Lust, solch ein Leben zu führen.»

Mag sein, daß ich mich nicht genauso ausdrückte an jenem Nachmittag im Park des Tamagawa-Tempels. Gerade dieses Gespräch habe ich seitdem bei mancherlei Anlässen immer wieder aufs neue erzählt, und es ist unvermeidlich, daß derart häufig wiederholte Geschichten allmählich eine Art Eigenleben gewinnen. Doch selbst wenn ich mich an jenem Tag gegenüber Schildkröte nicht so kurz und bündig ausgedrückt hätte, kann man dennoch davon ausgehen, daß die Worte, die ich mir selbst zuschreibe, akkurat meine innere Haltung und Entschlossenheit während jenes Lebensabschnittes widerspiegeln.

Übrigens war einer der Orte, an denen ich mich immer wieder in die Lage versetzt sah, Geschichten aus meiner Zeit bei Meister Takeda zum besten geben zu müssen, der Stammtisch im Migi-Hidari. Meine Schüler hörten jedesmal fasziniert zu, wenn sie etwas über die Anfänge meiner Laufbahn erfahren konnten, und es war vielleicht ganz natürlich, daß sie sich dafür interessierten, was ihr Lehrer getan hatte, als er so alt war wie sie. Jedenfalls wurde an solchen Abenden das Gespräch häufig auf meine Zeit bei Meister Takeda gebracht.

«Es war gar keine so schlechte Erfahrung», sagte ich einmal zu ihnen. «Ich habe damals ein paar wichtige Dinge gelernt.»

«Verzeihen Sie mir, Sensei» – ich glaube, es war Kuroda, der sich vorbeugte und so zu mir sprach – «aber mir fällt es schwer zu glauben, daß ein Künstler an einem Ort, wie Sie ihn soeben beschrieben haben, etwas Nützliches lernen könnte.»

«Ja, Sensei», meldete sich eine andere Stimme, «erzählen Sie uns bitte, was man Ihnen dort hätte beibringen können. Es klang eher nach einer Firma, die Pappkartons herstellt.»

Unsere Abende im Migi-Hidari verliefen ungefähr so: Wenn ich mich mit jemandem unterhielt, während die anderen durcheinanderschwatzten, brauchte mir mein Gesprächspartner nur eine interessante Frage zu stellen, und schon hielten die anderen augenblicklich inne und blickten mich erwartungsvoll an. Anscheinend unterhielten sie sich nie, ohne zugleich die Ohren zu spitzen für den Fall, daß ich etwas Wissenswertes sagte. Damit will ich nicht andeuten, daß diese jungen Männer unkritisch waren. Nein, ganz im Gegenteil, sie waren brillante Köpfe, und in ihrer Gegenwart hätte man sich niemals getraut, etwas Unüberlegtes zu sagen.

«Die Zeit bei Takeda», erläuterte ich, «hat mich in einem frühen Stadium meines Lebens etwas Wichtiges begreifen lassen, nämlich daß es zwar richtig ist, zu seinen Lehrern aufzuschauen, daß man aber andererseits stets ihre Autorität in Frage stellen sollte. Aus der Erfahrung bei Takeda habe ich gelernt, niemals blind der Menge zu folgen, sondern genau darauf zu achten, in welche Richtung mich die anderen drängen wollen. Ich habe euch alle stets dazu ermuntert, nicht mit dem Strom zu schwimmen, sondern euch über die unerwünschten und verderblichen Einflüsse zu erheben, die uns während der letzten zehn oder fünfzehn Jahre überschwemmt und die das innere Wesen unseres Volkes schon beträchtlich geschwächt haben.» Zweifellos war ich ein bißchen betrunken, und was ich da sagte, klang ziemlich pathetisch, aber ungefähr so pflegten die Abende an unserem Ecktisch zu verlaufen.

«Richtig, Sensei», meldete sich jemand, «daran sollten wir immer denken. Wir müssen uns alle bemühen, über den Dingen zu stehen.»

«Und ich glaube, daß wir alle, die wir an diesem Tisch sitzen, mit Recht auf uns selbst stolz sein können», fuhr ich fort. «Das Groteske und Frivole hat ringsumher die Oberhand gewonnen, aber jetzt scheint sich in Japan endlich ein feinerer, männlicherer Geist durchzusetzen, und ihr seid Teil dieser Entwicklung. Offen gestanden habe ich keinen größeren Wunsch, als daß ihr euch als Speerspitze dieses neuen Geistes Anerkennung verschafft. Im Grunde» – an dieser Stelle richtete ich meine Worte nicht mehr ausschließlich an unsere Stammtischrunde, sondern an alle Zuhörer in der Nähe – «im Grunde ist dieses Lokal, in dem wir beisammen sitzen, selbst Ausdruck jener geistigen Erneuerung, und allein schon deshalb können wir stolz sein.»

Es kam oft vor, daß sich, während wir fröhlich drauflos zechten, andere Gäste um unseren Tisch scharten, an unseren Diskussionen teilnahmen, unseren Reden lauschten oder einfach nur schweigsam die Stimmung auf sich einwirken ließen. Alles in allem waren meine Schüler durchaus bereit, Fremden Gehör zu schenken, aber aufdringlichen Langweilern und Leuten, die lästige Ansichten vertraten, schnitten sie immer rasch das Wort ab. Bis spät in die Nacht wurden laute Reden geschwungen, aber richtige Streitereien waren im Migi-Hidari eine Seltenheit, denn alle Stammgäste waren letztlich vom selben Geist beseelt. Das Lokal war also genau so, wie Yamagata es sich gewünscht hatte: Es verkörperte eine «feinere» Gesinnung, und man konnte sich dort mit Anstand und Würde betrinken.

Irgendwo in meinem Haus hängt ein Gemälde von Kuroda, meinem begabtesten Schüler. Es ist eine Darstellung einer jener abendlichen Runden im Migi-Hidari und heißt «Der patriotische Geist», ein Titel, bei dem man wohl eher an marschierende Soldaten oder ähnliches denkt. Natürlich kam es Kuroda darauf an zu zeigen, daß sich patriotischer Geist auch in ganz anderen Dingen manifestiert, sogar in den alltäglichsten Dingen unseres Lebens, in der Wahl einer Kneipe und unseres Umgangs. Das Bild war Kurodas Tribut an den Geist, der damals im Migi-Hidari herrschte und der sich mit seinen eigenen Überzeugungen deckte. Auf dem Ölgemälde, das die Farben und die Einrichtung des Lokals recht getreu wiedergibt, sind mehrere Tische und – unübersehbar – am Balkongeländer des ersten Stockwerks befestigte patriotische Banner und Spruchbänder dargestellt. Unter diesen Bannern sitzen, in ihre Gespräche vertieft, Gäste rund um die Tische, während im Vordergrund eine Kellnerin im Kimono mit einem Tablett voll Gläsern vorbeieilt. Es ist ein feines Bild, denn es trifft die ausgelassene, zugleich jedoch von Respekt und Anstand geprägte Atmosphäre im Migi-Hidari genau. Wenn ich es heutzutage gelegentlich betrachte, dann denke ich noch immer mit einer gewissen Genugtuung daran, daß ich damals dank meines guten Rufes und meines Einflusses, so gering er auch sein mochte, zu einem kleinen Teil zur Entstehung jenes Lokals beitragen konnte. Es passiert mir ziemlich häufig, daß ich unten in Frau Kawakamis Lokal sitze und mich dabei ertappe, wie ich an das Migi-Hidari und die alten Zeiten zurückdenke. Wenn Shintaro und ich als einzige Gäste an der Bar unter den tiefhängenden Lampen sitzen, dann beschleicht uns nicht selten eine wehmütige Stimmung, und mag sein, daß wir uns dann darüber unterhalten, wie trinkfest ein bestimmter Mensch war, den wir früher einmal gekannt hatten, oder was für komische Marotten er hatte. Nach einer Weile versuchen wir jedesmal, Frau Kawakami dazu zu bringen, sich an den Menschen zu erinnern, und je mehr wir ihrem Gedächtnis auf die Sprünge helfen, desto mehr lustige Dinge fallen uns selbst ein. Vor ein paar Tagen – wir hatten gerade über solche Erinnerungen gelacht – sagte Frau Kawakami, was sie bei derlei Anlässen oft zu sagen pflegt: «Also, an den Namen erinnere ich mich nicht, aber sicher würde ich sein Gesicht wiedererkennen.»

«Eigentlich war er nie ein richtiger Stammkunde», meinte ich nach kurzem Nachdenken. «Er ging immer nach drüben zur Konkurrenz.»

«Oh, ja, in das große Lokal. Aber vielleicht würde ich ihn trotzdem wiedererkennen. Andererseits, wer kann schon sicher sein? Menschen verändern sich so sehr. Ab und zu begegne ich jemandem auf der Straße, der mir bekannt vorkommt, und ich sage mir, daß ich vielleicht grüßen sollte. Aber wenn ich dann ein zweites Mal hinschaue, bin ich mir nicht mehr so sicher.»

«Ja, genau, Obasan», schaltete sich Shintaro ein. «Neulich habe ich jemanden auf der Straße gegrüßt, weil ich glaubte, es sei ein Bekannter. Aber der Mann hielt mich offenbar für einen Verrückten. Er ging weiter, ohne meinen Gruß zu erwidern.»

Shintaro schien die Geschichte amüsant zu finden. Er lachte laut, aber Frau Kawakami lächelte nur. Zu mir gewandt sagte sie: «Sensei, Sie sollten Ihre Freunde dazu bewegen, sich hier wieder blicken zu lassen. Jedesmal wenn wir einen Bekannten aus alten Zeiten sehen, sollten wir ihn anhalten und ihn zu einem Besuch in meinem kleinen Lokal auffordern. Vielleicht könnten wir auf diese Weise die alten Zeiten zurückholen.»

«Das ist eine ausgezeichnete Idee, Obasan», meinte ich. «Ich werde versuchen, daran zu denken. Ja, ich werde Leute auf der Straße anhalten und zu ihnen sagen: ‹Ich erinnere mich an Sie von früher, Sie waren damals Stammgast in dieser Gegend. Vielleicht glauben Sie, daß nichts davon übriggeblieben ist, aber da täuschen Sie sich. Es gibt noch immer Frau Kawakamis Lokal, es ist ganz unverändert, und langsam kommt hier wieder einiges in Gang.›»

«Genau, Sensei», sagte Frau Kawakami, «sagen Sie den Leuten, daß sie unbedingt kommen müssen, dann werden die Geschäfte bald besser gehen. Eigentlich ist es fast Ihre Pflicht, die alten Stammgäste zurückzuholen. Sensei war damals schließlich der Mann, zu dem alle aufblickten und den sie stillschweigend als ihren Anführer betrachteten.»

«Da haben Sie recht, Obasan», pflichtete ihr Shintaro bei. «In alten Zeiten machte sich ein Feldherr nach einer Schlacht sogleich daran, seine versprengten Truppen zu sammeln. Sensei ist in einer ähnlichen Situation.»

«Was für ein Unsinn!» protestierte ich lachend.

«Nein, durchaus nicht», erwiderte Frau Kawakami. «Finden Sie die Leute von damals und sagen Sie ihnen, sie sollen wieder hierher kommen. Ich könnte dann später das Haus nebenan dazukaufen, damit wir ein großes Lokal aufmachen, genauso groß, wie es früher einmal war.»

«Ja, Sensei, ein Feldherr muß seine Truppen wieder um sich scharen», wiederholte Shintaro.

«Eine interessante Idee, Obasan», sagte ich und nickte. «Wissen Sie, das Migi-Hidari hat einst ganz klein angefangen, es war nicht größer als Ihr Lokal. Später ist es uns dann gelungen, etwas aus ihm zu machen. Hm, vielleicht könnten wir das auch mit Ihrem Lokal schaffen? Da sich die Dinge allmählich normalisieren, sollte es in dieser Gegend bald wieder Kundschaft geben.»

«Sie könnten sich hier wieder mit all den Künstlern treffen, Sensei», sagte Frau Kawakami. «Danach dauert es dann nicht mehr lange, bis sich auch die Zeitungsleute hier sehen lassen.»

«Eine interessante Idee. Vielleicht läßt sich das machen. allerdings frage ich mich, ob Sie ein so großes Lokal führen könnten. Wir wollen Ihnen auf keinen Fall zuviel zumuten.»

«Unsinn», sagte Frau Kawakami mit gekränkter Miene. «Wenn Sie sich beeilen, Sensei, und Ihr Möglichstes tun, dann werden Sie staunen, wie hier alles am Schnürchen läuft.»

Gespräche dieser Art führen wir seit einiger Zeit immer häufiger. Wer sagt denn, daß es mit unserem alten Vergnügungsviertel nicht bald wieder aufwärts geht? Gewiß, Frau Kawakami und ich machen uns manchmal ein bißchen über uns selbst lustig, aber stets verbirgt sich hinter unseren spöttischen Worten ein Quentchen Optimismus. *Ein Feldherr muß seine Truppen um sich scharen.* Vielleicht sollte er das wirklich tun, und vielleicht werde ich mich mit Frau Kawakamis Wunschträumen ein wenig ernsthafter befassen, sobald Norikos Zukunft ein für alle Male geregelt ist.

Ich sollte wohl an dieser Stelle anmerken, daß ich Kuroda, meinen einstigen Protegé, seit Kriegsende nur ein einziges Mal gesehen habe. Es war eine rein zufällige Begegnung an einem regnerischen Vormittag im ersten Jahr nach der Besetzung unseres Landes, einige Zeit bevor das Migi-Hidari und all die anderen Gebäude abgerissen wurden. Ich ging spazieren, suchte mir meinen Weg durch das, was von unserem Vergnügungsviertel geblieben war, und betrachtete unterm Regenschirm hervor die skelettartigen Ruinen. Ich weiß noch, daß dort an jenem Tag

Arbeiter herumliefen, und so achtete ich anfänglich nicht auf die Gestalt, die da irgendwo stand und eines der ausgebrannten Gebäude anstarrte. Schon wollte ich an dem Unbekannten vorbeigehen, da fiel mir auf, daß er sich umgedreht hatte und mich beobachtete. Ich blieb stehen, wandte mich ebenfalls um und erblickte durch den Regen, der von meinem Schirm tropfte, Kuroda, der mir mit ausdruckslosem Gesicht entgegenblickte.

Da stand er also unter seinem Regenschirm, in einem dunklen Regenmantel und ohne Hut. Die rauchgeschwärzten Ruinen hinter ihm waren tropfnaß, und nicht weit von ihm entfernt ergoß sich aus einer abgebrochenen Regenrinne ein wahrer Sturzbach. Ich entsinne mich, daß ein Lastwagen mit Bauarbeitern zwischen uns hindurchfuhr. Und mir fiel auf, daß eine Strebe von Kurodas Regenschirm gebrochen war, so daß neben seinem Fuß ein weiterer kleiner Sturzbach niederging.

Kurodas Gesicht, vor dem Krieg eher rundlich, war jetzt hohlwangig. Um den Mund und am Hals schien es tief gefurcht. Und da durchzuckte mich der Gedanke: «Seine Jugend liegt hinter ihm.»

Kaum merklich bewegte er den Kopf. Ich war mir nicht sicher, ob es die Andeutung einer Verbeugung war, oder ob er nur seine Kopfhaltung verändert hatte, um dem herabströmenden Regen auszuweichen. Gleich darauf drehte er sich um und ging in der entgegengesetzten Richtung davon.

Eigentlich hatte ich jetzt nicht vor, mich lang und breit über Kuroda auszulassen. Er wäre mir auch sicher nicht in den Sinn gekommen, wenn mir nicht vor einem Monat, als ich in der Straßenbahn zufällig Dr. Saito begegnete, unversehens sein Name eingefallen wäre.

Es war an dem Nachmittag, als ich mit Ichiro ins Kino fuhr, damit er endlich sein Monster sah, nachdem der Kinobesuch am Vortag an Norikos Halsstarrigkeit gescheitert war. Ichiro und ich hatten uns allein auf den Weg gemacht, weil Noriko auch diesmal nicht mitkommen und Setsuko ebenfalls lieber daheim bleiben wollte. Noriko benahm sich einfach nur kindisch, nichts weiter. Ichiro aber deutete ihr Verhalten auf seine Art. Beim Mittagessen sagte er ständig: «Tante Noriko und Mutter kommen nicht mit, weil der Film Frauen viel zuviel Angst macht. Sie würden sich viel zu sehr fürchten, stimmt's, Oji?»

«Ja, das kann durchaus sein, Ichiro.»

«Sie hätten viel zuviel Angst. Tante Noriko, du traust dich nicht, den Film anzuschauen, oder?»

«Nein, ich trau mich nicht», sagte Noriko und machte ein ängstliches Gesicht.

«Sogar Oji hat Angst. Schau, sogar Oji fürchtet sich. Und er ist doch ein Mann!»

Als ich an jenem nachmittag im Vorraum darauf wartete, daß wir ins Kino aufbrechen konnten, wurde ich Augenzeuge einer kuriosen Szene zwischen Ichiro und seiner Mutter. Setsuko schnürte ihm die Sandalen zu, und ich konnte sehen, wie mein Enkel mehrmals versuchte, ihr etwas zu sagen, doch jedesmal fragte sie ihn: «Was soll das, Ichiro? Ich kann dich nicht verstehen.» Seine Augen funkelten zornig, und er warf mir einen raschen Blick zu, um festzustellen, ob ich ihn belauscht hatte. Als beide Sandalen geschnürt waren, beugte sich Setsuko zu ihrem Sohn hinab, damit er ihr das, was er zu sagen hatte, ins Ohr flüstern konnte. Sie nickte, ging ins Haus und kam gleich darauf mit einem Regenmantel wieder, den sie zusammenfaltete, bevor sie ihn Ichiro gab.

«Es sieht nicht nach Regen aus», bemerkte ich und schaute durch die Haustür ins Freie. Es war ein schöner Tag.

«Ichiro möchte trotzdem seinen Mantel mitnehmen», sagte Setsuko.

Ich fragte mich, warum er darauf bestand, doch als wir dann im Sonnenschein den Hügel hinab zur Straßenbahnhaltestelle gingen, fiel mir Ichiros seltsam schwankender Gang auf. Er benahm sich, als hätte ihn der Regenmantel, den er sich unter den Arm geklemmt hatte, in einen kleinen Humphrey Bogart verwandelt. Ich folgerte daraus, daß er den Helden irgendeiner Comic-Serie nachahmte.

Wir waren wohl schon fast am Fuß des Hügels angelangt, als Ichiro lauthals verkündete: «Oji, du warst früher ein berühmter Künstler.»

«Ja, da magst du recht haben, Ichiro.»

«Ich hab Tante Noriko gebeten, mir Ojis Bilder zu zeigen, aber sie wollte nicht.»

«Hm. Sie sind für eine Weile weggeräumt worden.»

«Tante Noriko ist ungehorsam, nicht, Oji? Ich hab zu ihr gesagt, sie soll mir Ojis Bilder zeigen. Warum tut sie es nicht?»

Ich antwortete lachend: «Keine Ahnung, Ichiro. Vielleicht hatte sie keine Zeit.»

«Nein, sie ist ungehorsam.»

Wieder lachte ich. «Kann sein, Ichiro.»

Von unserem Haus bis zur Straßenbahnhaltestelle sind es zehn Minuten; den Hügel hinunter zum Fluß, dann ein Stückchen an der betonierten Uferböschung entlang und schon nähert sich die nach Norden führende Straßenbahnlinie am Rand eines Neubaugebietes der Straße. Dort stieg ich an jenem sonnigen Nachmittag vor einem Monat mit meinem Enkel ein, um ins Stadtzentrum zu fahren. Unterwegs trafen wir dann Dr. Saito.

Ich habe, wie mir jetzt bewußt wird, bisher kaum ein Wort über die Familie Saito verloren, obwohl deren ältester Sohn als künftiger Ehemann meiner Tochter Noriko im Gespräch ist. Die Saitos sind in jeder Hinsicht von anderem Kaliber als die Miyakes, die, wenngleich durchaus respektabel, bei allem Wohlwollen nicht als Familie von Prestige bezeichnet werden können, was ohne jegliche Übertreibung um so mehr auf die Saitos zutrifft. Zwar kannten Dr. Saito und ich uns nur flüchtig, aber ich wußte über seine Aktivitäten in der Kunstszene gut Bescheid. Jahrelang hatten wir uns bei jeder zufälligen Begegnung auf der Straße höflich gegrüßt und uns auf diese Weise zu verstehen gegeben, daß uns die hohe gesellschaftliche Stellung des anderen wohl bewußt war. Als sich dann im vergangenen Monat wieder unsere Wege kreuzten, hatten sich die Dinge in der Zwischenzeit grundlegend geändert.

Die Straßenbahn füllt sich erst, nachdem sie den Fluß an der Eisenbahnbrücke gegenüber der Haltestelle Tanibashi überquert hat, und so konnte Dr. Saito, der eine Station nach uns eingestiegen war, einen freien Platz neben mir nehmen. Es war unvermeidlich, daß unser Gespräch anfänglich nicht so recht in Gang kommen wollte, denn die Verhandlungen wegen der Heirat unserer Kinder befanden sich noch in einem frühen, ziemlich heiklen Stadium, und es schickte sich nicht, unverhohlen darüber zu reden. Andererseits wäre es absurd gewesen, wenn wir so getan hätten, als gäbe es diese Verhandlungen überhaupt nicht. So verfielen wir denn darauf, die Verdienste unseres «beiderseitigen Freundes, Herrn Kyo» zu preisen, der uns bei den Verhandlungen als Vermittler diente. Dr. Saito meinte lächelnd: «Wir wollen hoffen, daß wir uns dank seiner Bemühungen bald wieder begegnen.» Näher wagten wir uns an das heikle Thema nicht heran. Dennoch entging mir natürlich nicht der krasse Unterschied zwischen der Selbstsicherheit, mit der Dr. Saito die kniffelige Situation meisterte, und der nervösen, unbeholfenen Art, mit der die Miyakes die Angelegenheit von Anfang an betrieben hatten. Es hat etwas Beruhigendes, mit Menschen vom Schlage der Saitos zu tun zu haben, wie immer die Sache ausgeht.

Ansonsten redeten wir nur über unbedeutende Dinge. Dr. Saito hat eine herzliche, joviale Art, und als er sich vorbeugte und Ichiro fragte, ob er sich sehr auf den Kinobesuch freue und welchen Film wir uns anschauen wollten, da ließ sich mein Enkel ohne Scheu von ihm in ein Gespräch ziehen.

«Ein feiner Junge», sagte Dr. Saito beifällig zu mir.

Und kurz bevor er aussteigen mußte – er hatte sich schon den Hut aufgesetzt –, bemerkte er: «Wir haben noch einen anderen gemeinsamen Bekannten. Einen gewissen Kuroda.»

Ich blickte ihn leicht verwundert an. «Kuroda?» wiederholte ich. «Ach ja, Sie meinen zweifellos einen meiner ehemaligen Schüler.»

«Richtig. Ich bin ihm vor kurzem begegnet, und er erwähnte Ihren Namen.»

«So? Ich habe ihn seit längerer Zeit nicht gesehen. Seit der Zeit kurz vor dem Krieg, um genau zu sein. Wie geht es ihm denn? Was macht er?»

«Ich glaube, er wird demnächst im neuen Uemachi-Gymnasium eine Stelle als Kunsterzieher antreten. In diesem Zusammenhang habe ich ihn kennengelernt, denn die Leitung der Schule hatte mich gebeten, Mitglied des Ernennungsausschusses zu werden.»

«Sie kennen also Herrn Kuroda nicht näher?»

«Nein, aber ich hoffe ihn in Zukunft häufiger zu sehen.»

«Soso», sagte ich. «Herr Kuroda erinnert sich also noch an mich. Wie nett von ihm.»

«Ja, er erwähnte Ihren Namen, als wir etwas besprachen. Ich hatte bislang keine Gelegenheit, mich mit ihm länger zu unterhalten, doch bei unserer nächsten Begegnung werde ich ihm sagen, daß wir beide uns kennen.»

«Sehr freundlich.»

Die Straßenbahn fuhr gerade mit metallischem Dröhnen über die Eisenbrücke. Ichiro, der auf seinem Sitz kniete, um aus dem Fenster schauen zu können, zeigte auf etwas in der Tiefe. Dr. Saito blickte nach unten, wechselte noch ein paar Worte mit Ichiro und stand auf, weil es nicht mehr weit bis zu seiner Haltestelle war. Nachdem er mir gegenüber ein letztes Mal auf «die Bemühungen von Herrn Kyo» angespielt hatte, verbeugte er sich und begab sich zum Ausgang.

Wie gewöhnlich drängten sich an der ersten Haltestelle nach der Brücke viele Menschen, so daß der zweite Teil unserer Fahrt recht unbequem verlief. Als wir schließlich vor dem Kino ausstiegen, erblickte ich sofort das unübersehbare Plakat über dem Eingang. Mein Enkel hatte das Bild vor zwei Tagen ziemlich genau nachgemalt. Allerdings war auf dem Plakat kein Feuer dargestellt. Was Ichiro als Blitze aufgefaßt hatte, war in Wirklichkeit eine Art Strahlenkranz, mit dem der Plakatmaler wohl die Scheußlichkeit des riesigen Schuppentieres hervorheben wollte.

Ichiro stellte sich dicht vor das Plakat und lachte schallend.

«Man kann leicht erkennen, daß das ein erfundenes Ungeheuer ist», sagte er und zeigte darauf. «Jeder kann sehen, daß es nicht echt ist.» Wieder lachte er.

«Ichiro, bitte, lach nicht so laut! Die Leute schauen schon.»

«Aber ich kann nicht anders! Das Monster wirkt so unecht. Wer hat vor so was Angst?»

Erst als wir Platz genommen hatten und der Film anfing, begriff ich den wahren Zweck des Regenmantels. Es waren etwa zehn Minuten vergangen, als unheilvolle Musik erklang und auf der Leinwand hinter ziehenden Dunstschwaden ein dunkler

Höhleneingang zu sehen war. Ich hörte Ichiro flüstern: «Wie langweilig! Sagst du mir Bescheid, wenn etwas Interessantes passiert?» Damit zog er sich den Regenmantel über den Kopf. Ein paar Sekunden später erscholl lautes Brüllen, und ein riesiges Untier erschien im Höhleneingang. Ichiros Hand verkrampfte sich um meinen Arm, und als ich ihm einen raschen Blick zuwarf, sah ich, daß sich die Finger seiner anderen Hand in den Regenmantel krallten.

Der Mantel verhüllte seinen Kopf während des größten Teils der Vorstellung. Bisweilen schüttelte Ichiro meinen Arm, und ich vernahm seine gedämpfte Stimme: «Ist es noch immer nicht interessant?» Ich sah mich dann jedes Mal genötigt, ihm im Flüsterton zu schildern, was auf der Leinwand vor sich ging – mit der Folge, daß sich ein schmaler Spalt im Regenmantel öffnete, der sich allerdings schon nach wenigen Minuten wieder schloß, wenn irgend etwas darauf hindeutete, daß das Monster gleich wieder erscheinen würde. Dann hörte ich Ichiro erneut sagen: «Wie langweilig! Vergiß nicht, mir Bescheid zu sagen, sobald es interessant wird.»

Wieder daheim, äußerte sich Ichiro voller Begeisterung über den Film. «Der beste, den ich je gesehen habe», sagte er wieder und wieder. Abends beim Essen gab er dann seine Version der Handlung zum Besten.

«Tante Noriko, soll ich dir sagen, was danach passiert ist? Etwas ganz Schlimmes! Soll ich es dir wirklich sagen?»

«Nein, ich hab soviel Angst, daß ich kaum essen kann», antwortete Noriko.

«Ich warne dich, es wird noch viel furchtbarer! Soll ich dir trotzdem ein bißchen mehr erzählen?»

«Oh, lieber nicht, Ichiro. Ich fürchte mich sowieso schon genug.»

Es war nicht meine Absicht gewesen, beim Essen heikle Themen anzuschneiden, aber es erschien mir widersinnig, die Vorkommnisse des Tages zu besprechen, ohne die Begegnung mit Dr. Saito zu erwähnen. Deshalb sagte ich, als Ichiro für ein Weilchen schwieg: «Übrigens haben wir in der Straßenbahn Dr. Saito getroffen. Er fuhr zu einem Bekannten.»

Kaum hatte ich das gesagt, hörten meine Töchter auf zu essen und blickten mich erwartungsvoll an.

«Wir haben nichts Wichtiges besprochen», sagte ich mit einem kurzen Lachen. «Wirklich, wir haben nur ein paar freundliche Worte gewechselt, nichts weiter.»

Meine Töchter schienen mir das nicht abzunehmen, aber sie aßen weiter. Noriko warf ihrer Schwester einen verstohlenen Seitenblick zu. Darauf fragte Setsuko: «Geht es Dr. Saito gut?»

«Ja, es sieht so aus.» Wir aßen schweigend weiter. Mag sein, daß Ichiro wieder anfing, über den Film zu plappern, jedenfalls ließ ich eine Weile verstreichen, bevor ich sagte:

«Seltsam. Dr. Saito hat zufällig einen meiner früheren Schüler kennengelernt, und zwar ausgerechnet Kuroda. Offenbar nimmt Kuroda eine Stelle am neuen Gymnasium an.»

Ich sah von meiner Schale auf und bemerkte, daß meine Töchter erneut zu essen aufgehört hatten. Mir war klar, daß sie rasche Blicke ausgetauscht hatten, und es war einer jener seltenen Anlässe im vergangenen Monat, bei denen ich das deutliche Gefühl hatte, daß die beiden unter vier Augen bestimmte Dinge besprochen hatten, die mich betrafen.

Am Abend desselben Tages saßen meine Töchter und ich dann wieder am Tisch und lasen in Zeitungen und Zeitschriften, als uns plötzlich ein dumpfes, pochendes Geräusch, das aus einem anderen Zimmer zu kommen schien, innehalten ließ. Noriko blickte besorgt auf, aber Setsuko sagte:

«Das ist nur Ichiro. Er macht das immer, wenn er nicht einschlafen kann.»

«Der Arme», meinte Noriko. «Vermutlich wird er von dem Ungeheuer träumen. Es war nicht recht von Vater, ihn solch einen Film sehen zu lassen.»

«Unsinn», erwiderte ich. «Es hat ihm Spaß gemacht.»

«Ich glaube, Vater hat den Film selbst sehen wollen», sagte Noriko grinsend zu ihrer Schwester. «Der arme Ichiro! Einfach ins Kino geschleppt zu werden, um solch einen gräßlichen Film anzuschauen!»

Sichtlich peinlich berührt, murmelte Setsuko: «Es war so nett von Vater, Ichiro mitzunehmen.»

«Aber jetzt kann er nicht schlafen», sagte Noriko. «Es war absurd, mit ihm in diesen Film zu gehen – nein, bleib nur, Setsuko, ich geh zu ihm.»

Setsuko sah ihrer Schwester nach, die den Raum verließ, dann sagte sie:

«Noriko ist so gut zu Kindern. Ichiro wird sie vermissen, wenn wir wieder zu Hause sind.»

«Ja, kann sein.»

«Sie konnte schon immer mit Kindern umgehen. Weißt du noch, Vater, wie sie früher mit den kleinen Kinoshitas gespielt hat?»

«Allerdings», antwortete ich lachend. «Mittlerweile sind sie so groß, daß sie wohl kaum noch Lust haben, sich bei uns blicken zu lassen.»

«Ja, Noriko konnte immer gut mit Kindern umgehen», wiederholte Setsuko. «Wie traurig, daß sie schon so alt und noch immer nicht verheiratet ist.»

«Ja, der Krieg kam für sie zu einem ungünstigen Zeitpunkt.»

Für ein Weilchen wandten wir uns wieder unserer Lektüre zu, dann meinte Setsuko:

«Welch glücklicher Zufall, daß du heute Dr. Saito in der Straßenbahn getroffen hast. Er scheint ein richtiger Herr zu sein.»

«Oh, gewiß. Und nach allem, was man hört, hat sein Sohn durchaus solch einen Vater verdient.»

«Tatsächlich?» fragte Setsuko nachdenklich.

Wieder lasen wir ein Weilchen, und wieder war es meine Tochter, die das Schweigen brach.

«Dr. Saito ist also mit Herrn Kuroda bekannt?»

«Nur flüchtig», sagte ich, ohne von meiner Zeitung aufzublikken. «Sie sind sich irgendwo begegnet.»

«Ich frage mich, wie es Herrn Kuroda jetzt wohl geht. Ich erinnere mich noch, daß er uns öfter besuchen kam, und daß du dich dann stundenlang mit ihm im Empfangszimmer unterhalten hast.»

«Ich habe keine Ahnung, was aus ihm geworden ist.»

«Verzeih, aber ich habe mir überlegt, ob es nicht gut wäre, wenn Vater bald einmal Herrn Kuroda besuchen würde.»

«Ihn besuchen?»

«Ja. Und vielleicht noch ein paar andere frühere Bekannte.»

«Ich glaube, ich kann dir nicht ganz folgen, Setsuko.»

«Vergib, ich habe ja nur andeuten wollen, daß Vater vielleicht selbst den Wunsch hegen könnte, wieder einmal mit Menschen zu reden, die er früher gekannt hat – bevor es der Privatdetektiv der Saitos tut. Schließlich wollen wir doch unnötige Mißverständnisse vermeiden, oder?»

«Ja, durchaus», sagte ich und wandte mich wieder meiner Zeitung zu.

Ich glaube, daß wir das Thema nach diesem Gespräch auf sich beruhen ließen. Jedenfalls schnitt Setsuko es während ihres Besuches vor einem Monat nicht wieder an.

Als ich gestern nach Arakawa fuhr, war die Straßenbahn von hellem, herbstlichem Sonnenschein erfüllt. Ich war schon seit längerer Zeit nicht in Arakawa gewesen, genau gesagt seit Kriegsende, und während ich aus dem Fenster blickte, bemerkte ich zahlreiche Veränderungen in der einst so vertrauten Szenerie. Auf der Fahrt durch Tozaka-cho und Sakaemachi erblickte ich Wohnblocks aus Ziegelsteinen, die die kleinen, mir von früher bekannten Holzhäuser turmhoch überragten. Und als wir dann an der Rückseite der Minamimachi-Werke vorbeifuhren, fiel mir auf, wie verwahrlost viele Gebäude waren. Wir passierten einen Fabrikhof nach dem anderen, und überall lag haufenweise zerbrochenes Bauholz, rostiges Blech oder ganz einfach Schutt herum.

Doch dann, nachdem die Straßenbahn die Brücke des THK-Konzerns überquert hat, verändert sich die Atmosphäre abrupt. Nun geht es nur noch über Felder und zwischen Bäumen hindurch, und es dauert nicht lange, bis nach einer abschüssigen Strecke, wo die Straßenbahnlinie am Fuß eines recht steilen Hügels endet, der Vorort Arakawa auftaucht. Auf der Gefällstrecke fährt die Straßenbahn sehr langsam. Wenn du dann, nachdem sie endlich hält, aussteigst, auf dem saubergekehrten Pflaster stehst und dich umblickst, dann hast du das Gefühl, die Stadt weit hinter dir gelassen zu haben.

Arakawa, so sagte man, sei gänzlich von Bombenangriffen verschont geblieben, und wirklich sah der Ort gestern genauso aus wie eh und je. Ein kurzer Spaziergang den Hügel hinauf, im angenehmen Schatten von Kirschbäumen, brachte mich zu Chishu Matsudas Haus, das ebenfalls unverändert war.

Matsudas Haus ist nicht so geräumig und auch nicht so exzentrisch gebaut wie meines, sondern eher eines jener soliden, stattlichen Wohnhäuser, die für Arakawa so typisch sind. Das Grundstück, groß genug, um einen vernünftigen Abstand zu den Nachbarhäusern zu wahren, ist von einem Lattenzaun umgeben. Das Tor wird flankiert von einem Azaleenbusch und einem dicken, in den Boden gerammten Holzpfahl mit dem Namensschild der Familie. Nachdem ich an der Klingelschnur gezogen hatte, öffnete mir eine etwa vierzigjährige Frau, an die ich mich nicht erinnern konnte. Sie führte mich in den Empfangsraum, wo sie die Schiebetür zur Terrasse öffnete, um das Sonnenlicht hereinzulassen und mir einen Blick in den Garten zu gewähren. Sie ließ mich mit den Worten allein: «Herr Matsuda wird gleich hier sein.»

Ich war Matsuda zum ersten Mal begegnet, als ich noch in Seiji Moriyamas Haus wohnte. Dort waren Schildkröte und ich eingezogen, nachdem wir die Firma Takeda verlassen hatten. Als Matsuda mich zum ersten Mal in der Villa besuchte, lebte ich dort schon seit ungefähr sechs Jahren. Es hatte den ganzen Vormittag geregnet. Ein paar Freunde und ich vertrieben uns nach dem Mittagessen in einem der Zimmer die Zeit mit Kartenspiel und Trinken. Wir hatten gerade eine weitere große Flasche entkorkt, als wir draußen im Hof laute Rufe einer uns unbekannten Stimme vernahmen.

Die Stimme klang kräftig und selbstsicher. Wir verstummten schlagartig und schauten uns betroffen an. Die Sache war die, daß uns allen derselbe Gedanke durch den Kopf zuckte, nämlich daß die Polizei gekommen war, um uns zu verwarnen. Natürlich war das eine absurde Vorstellung, denn niemand von uns hatte ein Verbrechen begangen. Hätte uns beispielsweise jemand in einer Kneipe unseren Lebenswandel vorgehalten, dann hätte sich jeder von uns aufs schärfste dagegen zu verwahren gewußt, doch waren wir einfach nicht darauf vorbereitet, eine Stimme rufen zu hören: «Ist jemand zu Hause?», und deshalb empfanden wir unversehens eine Art Schuldgefühl, weil wir nächtelang zechten, bis spät in den Tag hinein schliefen und überhaupt in dieser verwahrlosten Villa ein Leben ohne feste Regeln führten.

So dauerte es denn ein paar Augenblicke, bis derjenige von uns, der der Schiebetür am nächsten saß, diese öffnete, ein paar Worte mit dem Besucher wechselte, sich dann wieder zu uns umdrehte und verkündete: «Ono, da draußen ist ein Herr, der dich zu sprechen wünscht.»

Ich ging auf die Veranda hinaus und sah mitten in dem viereckigen Hof einen schlanken Mann meines Alters stehen. Noch heute erinnere ich mich deutlich, wie Matsuda bei unserer ersten Begegnung aussah. Es hatte zu regnen aufgehört, und die Sonne schien wieder. Matsuda, umgeben von Pfützen und dem nassen Laub einer das Haus überragenden Zeder, war viel zu dandyhaft gekleidet, um ein Polizist zu sein. Er trug einen taillierten Mantel mit breitem, hochgeklapptem Kragen und hatte sich den Hut schief über die Augen gezogen, was ihm ein herausforderndes Aussehen verlieh. Als ich aus dem Haus trat, betrachtete er interessiert seine Umgebung, und die Art, wie er dies tat, ließ mich schon bei jener ersten Begegnung intuitiv auf sein arrogantes Wesen schließen. Bei meinem Anblick trat er ohne Eile ein paar Schritte näher an die Veranda heran.

«Herr Ono?»

Ich erkundigte mich, was ich für ihn tun könne. Er drehte sich um, ließ den Blick über das Anwesen schweifen und meinte lächelnd:

«Ein interessantes Haus. Es muß früher imposant gewesen sein. Bestimmt gehörte es einem vornehmen Mann.»

«Ja, durchaus.»

«Herr Ono, mein Name ist Chishu Matsuda. Wir haben schon brieflich miteinander verkehrt. Ich arbeite für die Okada-Shingen-Gesellschaft.»

Diese Gesellschaft gibt es heutzutage nicht mehr, sie fiel wie so vieles andere der Besatzungsmacht zum Opfer, aber vielleicht hast du den Namen doch schon einmal gehört oder weißt zumindest, daß die Gesellschaft bis zum Krieg alljährlich eine Ausstellung organisierte, die aufstrebenden Künstlern dieser Stadt eine einmalige Gelegenheit bot, sich der Öffentlichkeit vorzustellen. In den letzten Jahren ihres Bestehens erfreuten sich die Ausstellungen eines so guten Rufes, daß sogar die führenden Künstler unserer Stadt ihre neuesten Werke neben denen des talentierten Nachwuchses ausstellten. Wegen einer derartigen Ausstellung hatte sich ein paar Wochen vor Matsudas Besuch die Okada-Shingen-Gesellschaft an mich gewandt.

«Ihr Antwortschreiben hat mich ein bißchen neugierig auf Sie gemacht, Herr Ono», sagte Matsuda. «Deshalb dachte ich mir, ich geh mal selbst hin und schau nach, wie es um die Sache steht.»

Ich musterte ihn kühl und sagte: «Ich glaube, ich bin in meinem Brief auf alle wichtigen Punkte eingegangen. Trotzdem ist es natürlich sehr freundlich von Ihnen, daß Sie sich selbst herbemüht haben.»

Die Andeutung eines Lächelns erschien um seine Augen. «Herr Ono», sagte er, «mir scheint, daß Sie sich eine für Ihr Renommee wichtige Gelegenheit entgehen lassen. Sagen Sie mir doch bitte, ob Ihr nachdrücklicher Wunsch, nichts mit uns zu tun haben zu wollen, ganz persönlicher Natur ist, oder ob Sie sich den Wünschen Ihres Lehrers beugen?»

«Natürlich habe ich meinen Lehrer um Rat gebeten, und ich bin absolut sicher, daß die Ihnen brieflich mitgeteilte Entscheidung die richtige ist. Ich weiß zu schätzen, daß Sie mich hier draußen aufgesucht haben, doch leider bin ich derzeit sehr beschäftigt und kann Sie deshalb nicht hereinbitten. Ich wünsche Ihnen einen guten Tag.»

«Einen Moment bitte, Herr Ono», sagte Matsuda. Sein Lächeln wirkte jetzt noch spöttischer. Er machte noch ein paar Schritte bis zum Rand der Veranda und blickte zu mir hinauf. «Ehrlich gesagt mache ich mir nicht die geringsten Sorgen um die Ausstellung. Es gibt viele andere Künstler, die dafür taugen. Nein, Herr Ono, ich bin gekommen, weil ich Sie kennenlernen möchte.»

«Wirklich? Wie gütig.»

«Ja, ich wollte Ihnen sagen, wie sehr mich das Wenige beeindruckt hat, was ich bisher von Ihrem Werk gesehen habe. Ich bin überzeugt, daß Sie viel Talent haben.»

«Sie sind äußerst gütig, aber zweifellos verdanke ich alles, was ich kann, der hervorragenden Anleitung meines Lehrers.»

«Zweifellos. Bitte, lassen Sie uns die Ausstellung einstweilen vergessen, Herr Ono. Sie müssen wissen, daß ich der Okada-Shingen-Gesellschaft nicht nur als eine Art Angestellter diene, sondern daß ich Kunstliebhaber bin, mit eigenen Prinzipien und Passionen. Jedesmal, wenn ich ein Talent entdecke, dessen Arbeiten ich wirklich aufregend finde, habe ich das Gefühl, etwas für den betreffenden Künstler tun zu müssen. Deshalb würde ich gern gewisse Pläne und Ideen mit Ihnen besprechen, Herr Ono, Ideen, die Ihnen selbst vielleicht noch nie gekommen sind, die Ihrer künstlerischen Entwicklung jedoch sehr förderlich sein könnten. Aber ich will Sie heute nicht länger aufhalten. Gestatten Sie mir immerhin, meine Visitenkarte dazulassen.»

Er nahm eine Karte aus der Brieftasche, legte sie auf den Rand der Veranda, verbeugte sich knapp und ging, doch mitten im Hof drehte er sich noch einmal um und rief mir zu: «Bitte, überlegen Sie sich Ihre Antwort auf meine Bitte genau, Herr Ono! Ich möchte mich mit Ihnen nur über gewisse Ideen unterhalten, nichts weiter.»

Seitdem sind fast dreißig Jahre vergangen. Damals waren wir beide jung und ehrgeizig. Gestern nun sah ich einen ganz anderen Matsuda wieder. Sein Körper ist von allerlei Leiden zerrüttet, und sein einst so wohlgeformtes, arrogantes Gesicht wirkt dadurch entstellt, daß der Unterkiefer seitlich verschoben ist. Die Frau, die mich ins Haus gebeten hatte, mußte ihn beim Betreten des Raumes stützen und ihm beim Platznehmen helfen. Sobald wir allein waren, blickte mir Matsuda ins Gesicht und sagte:

«Sie scheinen sich nach wie vor bester Gesundheit zu erfreuen. Mit mir ist es, wie Sie selbst sehen, seit unserer letzten Begegnung noch mehr bergab gegangen.»

Ich erwiderte höflich, er sehe durchaus nicht schlecht aus, aber er wehrte lächelnd ab:

«Bitte machen Sie mir nichts vor, mein lieber Ono, ich weiß selbst am besten, wie schwach ich schon bin. Dagegen ist wohl nichts zu machen. Ich muß einfach abwarten, ob mein Körper damit selbst fertig wird, oder ob sich mein Zustand verschlimmert. Aber jetzt haben wir genug Trübsal geblasen! Ihr Besuch hat mich überrascht, zumal wir letztes Mal nicht eben in bestem Einvernehmen auseinandergegangen sind.»

«Wirklich? Aber wir haben uns doch nicht gestritten.»

«Nein, natürlich nicht, warum sollten wir auch? Ich freue mich, daß Sie mich wieder einmal besuchen. Seit unserer letzten Begegnung sind drei Jahre vergangen, glaube ich.»

«Ja, das stimmt, doch es war nicht meine Absicht, Sie zu meiden. Ich wollte schon längst bei Ihnen vorbeischauen, aber immer kam etwas dazwischen.»

«Natürlich», sagte Matsuda. «Sie haben bestimmt viel zu tun. Übrigens müssen Sie mir verzeihen, daß ich nicht zu Michiko-sans Bestattung erschienen bin. Ich wollte Ihnen demnächst schreiben und mich für mein Fehlen entschuldigen. Ehrlich gesagt erfuhr ich mit mehreren Tagen Verspätung von der Feier, und außerdem hätte mein gesundheitlicher Zustand...»

«Oh, gewiß, gewiß. Ich bin sicher, daß eine aufwendige Bestattungsfeier meiner Frau nicht recht gewesen wäre. Es ist jedoch schön zu wissen, daß Sie in Gedanken dabei waren.»

«Ich weiß noch, wie Sie und Michiko-san damals zusammengebracht wurden.» Matsuda lachte und nickte ein paarmal mit dem Kopf. «Ich habe mich an jenem Tag sehr für Sie gefreut, Ono.»

«Ja, Sie waren in jeder Hinsicht unser Heiratsvermittler», erwiderte ich und mußte ebenfalls lachen. «Ihr Onkel wäre der Aufgabe wirklich nicht gewachsen gewesen.»

«Richtig», stimmte mir Matsuda lächelnd zu. «Wenn ich Sie anschaue, fällt mir alles wieder ein. Mein Onkel war so schüchtern und verwirrt, daß er bei allem, was er sagte oder tat, rot wurde. Erinnern Sie sich noch an das Familientreffen vor Ihrer Hochzeit im Yanagimachi-Hotel?»

Wir lachten beide, dann sagte ich:

«Sie haben so viel für uns getan. Ich bezweifle, daß wir ohne

Ihre Mitwirkung ein Paar geworden wären. Michiko hat immer voller Dankbarkeit an Sie gedacht.»

«Eine schlimme Sache war das», sagte Matsuda seufzend. «Und so kurz vor Kriegsende! Ich habe gehört, die Bombe sei dort irrtümlich abgeworfen worden.»

«Das stimmt. Außer ihr gab es nur wenig Verletzte. Eine schlimme Sache, da haben Sie recht.»

«Ach, ich habe uns schon wieder auf schlimme Gedanken gebracht. Es tut mir leid.»

«Keineswegs. Ich empfinde es irgendwie als tröstlich, gemeinsam mit Ihnen an meine Frau zu denken. Ich sehe sie dann wieder vor mir wie in alten Zeiten.»

«Wie schön.»

Die Frau brachte den Tee. Als sie das Tablett zwischen uns stellte, sagte Matsuda zu ihr: «Fräulein Suzuki, dies ist ein alter Kollege von mir. Wir standen uns früher einmal sehr nahe.»

Die Frau wandte sich mir zu und verbeugte sich.

«Fräulein Suzuki ist zugleich Haushälterin und Krankenschwester», sagte Matsuda. «Ihr ist es zuzuschreiben, daß ich noch immer atme.»

Fräulein Suzuki lachte kurz, verbeugte sich wieder und verließ den Raum.

Wir schwiegen ein paar Minuten und blickten durch die Schiebetüren, die Fräulein Suzuki geöffnet hatte, in den Garten hinaus. Von der Stelle aus, wo ich saß, konnte ich auf der sonnigen Veranda ein paar Strohsandalen sehen, aber der Garten selbst war meinem Blick größtenteils entzogen. Einen Moment lang fühlte ich mich versucht, aufzustehen und auf die Veranda hinauszutreten, doch dann sagte ich mir, daß Matsuda mich sicher gern begleitet hätte, und blieb lieber sitzen. Gern hätte ich gewußt, ob der Garten noch so war wie früher. Ich hatte ihn zwar als ziemlich klein, jedoch als sehr geschmackvoll gestaltet in Erinnerung: weiches Moos, ein paar schöne Bäume und ein tiefer Teich. Mehrmals hatte ich, während ich Matsuda gegenübersaß, draußen ein leises Plätschern vernommen, und ich wollte mich gerade erkundigen, ob er sich noch immer Karpfen halte, da kam er mir zuvor:

«Ich habe vorhin nicht übertrieben, als ich sagte, es sei Fräulein Suzuki zuzuschreiben, daß ich überhaupt noch lebe. Sie hat sich mehr als einmal unentbehrlich gemacht. Sehen Sie, Ono, es ist zwar viel passiert, aber irgendwie ist es mir gelungen, ein paar Ersparnisse und Vermögenswerte zu behalten, und deshalb kann ich mir eine Hausangestellte leisten. Es gibt viele, denen es nicht so gut geht wie mir. Wenn mir zu Ohren käme, daß sich einer meiner alten Kollegen in Schwierigkeiten befindet, würde ich helfen, so gut ich kann. Schließlich habe ich ja keine Kinder, denen ich mein Geld hinterlassen könnte.»

«Derselbe alte Matsuda!» sagte ich lachend. «Immer ganz direkt. Ich weiß, daß Sie es gut gemeint haben, aber deshalb bin ich nicht hier. Auch ich habe es irgendwie geschafft, meinen Besitz zu behalten.»

«Oh, das freut mich zu hören. Sie erinnern sich doch an Nakane, den Direktor des Kaiserlichen Instituts von Minami? Ich sehe ihn von Zeit zu Zeit. Er ist jetzt fast so arm wie ein Bettler. Natürlich versucht er trotzdem, den Schein zu wahren, aber er lebt nur noch von geborgtem Geld.»

«Wie schrecklich.»

«Es sind ein paar sehr ungerechte Dinge passiert», fuhr Matsuda fort. «Immerhin haben Sie und ich behalten, was wir besaßen, und Sie haben noch einen anderen Grund, dankbar zu sein, Ono. Sie haben sich anscheinend auch Ihre gute Gesundheit bewahrt.»

«Ja», sagte ich, «es gibt vieles, wofür ich dankbar sein muß.»

Wieder kam vom Teich draußen ein plätscherndes Geräusch, und ich fragte mich, ob sich vielleicht Vögel am Rande des Wassers badeten.

«In Ihrem Garten gibt es ganz andere Geräusche als in meinem», bemerkte ich. «Ich brauche nur hinzuhören, um zu wissen, daß wir hier nicht in der Stadt sind.»

«Ach ja? Ich kann mich kaum noch an die Geräusche in der Stadt erinnern. Während der letzten Jahre ist dies hier meine kleine Welt gewesen, dieses Haus und dieser Garten.»

«Um ehrlich zu sein, bin ich tatsächlich gekommen, um Sie

um Hilfe zu bitten, allerdings nicht um die Art von Hilfe, die Sie gerade angedeutet haben.»

«Ich merke Ihnen an, daß ich Sie gekränkt habe», sagte Matsuda und nickte. «Sie sind noch genauso wie früher.»

Wir lachten beide über seine Worte. Dann fragte er: «Was kann ich denn für Sie tun?»

«Die Sache ist die, daß gegenwärtig über die Heirat meiner Tochter Noriko verhandelt wird», sagte ich.

«Tatsächlich?»

«Ja, und ich gestehe, daß ich ihretwegen ein bißchen besorgt bin. Sie ist schon sechsundzwanzig. Der Krieg hat ihr übel mitgespielt, sonst wäre sie zweifellos längst verheiratet.»

«Ich glaube, ich erinnere mich an Fräulein Noriko, aber sie war damals noch ein kleines Mädchen. Schon sechsundzwanzig! Es ist, wie Sie sagen: Der Krieg hat uns allen übel mitgespielt und auch die Besten nicht verschont.»

«Letztes Jahr hätte sie fast geheiratet», sagte ich, «aber die Verhandlungen scheiterten im letzten Augenblick. Da wir schon dabei sind: Hat sich bei Ihnen im vergangenen Jahr jemand nach Noriko erkundigt? Ich meine, ich will Ihnen nicht zu nahe treten, aber ...»

«Sie treten mir durchaus nicht zu nahe, sondern ich verstehe Sie sehr gut. Nein, ich habe nie mit jemandem über Ihre Familie gesprochen. Letztes Jahr war ich sehr krank. Wäre hier ein Privatdetektiv erschienen, hätte Fräulein Suzuki ihn zweifellos fortgeschickt.»

Ich nickte und sagte: «Es ist gut möglich, daß sich in diesem Jahr jemand an Sie wendet.»

«Ach ja? Nun, ich wüßte von Ihnen nur Positives zu berichten. Schließlich waren wir früher gute Kollegen.»

«Ich bin Ihnen sehr dankbar.»

«Es war sehr gütig von Ihnen, mich zu besuchen», sagte Matsuda, «aber wenn Sie nur wegen Fräulein Norikos Heiratsplänen hier sind, hätten Sie sich nicht herbemühen müssen. Mag sein, daß wir letztes Mal nicht im allerbesten Einvernehmen auseinandergegangen sind, aber das sollte uns nicht allzu sehr verdrießen. Natürlich werde ich immer nur das Allerbeste über Sie sagen.»

«Das bezweifle ich nicht», sagte ich. «Sie sind schon immer ein großzügiger Mensch gewesen.»

«Egal was der Anlaß ist – ich freue mich über unser Wiedersehen.»

Matsuda beugte sich mühsam vor, um uns Tee nachzuschenken. «Verzeihen Sie mir, Ono», sagte er nach kurzem Schweigen, «aber ich fühle, Ihnen macht noch etwas anderes zu schaffen.»

«Wirklich?»

«Bitte, vergeben Sie mir, daß ich Sie so direkt darauf anspreche, aber gleich wird Fräulein Suzuki erscheinen und mich ermahnen, wieder mein Zimmer aufzusuchen. Ich fürchte, ich bin nicht in der Lage, mich meinen Besuchern längere Zeit zu widmen, selbst wenn es sich um alte Kollegen handelt.»

«Oh, gewiß, es tut mir sehr leid. Ich hätte daran denken müssen.»

«Ach was, Unsinn, Ono! Sie müssen unbedingt noch ein Weilchen hierbleiben, aber wenn Sie gekommen sind, um über eine bestimmte Sache mit mir zu reden, dann sollten Sie das möglichst bald tun.» Plötzlich brach er in schallendes Gelächter aus und sagte: «Wirklich, man sieht Ihnen an, wie schockierend Sie meine schlechten Manieren finden.»

«Nein, durchaus nicht. Ich werfe mir nur meine eigene Rücksichtslosigkeit vor. Eigentlich bin ich nur gekommen, um mit Ihnen über die Heiratspläne meiner Tochter zu sprechen.»

«Ich verstehe.»

«Darüber hinaus», fuhr ich fort, «war es auch meine Absicht, gewisse Umstände zur Sprache zu bringen. Sehen Sie, die derzeitigen Verhandlungen könnten sich als recht heikel erweisen. Ich wäre Ihnen äußerst verbunden, wenn Sie alle Fragen, die man Ihnen möglicherweise stellen wird, mit Diskretion beantworten würden.»

«Natürlich werde ich das.» Sein Blick ruhte auf mir, und in seinen Augen lag eine Spur von Belustigung. «Mit äußerster Diskretion.»

«Ich meine besonders alle Fragen, die die Vergangenheit betreffen.»

«Aber ich sagte doch schon, daß ich über Sie hinsichtlich der Vergangenheit nur Gutes zu berichten hätte.» Matsudas Stimme klang ein wenig kühler.

«Vielen Dank.»

Matsuda blickte mich noch ein Weilchen unverwandt an, dann meinte er seufzend:

«Seit drei Jahren habe ich dieses Haus kaum jemals verlassen. Aber ich halte noch immer die Ohren offen, um zu erfahren, was in unserem Land passiert. Mir ist klar, daß es jetzt gewisse Leute gibt, die Menschen unseres Schlages wegen der Dinge und Taten verurteilen, auf die wir einst stolz waren. Vermutlich ist es das, was Ihnen Kopfzerbrechen bereitet, Ono. Sie glauben vielleicht, ich würde Sie wegen etwas loben, das man besser vergessen sollte.»

«Nein, durchaus nicht», sagte ich hastig. «Es gibt vieles, worauf wir beide stolz sein können, aber jetzt geht es um die Verhandlungen über die Eheschließung meiner Tochter, und daraus ergibt sich eine heikle Situation, die man richtig einschätzen muß. Das Gespräch mit Ihnen hat mich jedoch beruhigt. Ich weiß, daß Sie von Ihrem Urteilsvermögen so guten Gebrauch machen werden wie eh und je.»

«Ich werde mein Bestes tun», erwiderte Matsuda. «Ja, Ono, es gibt Dinge, auf die wir beide stolz sein sollten. Machen Sie sich nichts daraus, was die Leute heutzutage sagen. Es wird höchstens ein paar Jahre dauern, bis Menschen wie Sie und ich uns wieder erhobenen Hauptes auf das berufen können, was wir zu erreichen versucht haben. Ich hoffe nur, noch so lange zu leben. Es ist mein Wunsch, mein Lebenswerk gerechtfertigt zu sehen.»

«Gewiß, ich empfinde ebenso, aber was nun diese Verhandlungen anbelangt –»

«Natürlich», fiel mir Matsuda ins Wort, «werde ich mich bemühen, Fingerspitzengefühl zu zeigen.»

Ich verbeugte mich, und wir schwiegen eine Weile. Dann fragte er mich:

«Aber sagen Sie mir, Ono, wenn Sie sich wegen Ihrer Vergangenheit Sorgen machen, dann haben Sie vermutlich schon andere Bekannte aus alten Zeiten aufgesucht?»

«Nein, Sie sind der erste. Ich habe keine Ahnung, wohin es viele meiner alten Freunde verschlagen hat.»

«Was ist mit Kuroda? Ich habe gehört, er wohnt irgendwo in der Innenstadt.»

«Wirklich? Ich habe ihn seit... seit Kriegsende nicht gesehen.»

«Wenn Sie um Fräulein Norikos Zukunft besorgt sind, dann sollten Sie ihn vielleicht aufsuchen, mag es Ihnen noch so schwer fallen.»

«Gewiß, nur habe ich leider keine Ahnung, wie ich ihn finden kann.»

«Verstehe. Hoffentlich wird dies dem Privatdetektiv der Gegenseite genauso schwerfallen. Leider stellen sich diese Leute manchmal sehr geschickt an.»

«Ja, das tun sie.»

«Ono, Sie sind ja plötzlich leichenblaß! Dabei sahen Sie so gesund aus, als sie kamen. Das hat man davon, wenn man mit einem kranken Mann wie mir in einem Zimmer herumsitzt.»

Ich erwiderte lachend: «Nein, daran liegt es nicht. Es ist nur so, daß Kinder zu einem großen Problem werden können.»

Wieder seufzte Matsuda. «Gewisse Leute wollen mir manchmal weismachen, ich hätte nicht richtig gelebt, weil ich nie geheiratet und Kinder gehabt habe, aber wenn ich mich dann umschaue, stelle ich fest, daß Kinder anscheinend nichts als Sorgen bedeuten.»

«Das ist nicht weit von der Wahrheit entfernt.»

«Dennoch wäre der Gedanke tröstlich, daß alles, was man besitzt, an die eigenen Kinder fällt.»

«Ja, das stimmt.»

Ein paar Minuten später erschien, wie von Matsuda vorausgesagt, Fräulein Suzuki und flüsterte ihm etwas ins Ohr. Er lächelte und sagte resigniert:

«Meine Krankenschwester ist gekommen, um mich abzuholen. Natürlich können Sie hier so lange verweilen, wie Sie wünschen, aber mich müssen Sie jetzt leider entschuldigen, Ono.»

Später, als ich an der Endstation auf die Straßenbahn wartete, um wieder den steilen Hügel hinauf und zurück in die Stadt zu fahren, beruhigte mich der Gedanke an Matsudas Zusicherung, er hätte «hinsichtlich der Vergangenheit nur Gutes» über mich zu berichten. Natürlich sagte mir meine Vernunft, daß ich ihn nicht extra hätte besuchen müssen, um mich dessen zu vergewissern, aber andererseits konnte es nicht schaden, die Verbindung zu einem ehemaligen Kollegen wiederaufzunehmen. Alles in allem hat sich die gestrige Fahrt nach Arakawa sicher gelohnt.

APRIL 1949

An drei oder vier Abenden in der Woche gehe ich wie gewohnt den Weg zum Fluß hinab und zu der kleinen Holzbrücke, welche von einigen Leuten, die schon vor dem Krieg hier lebten, immer noch «Brücke des Zauderns» genannt wird. Wir gaben ihr einst diesen Namen, weil man sie bis vor ein paar Jahren überqueren mußte, um in unser Vergnügungsviertel zu gelangen, und weil auf ihr – so hieß es jedenfalls – immer wieder der eine oder andere Ehemann ein Weilchen unschlüssig verharrte, hin- und hergerissen zwischen der Aussicht auf einen lustigen Abend und der Pflicht, zu seiner Frau heimzukehren. Wenn man mich heutzutage bisweilen nachdenklich am Geländer lehnen sieht, so heißt dies nicht, daß ich ebenfalls unentschlossen bin. Nein, es bedeutet lediglich, daß ich dort gern bei Sonnenuntergang stehe und den Blick über die sich stetig verändernde Umgebung schweifen lasse.

Neue Häusergruppen sind am Fuß des Hügels entstanden, den ich vor einem Weilchen hinuntergegangen bin. Und ein Stück weiter unten in der Flußaue, wo es vor einem Jahr nur Gras und Schlamm gab, zieht ein städtisches Bauunternehmen Appartementblocks für künftige Angestellte hoch. Diese Gebäude sind allerdings noch weit von der Fertigstellung entfernt, und wenn die Sonne tief über dem Fluß hängt, könnte man sie sogar mit den ausgebombten Ruinen verwechseln, die man nach wie vor in gewissen Teilen der Stadt findet.

Aber solche Ruinen werden mit jeder Woche seltener. Wahrscheinlich müßte man jetzt schon ziemlich weit nach Norden fahren, bis in den Wakamiya-Bezirk, oder in die arg mitgenommene Gegend zwischen Honcho und Kasugamachi, um noch viele Ruinen zu sehen. Dabei kann ich versichern, daß noch vor einem Jahr ausgebombte Häuser überall in dieser Stadt ein alltäglicher Anblick waren. Die Gegend auf der anderen Seite der Brücke des Zauderns, beispielsweise also unser ehemaliges Vergnügungsviertel, war vor einem Jahr nichts als eine Trümmerwüste. Jetzt jedoch geht dort die Arbeit Tag für Tag stetig voran. Ganz in der Nähe von Frau Kawakamis Lokal, wo sich einst Vergnügungssüchtige in Scharen drängten, wird derzeit eine breite Betonstraße gebaut, und auf beiden Seiten werden in langer Reihe Fundamente für große Bürogebäude gelegt.

Als Frau Kawakami mir eines Abends vor nicht allzu langer Zeit mitteilte, die Baufirma habe ihr für ihr Haus ein großzügiges Kaufangebot gemacht, hatte ich mich vermutlich schon längst mit dem Gedanken vertraut gemacht, daß sie früher oder später aufgeben und wegziehen würde.

«Ich weiß nicht, was ich tun soll», hatte sie zu mir gesagt. «Es wäre schrecklich, nach all der Zeit von hier fortzugehen. Die ganze Nacht habe ich wachgelegen und darüber nachgedacht. Ich sagte mir: ‹Jetzt, wo Shintaro-san nicht mehr da ist, bleibt nur noch Sensei als einziger verläßlicher Stammkunde.› Wirklich, ich weiß nicht, was ich tun soll.»

Ich bin jetzt tatsächlich ihr einziger Stammgast. Shintaro hat sich seit dem kleinen Zwischenfall im letzten Winter nicht mehr bei Frau Kawakami blicken lassen. Zweifellos fehlt ihm der Mut, mir von Angesicht zu Angesicht gegenüberzutreten. Das ist schlimm für Frau Kawakami, nehme ich an, zumal sie mit der ganzen Sache nichts zu tun hatte.

An einem Winterabend, als wir wie gewöhnlich beisammensaßen und tranken, hatte mir Shintaro zum ersten Mal erzählt, daß er sich bemühte, an einer der neuen Schulen einen Posten als Lehrer zu bekommen. Er ließ mich sogar wissen, daß er bereits mehrere Bewerbungen eingereicht hatte. Natürlich sind inzwischen viele Jahre vergangen, seit Shintaro mein Schüler war, und es gibt keinen Grund, warum er sich, ohne mich um Rat zu bitten, nicht selbst um solche Belange hätte kümmern sollen. Mir war absolut klar, daß es mittlerweile andere Personen gab, beispielsweise seinen Arbeitgeber, die sich in dieser Sache viel besser als Fürsprecher eigneten. Trotzdem war ich, wie ich eingestehen muß, ein wenig überrascht darüber, daß Shintaro mich nicht eingeweiht hatte. Als er mich kurz nach Neujahr an einem winterlichen Tag aufsuchte, ich ihn nervös kichernd auf der Schwelle meines Hauses stehen sah und ihn sagen hörte: «Sensei, es ist sehr unverschämt von mir, einfach so vorbeizuschauen», da empfand ich eine Art von Erleichterung, als verliefe alles wieder in altgewohnten Bahnen.

Im Empfangszimmer entzündete ich Holzkohle in einem Becken, und während wir dort saßen und uns die Hände wärmten, beobachtete ich, wie auf dem Mantel, den Shintaro anbehalten hatte, ein paar Schneeflocken schmolzen.

«Es schneit wieder?» fragte ich ihn.

«Nur ein bißchen, Sensei. Längst nicht so wie heute morgen.»

«Es tut mir leid, daß es hier drinnen so kalt ist. Ich fürchte, es ist der kälteste Raum im ganzen Haus.»

«Keineswegs, Sensei. Bei mir zu Hause ist es viel kälter.» Er lächelte fröhlich und rieb sich über der Glut die Hände. «Es ist sehr gütig von Ihnen, mich so zu empfangen. Sensei ist während all dieser Jahre sehr gut zu mir gewesen. Ich könnte nicht aufzählen, was Sie alles für mich getan haben.»

«Ach was, Shintaro, ich habe manchmal eher das Gefühl, daß ich dich damals ziemlich vernachlässigt habe. Falls es also eine Möglichkeit gibt, jetzt mein Versäumnis wiedergutzumachen, würde ich es gern von dir erfahren.»

Shintaro lachte und rieb sich die Hände. «Sensei, Sie sagen wirklich die absurdesten Dinge! Ich könnte nicht aufzählen, was Sie schon alles für mich getan haben.»

Ich betrachtete ihn ein Weilchen und sagte dann: «Nun sag schon, Shintaro – was kann ich für dich tun?»

Er blickte erstaunt zu mir auf, lachte kurz und sagte:

«Verzeihen Sie mir, Sensei. Es ist so angenehm hier, daß ich ganz vergessen habe, warum ich hier bin und Sie belästige.»

Dann berichtete er mir, er sehe der Antwort auf seine Bewerbung an der Higashimachi-Oberschule sehr zuversichtlich entgegen. Verläßliche Informationen hätten ihn in dem Glauben bestärkt, daß seine Unterlagen sehr günstig bewertet worden seien.

«Allerdings gibt es da anscheinend einen oder zwei unwichtige Punkte, Sensei, mit denen der Ausschuß offenbar noch nicht so ganz zufrieden ist.»

«So?»

«Ja, Sensei. Ich sollte besser offen sein. Es geht um die Vergangenheit.»

«Die Vergangenheit?»

«Richtig, Sensei.» Shintaro lachte nervös. Dann gab er sich einen Ruck und fuhr fort: «Sie müssen wissen, Sensei, daß ich vor Ihnen eine Achtung empfinde, wie sie größer nicht sein könnte. Ich habe so viel von Sensei gelernt, und ich werde weiterhin stolz auf alles sein, was uns verbindet.»

Ich nickte und wartete ab, bis er weiterredete.

«Die Sache ist die, Sensei, daß ich Ihnen sehr dankbar wäre, wenn Sie an den Ausschuß schreiben würden. Es geht einfach nur darum, ein paar von mir gemachte Aussagen zu bestätigen.»

«Um was für Aussagen handelt es sich denn, Shintaro?»

Shintaro kicherte, streckte die Arme aus und hielt die Hände wieder über die Glut.

«Mir geht es nur darum, den Ausschuß zufriedenzustellen, Sensei, nichts weiter. Vielleicht erinnern Sie sich, Sensei, daß wir einmal eine Meinungsverschiedenheit hatten. Im Zusammenhang mit meiner Arbeit während der China-Krise.»

«Die China-Krise? Ich fürchte, ich erinnere mich nicht an einen Streit mit dir, Shintaro.»

«Verzeihen Sie mir, Sensei, vielleicht habe ich übertrieben. Einen richtigen Streit hat es zwischen uns nie gegeben. Aber ich war immerhin vorwitzig genug, Ihnen zu widersprechen. Genau gesagt, sperrte ich mich gegen Ihre Wünsche und Vorschläge, die meine Arbeit betrafen.»

«Es tut mir leid, Shintaro, ich weiß nicht, worauf du anspielst.»

«Natürlich, warum sollte auch eine solche Nebensächlichkeit in Senseis Gedächtnis haften bleiben. Leider ist die Sache jedoch zum jetzigen Zeitpunkt für mich ziemlich wichtig. Vielleicht entsinnen Sie sich wieder, wenn ich Sie an das Fest erinnere, das wir an jenem Abend gefeiert haben, das Fest aus Anlaß von Herrn

Ogawas Verlobung. Später am Abend – ich glaube, wir waren im Hotel Hamabara abgestiegen, und ich hatte wohl ein bißchen zuviel getrunken – nahm ich mir dann die Freiheit heraus, Ihnen meinen eigenen Standpunkt darzulegen.»

«Ich erinnere mich vage an den Abend, aber ich kann nicht sagen, daß ich noch genau weiß, was damals geschah. Sag mal, Shintaro, was hat eigentlich jene kleine Meinungsverschiedenheit mit unserer heutigen Situation zu tun?»

«Verzeihung, Sensei, aber es hat sich zufällig so ergeben, daß diese Sache für mich von einiger Bedeutung ist. Der Ausschuß muß sich mit gewissen Dingen befassen, nicht zuletzt, weil die amerikanischen Behörden darauf bestehen ...» Shintaro, sichtlich nervös, hielt kurz inne und fuhr dann fort: «Ich bitte Sie, Sensei, versuchen Sie sich an die kleine Meinungsverschiedenheit zu erinnern. Ich war und bin für die vielen Dinge, die ich unter Ihrer Aufsicht lernte, dankbar, aber Tatsache ist, daß sich meine Ansichten nicht immer mit Ihren deckten. Es ist nicht einmal übertrieben, wenn ich behaupte, daß ich große Vorbehalte gegen den Kurs hegte, den unsere Schule damals eingeschlagen hatte. Sie erinnern sich beispielsweise bestimmt, daß ich zwar letztlich Ihre Anweisungen befolgte, dabei aber ein ungutes Gefühl hatte und sogar so weit ging, Ihnen meinen Standpunkt darzulegen.»

«Ach ja, die Plakate während der China-Krise», sagte ich nachdenklich. «Jetzt erinnere ich mich wieder. Es waren schwere Zeiten für unser Land. Zeiten, da es nicht zu zaudern, sondern entschlossen zu handeln galt. Ich weiß noch genau, daß du sehr tüchtig warst und daß wir alle auf deine Arbeiten stolz waren.»

«Gewiß, Sensei, erinnern Sie sich daran, daß ich schwerwiegende Einwände gegen die Arbeit hatte, die ich ausführen sollte. Vielleicht erinnern Sie sich jetzt, daß ich Ihnen an jenem Abend im Hotel Hamabara offen widersprach. Vergeben Sie mir, Sensei, daß ich Sie jetzt mit solch einer Nichtigkeit belästige.»

Vermutlich schwieg ich nach diesen Worten ein Weilchen. Jedenfalls muß ich wohl aufgestanden sein, denn ich weiß noch genau, daß ich nahe den Schiebetüren zur Veranda, also auf der anderen Seite des Raumes stand, als ich zu Shintaro sagte:

«Du möchtest also, daß ich einen Brief an diesen Ausschuß schreibe und darin klarstelle, daß du dich nicht unter meinem Einfluß befunden hast? Das ist es doch, worum du mich bittest, nicht wahr?»

«Nein, nichts dergleichen, Sensei. Verstehen Sie mich nicht falsch. Ich bin nach wie vor stolz, wenn man mich mit Ihnen und Ihrem Namen in Verbindung bringt. Es geht hier lediglich um die Plakate für die Kampagne während der China-Krise, und wenn es möglich wäre, den Ausschuß in diesem Punkt zu beruhigen, dann...»

Wieder brach er mitten im Satz ab. Ich schob eine der Schiebetüren einen Spalt auf. Kalte Luft strömte in den Raum, aber aus irgendeinem Grund kümmerte mich das nicht. Ich schaute durch den schmalen Ritz hinaus über die Veranda und in den Garten. Schneeflocken taumelten langsam zur Erde.

«Shintaro», sagte ich, «warum stehst du nicht einfach zu deiner Vergangenheit? Die Plakate brachten dir damals viel Wohlwollen ein. Wohlwollen und Lob. Mag sein, daß die Welt jetzt anders über dein Werk denkt, aber das ist noch lange kein Grund, die Unwahrheit über sich selbst zu sagen.»

«Ja, Sensei», erwiderte Shintaro. «Ich verstehe, was Sie meinen. Aber um auf diese Sache zurückzukommen, so wäre ich Ihnen wirklich sehr dankbar, wenn Sie an den Ausschuß schreiben und sich zu diesen Plakaten äußern könnten. Ich habe sogar den Namen und die Adresse des Vorsitzenden dabei.»

«Shintaro, bitte hör mir zu!»

«Sensei, ich möchte Ihnen mit allem Respekt sagen, daß ich immer sehr dankbar für Ihren Rat und Ihre Unterweisung bin. Aber ich habe erst die Hälfte meiner beruflichen Laufbahn hinter mir. Wenn man im Ruhestand lebt, kann man über alles nachdenken, doch ich stehe mitten im Leben. Und es gibt da ein paar Dinge, um die ich mich kümmern muß, wenn ich den Posten, der mir schon so gut wie sicher ist, hundertprozentig bekommen will. Sensei, ich bitte Sie, haben Sie Verständnis für meine Situation!»

Ich erwiderte nichts, sondern schaute zu, wie der Schnee auf meinen Garten fiel. Aus den Geräuschen hinter mir entnahm ich, daß Shintaro aufgestanden war.

«Hier sind Name und Adresse, Sensei. Wenn Sie gestatten, lasse ich beides hier. Ich wäre Ihnen sehr dankbar, wenn Sie in einem Augenblick der Muße über diese Angelegenheit nachdenken würden.»

Auf diese Worte folgte Schweigen. Vermutlich wartete Shintaro darauf, daß ich mich zu ihm umdrehte, um ihm Gelegenheit zu geben, sich einigermaßen würdevoll zu verabschieden. Ich starrte jedoch unverwandt in meinen Garten hinaus. Obwohl es stetig schneite, hatten sich nur wenige Flocken auf den Büschen und Zweigen niedergelassen. Ich konnte sogar beobachten, wie ein Lufthauch einen Ast des Ahornbaumes bewegte und den Schnee größtenteils abschüttelte. Nur die steinerne Laterne ganz hinten im Garten trug eine weiße Haube.

Ich hörte, wie Shintaro sich entschuldigte und den Raum verließ.

Es mag so aussehen, als wäre ich an jenem Tag allzu streng mit Shintaro gewesen, doch wenn man bedenkt, was sich in den Wochen unmittelbar vor seinem Besuch zugetragen hatte, ist es sicherlich verständlich, daß ich mich gegenüber Shintaros Versuchen, sich vor seiner Verantwortung zu drücken, so abweisend verhielt. Dazu kommt, daß mich Shintaro nur wenige Tage nach Norikos *miai* aufsuchte.

Die Verhandlungen wegen Norikos eventueller Vermählung mit Taro Saito waren im Verlauf des Herbstes gut vorangekommen; im Oktober waren Photographien ausgetauscht worden, und wenig später hatten wir durch Herrn Kyo, unseren Vermittler, erfahren, daß der junge Mann unbedingt ein Treffen mit Noriko vereinbaren wollte. Meine Tochter gab zwar vor, sie müsse sich das reiflich überlegen, aber natürlich war ihr längst klar, daß sie es sich mit ihren sechsundzwanzig Jahren nicht erlauben konnte, den Antrag eines Taro Saito leichtfertig auszuschlagen.

Ich ließ Herrn Kyo wissen, wir seien zu einem *miai* bereit, und wir einigten uns auf einen Termin im November und auf das Kasuga-Park-Hotel. Dieses Hotel hat heutzutage, darin wirst du mir gewiß beipflichten, eher etwas Vulgäres, und ich war nicht sehr glücklich über die Wahl.

Doch nachdem Herr Kyo mir versichert hatte, man werde für den Anlaß einen Nebenraum mieten, und außerdem betonte, den Saitos sage das Essen dort besonders zu, gab ich schließlich meine Zustimmung, wenngleich ohne Begeisterung.

Herr Kyo hatte mich auch darauf hingewiesen, daß die Familie des zukünftigen Bräutigams bei dem *miai* wahrscheinlich in der Überzahl sein würde – die Eltern und ein jüngerer Bruder hatten die Absicht bekundet, zu dem Treffen zu erscheinen. Es wäre daher durchaus möglich, so deutete er an, einen Verwandten oder guten Freund einzuladen, um Noriko zusätzlichen Rückhalt zu geben. Aber Setsuko war natürlich zu weit fort, und sonst fiel uns niemand ein, den wir hätten bitten können, uns in dieser Sache beizustehen. Mag sein, daß das Gefühl, wir könnten bei dem *miai* benachteiligt sein, zusammen mit unseren Vorbehalten gegenüber dem Ort der Begegnung bewirkte, daß Noriko unnötig verkrampft und angespannt war. Jedenfalls waren die Wochen vor dem *miai* eine schwierige Zeit.

Es geschah oft, daß meine Tochter, kaum daß sie von der Arbeit zurück war, eine Bemerkung machte wie: «Was hast du denn den ganzen Tag getrieben, Vater? Wahrscheinlich nur herumgetrödelt wie immer.» Davon konnte jedoch keine Rede sein, denn ich tat alles Erdenkliche, um die Verhandlungen zu einem guten Abschluß zu bringen. Doch da ich es zu jenem Zeitpunkt für wichtig hielt, sie nicht mit Einzelheiten über den Vorgang der Angelegenheit zu belasten, schilderte ich ihr meinen Tagesverlauf nur mit ein paar ausweichenden Worten und lieferte ihr damit einen Vorwand, weiterhin an mir herumzukritteln. Rückwirkend muß ich mir eingestehen, daß Noriko vielleicht gerade deshalb, weil ich einem ehrlichen Gespräch auswich, noch verkrampfter wurde, und daß größere Offenheit meinerseits vielleicht manchen unangenehmen Wortwechsel zwischen uns verhindert hätte.

Beispielsweise erinnere ich mich an einen Nachmittag, an dem ich, als Noriko heimkehrte, draußen im Garten ein paar Büsche stutzte. Sie begrüßte mich sehr wohlerzogen von der Terrasse aus und verschwand gleich wieder im Haus. Als ich ein paar Minuten später auf der Veranda saß, in den Garten hinausblickte und die Wirkung meiner Arbeit abwägte, erschien Noriko, die jetzt einen

Kimono trug, wieder und brachte Tee. Nachdem sie das Tablett zwischen uns gestellt hatte, nahm sie selbst Platz. Es war, wie ich mich erinnere, einer der letzten, herrlich schönen Herbstnachmittage des vergangenen Jahres, und auf den Blättern und Gräsern lag ein zartes Licht. Meinem Blick folgend sagte Noriko:

«Vater, warum hast du den Bambus so gestutzt? Jetzt sieht er schief aus, als wäre er aus dem Gleichgewicht geraten.»

«Aus dem Gleichgewicht? Meinst du wirklich? Ich finde ihn genau richtig. Siehst du, du mußt berücksichtigen, wo die meisten jungen Schößlinge sind.»

«Mein Vater will sich überall einmischen. Diesen Busch wird er auch noch ruinieren, glaube ich.»

«*Auch* noch?» Ich wandte mich meiner Tochter zu. «Was willst du damit sagen? Daß ich schon andere ruiniert habe?»

«Ja, die Azaleen haben sich nie wieder ganz erholt. Das kommt davon, wenn man einen Vater hat, der nichts mit seiner Zeit anzufangen weiß. Ständig macht er an Dingen herum, die er besser in Ruhe lassen sollte.»

«Verzeih mir, Noriko, aber ich verstehe nicht ganz, worauf du hinauswillst. Meinst du, auch die Azaleen seien unschön und die Proportionen stimmen nicht?»

Noriko warf wieder einen Blick auf den Garten und seufzte. «Du hättest alles so lassen sollen, wie es war.»

«Tut mir leid, Noriko, aber in meinen Augen sehen sowohl der Bambus als auch die Azaleen besser aus als vorher. Ich fürchte, ich verstehe nicht ganz, warum sie deiner Meinung nach aus dem ‹Gleichgewicht› geraten sind.»

«Anscheinend wird mein Vater allmählich blind. Oder vielleicht ist es einfach nur schlechter Geschmack.»

«Schlechter Geschmack? Was du nicht sagst! Weißt du, Noriko, die Leute haben meinen Namen nicht unbedingt mit schlechtem Geschmack gleichgesetzt.»

«Aber in meinen Augen, Vater», erwiderte sie unwillig, «ist der Bambus nicht gut ausbalanciert. Und dadurch, daß du die Zweige von dem Baum so drüberhängen läßt, hast du das Bild noch mehr verdorben.»

Eine Weile sah ich schweigend in den Garten hinaus. «Ja»,

sagte ich schließlich und nickte, «vermutlich kann man es so sehen wie du, Noriko. Du hast nie ein künstlerisches Gespür gehabt. Genausowenig wie Setsuko. Kenji war anders, aber ihr Mädchen seid nach eurer Mutter geschlagen. Ich erinnere mich sogar, daß sie gelegentlich auch solche abwegigen Kommentare von sich gegeben hat.»

«Ist mein Vater denn im Stutzen von Büschen solch eine Autorität? Das ist mir bisher nicht aufgefallen. Es tut mir leid.»

«Ich habe nie behauptet, eine Autorität zu sein. Es überrascht mich nur ein bißchen, daß du mir schlechten Geschmack vorwirfst. An solche Bezichtigungen bin ich nicht gewöhnt, das ist alles.»

«Na gut, Vater, vielleicht ist wirklich alles nur Ansichtssache.»

«Deine Mutter war so ähnlich wie du, Noriko, sie hat sich nie gescheut, alles auszusprechen, was ihr gerade in den Sinn kam. Das ist vermutlich eine ziemlich ehrliche Haltung.»

«Ich bin sicher, mein Vater kann so etwas am besten beurteilen. Daran gibt es zweifellos nichts zu rütteln.»

«Ich erinnere mich, Noriko, daß deine Mutter manchmal sogar solche Kommentare abgab, während ich malte. Sie legte sich irgendein Argument zurecht, und wenn ich darüber lachte, lachte sie auch und verwies darauf, wie wenig sie von solchen Dingen verstünde.»

«Mein Vater hatte also auch immer recht, wenn es um seine Bilder ging, nehme ich an.»

«Noriko, dieses Gespräch führt zu nichts. Außerdem: Wenn dir nicht gefällt, was ich im Garten gemacht habe, dann kannst du meinetwegen gern hingehen und alles so gestalten, wie du es für richtig hältst.»

«Sehr gütig, Vater, aber wann sollte ich das deiner Meinung nach tun? Ich habe nicht den lieben langen Tag Zeit wie mein Vater.»

«Was soll das heißen, Noriko? Ich habe einen anstrengenden Tag hinter mir.» Ich warf meiner Tochter einen zornigen Blick zu, aber sie blickte nur mürrisch in den Garten hinaus. Da wandte ich mich von ihr ab und meinte seufzend: «Dieses Gespräch führt wirklich zu nichts. Wenn deine Mutter solche Dinge sagte, dann konnten wir hinterher wenigstens darüber lachen.»

In solchen Augenblicken geriet ich wirklich in Versuchung, mit ein paar Worten durchblicken zu lassen, wie wenig ich um ihretwillen meine Kräfte schonte. Zweifellos hätte meine Tochter darauf überrascht reagiert und sich vielleicht auch wegen ihres Verhaltens geschämt. An jenem Tag beispielsweise war ich im Yanagawa-Bezirk gewesen und hatte herausgefunden, wo Kuroda jetzt wohnte.

Es war, wie sich am Ende herausstellte, nicht schwierig, Kuroda ausfindig zu machen. Der Kunstprofessor am Uemachi-Gymnasium hatte mir, nachdem er sich von meinen guten Absichten hatte überzeugen lassen, nicht nur Kurodas Adresse gegeben, sondern mir auch berichtet, wie es meinem ehemaligen Schüler während der letzten Jahre ergangen war. Offenbar war Kuroda seit seiner Entlassung kurz nach Kriegsende recht gut zurechtgekommen. Der Gang der Dinge brachte es mit sich, daß man ihm die Gefängnisjahre hoch anrechnete, und daß es sich gewisse Gruppierungen zur Ehre machten, ihn willkommen zu heißen und für ihn zu sorgen. So war es ihm auch nicht schwergefallen, Arbeit zu finden – es handelte sich meist um kleine Aufträge als Privatlehrer – und die erforderlichen Malutensilien anzuschaffen. Im Frühsommer des vergangenen Jahres bekam er dann den Posten als Kunsterzieher am Uemachi-Gymnasium.

Es mag vielleicht ein wenig abwegig klingen, wenn ich sage, daß ich erfreut, ja sogar ein bißchen stolz auf Kurodas berufliches Vorankommen war, aber eigentlich ist es doch nur natürlich, daß mich, seinen ehemaligen Lehrer, dergleichen noch immer mit Stolz erfüllte, mochten sich auch Lehrer und Schüler aufgrund der Umstände entfremdet haben.

Kuroda wohnte in keiner guten Gegend. Ich ging eine Zeitlang durch schmale, von baufälligen Wohnhäusern gesäumte Gassen, bis ich zu einem viereckigen, mit Beton gepflasterten Platz gelangte, der so aussah wie der Vorplatz einer Fabrik. Tatsächlich waren auf der anderen Seite ein paar Lastwagen geparkt, und noch ein Stück weiter, hinter einem Maschenzaun, wühlte ein

Bulldozer das Erdreich auf. Ich erinnere mich daran, daß ich dem Bulldozer eine Weile zuschaute, bis ich aufblickte und gewahr wurde, daß das große neue Gebäude vor mir der Appartementblock war, in dem Kuroda wohnte.

Ich stieg die Treppe hinauf zum zweiten Stock, wo zwei kleine Jungen im Korridor auf einem Dreirad hin- und herfuhren. Nachdem ich Kurodas Tür gefunden hatte, klingelte ich, aber niemand machte mir auf. Ich war jedoch fest entschlossen, alles zu tun, damit die Begegnung zustandekam, und klingelte deshalb ein zweites Mal. Ein junger Mann – er war etwa zwanzig Jahre alt und hatte ein frisches Gesicht – öffnete die Tür.

«Ich bedaure sehr», sagte er voller Ernst, «aber Herr Kuroda ist gerade nicht da. Darf ich Sie fragen, mein Herr, ob Sie vielleicht ein Kollege von ihm sind?»

«So könnte man es nennen. Es gibt da ein paar Dinge, die ich gerne mit Herrn Kuroda besprechen würde.»

«Dann seien Sie doch bitte so gut und kommen Sie herein, um auf ihn zu warten. Ich bin sicher, daß Herr Kuroda bald zurück sein wird und daß er es sehr bedauern würde, Sie nicht mehr hier anzutreffen.»

«Aber ich möchte Sie keineswegs stören.»

«Oh, durchaus nicht, mein Herr. Bitte treten Sie ein.»

Die Wohnung war klein. Wie so viele moderne Behausungen hatte sie keinen Vorraum, sondern die *tatami* fing gleich hinter der Eingangstür an und war nur leicht erhöht, wie eine flache Treppenstufe. Alles wirkte sehr ordentlich in dem Appartement, an dessen Wänden Gemälde und allerlei schmückende Gegenstände hingen. Das Sonnenlicht strömte durch eine große Fenstertür, die auf einen kleinen Balkon ging. Der Lärm des Bulldozers war bis hierher zu vernehmen.

«Ich hoffe, Sie haben es nicht eilig, mein Herr», sagte der junge Mann und legte ein Kissen für mich zurecht. «Herr Kuroda würde es mir nie verzeihen, wenn er bei seiner Rückkehr feststellen müßte, daß ich Sie habe gehen lassen. Bitte gestatten Sie mir, für Sie Tee zu machen.»

«Sehr freundlich von Ihnen», sagte ich und nahm Platz. «Sind Sie einer von Herrn Kurodas Schülern?»

Der junge Mann lachte kurz auf. «Herr Kuroda ist so gütig, mich seinen Schützling zu nennen, aber ich bezweifle, daß ich eine solche Bezeichnung verdiene. Mein Name ist übrigens Enchi. Herr Kuroda hat mich eine Zeitlang privat unterrichtet, und obwohl er jetzt in der Schule alle Hände voll zu tun hat, bringt er meiner Arbeit großzügigerweise nach wie vor Interesse entgegen.»

«Ach ja?»

Wieder drang von draußen der Lärm des Bulldozers herein. Ein paar Sekunden lang verharrte der junge Mann unschlüssig, dann sagte er entschuldigend: «Wenn Sie gestatten, mache ich jetzt Tee.»

Als er ein paar Minuten später zurückkam, zeigte ich auf ein Bild an der Wand und sagte: «Herrn Kurodas Stil ist ziemlich unverwechselbar.»

Der junge Mann, der noch immer das Teetablett in den Händen hielt, lachte ein wenig beklommen, blickte zu dem Bild hin und sagte:

«Ich fürchte, dieses Bild ist weit unter dem Niveau von Herrn Kuroda.»

«Ist es denn nicht von ihm?»

«Nein, das ist leider nur einer meiner eigenen Versuche, mein Herr. Mein Lehrer war so gütig, es für vorzeigbar zu halten.»

«Aha, verstehe.»

Ich schaute mir das Bild genauer an, während der junge Mann das Teetablett auf einen niedrigen Tisch neben mir stellte und selbst Platz nahm.

«Das ist also eines Ihrer eigenen Werke?» fragte ich. «Nun, ich muß sagen, Sie haben viel Talent. Eine Menge Talent sogar.»

Wieder lachte er, als wäre ihm dies alles peinlich. «Ich kann mich sehr glücklich schätzen, einen Lehrer wie Herrn Kuroda zu haben. Aber ich fürchte, ich habe noch viel zu lernen.»

«Und ich war mir so sicher, eines von Herrn Kurodas Werken vor mir zu sehen! Diese Art der Pinselführung.»

Der junge Mann hantierte ziemlich ungeschickt mit der Teekanne, als wüßte er nicht genau damit umzugehen. Ich sah, wie er den Deckel anhob und hineinschaute.

«Herr Kuroda ermahnt mich ständig, mehr in einem unverkennbar eigenen Stil zu malen», sagte er. «Aber ich bewundere seine Malweise so sehr, daß ich sie unwillkürlich nachahme.»

«Es ist nichts dabei, seinen Lehrer eine Zeitlang nachzuahmen. Dadurch lernt man eine Menge. Im Lauf der Zeit werden Sie Ihre eigenen Vorstellungen und Methoden entwickeln, denn Sie sind zweifellos ein sehr talentierter junger Mann. Ja, ich bin sicher, daß eine vielversprechende Zukunft vor Ihnen liegt. Kein Wunder, daß Herr Kuroda sich für Sie interessiert.»

«Ich kann Ihnen gar nicht sagen, was ich Herrn Kuroda zu verdanken habe. Wissen Sie, mein Herr, ich wohne jetzt sogar bei ihm. Schon fast zwei Wochen. Aus meiner vorherigen Behausung hat man mich hinausgeworfen, aber da kam mir Herr Kuroda zu Hilfe. Ich könnte Ihnen unmöglich aufzählen, was er alles für mich getan hat.»

«Sie sagten, Sie seien aus Ihrer Behausung hinausgeworfen worden?»

«Oh, ich versichere Ihnen, daß ich immer die Miete bezahlt habe, mein Herr», sagte der junge Mann und lachte dünn, «aber es war nicht zu vermeiden, daß die *tatami* ein paar Farbkleckse abbekam, mochte ich mich noch so sehr vorsehen. Eines Tages hat mich der Hausbesitzer dann vor die Tür gesetzt.»

Darüber mußten wir beide lachen. Danach sagte ich:

«Es tut mir leid, ich möchte nicht, daß Sie mich für gefühllos halten. Aber ich mußte gerade daran denken, daß ich damals, als ich anfing, selbst solche Probleme hatte. Wenn Sie durchhalten, werden Sie sich bald die richtigen Arbeitsbedingungen schaffen, das versichere ich Ihnen.» Wieder lachten wir beide.

«Sie machen mir viel Mut, mein Herr», sagte der junge Mann und schenkte Tee ein. «Ich glaube, Herr Kuroda wird bald zurück sein. Bitte gedulden Sie sich noch ein wenig. Herr Kuroda freut sich bestimmt über die Gelegenheit, sich bei Ihnen für all das zu bedanken, was Sie für ihn getan haben.»

Ich blickte ihn erstaunt an. «Sie glauben also, Herr Kuroda möchte sich bei mir bedanken?»

«Entschuldigen Sie, mein Herr, aber ich dachte, Sie seien von der *Cordon Society*.»

«Die *Cordon Society*? Tut mir leid, aber was ist das?»

Der junge Mann warf mir einen raschen Blick zu. Er wirkte jetzt wieder fast so linkisch wie zuvor. «Verzeihen Sie, mein Herr, ich habe mich wohl getäuscht. Ich war überzeugt, Sie seien von der *Cordon Society*.»

«Leider nein. Ich bin nur ein alter Bekannter von Herrn Kuroda.»

«Verstehe. Vielleicht ein ehemaliger Kollege?»

«So könnte man es wohl nennen.» Mein Blick wanderte wieder zu dem von ihm gemalten Bild an der Wand. «Wirklich», sagte ich, «sehr talentiert, sogar äußerst talentiert.» Mir entging nicht, daß der junge Mann mich jetzt mit großem Interesse beobachtete. Nach einer Weile fragte er:

«Gestatten Sie, mein Herr, daß ich mich nach Ihrem Namen erkundige?»

«Oh, es tut mir leid, Sie müssen mich für einen sehr ungeschliffenen Menschen halten. Mein Name ist Ono.»

«Ach so.»

Der junge Mann stand auf und ging zum Fenster. Ich schaute ein Weilchen zu, wie der Dampf von den beiden Tassen auf dem Tisch aufstieg, dann fragte ich beiläufig:

«Ob Herr Kuroda wohl bald zurück sein wird?»

Fast hatte es den Anschein, als würde der junge Mann nicht antworten, doch dann sagte er vom Fenster her, mit dem Rücken zu mir: «Falls er nicht bald kommt, sollten Sie vielleicht nicht länger Ihre eigenen Angelegenheiten vernachlässigen.»

«Wenn Sie nichts dagegen haben, warte ich noch ein bißchen, damit sich der lange Weg hierher gelohnt hat.»

«Ich kann Herrn Kuroda sagen, daß Sie hier gewesen sind. Vielleicht schreibt er Ihnen dann.»

Draußen im Korridor, nicht weit von uns entfernt, zankten sich die Kinder und machten einen Krach, als würden sie immer wieder mit ihrem Dreirad gegen die Wand fahren. Mich durchzuckte der Gedanke, wie sehr der junge Mann am Fenster einem schmollenden Kind ähnelte.

«Ich bitte Sie um Nachsicht, Herr Enchi», sagte ich, «aber Sie sind noch sehr jung. Als Herr Kuroda und ich uns kennenlernten, waren Sie wohl noch ein kleiner Junge. Ich möchte Sie bitten, keine voreiligen Schlüsse zu ziehen, solange Sie nicht alle Einzelheiten kennen.»

«Alle Einzelheiten?» wiederholte er und drehte sich zu mir um. «Verzeihen Sie, aber kennen Sie denn selbst alle Einzelheiten, mein Herr? Wissen Sie, was er durchgemacht hat?»

«Die meisten Dinge sind komplizierter, als sie scheinen, Herr Enchi. Junge Männer Ihrer Generation neigen dazu, die Dinge zu vereinfachen. Auf jeden Fall hat es wohl wenig Sinn, wenn wir beide uns jetzt auf eine Diskussion einlassen. Falls Sie nichts dagegen haben, warte ich auf Herrn Kuroda.»

«Ich möchte Ihnen nahelegen, nicht länger Ihre Zeit zu verschwenden. Ich werde Herrn Kuroda über Ihren Besuch informieren.» Bisher war es dem jungen Mann gelungen, seiner Stimme einen höflichen Klang zu verleihen, aber jetzt schien ihn die Selbstbeherrschung zu verlassen. «Ehrlich gesagt setzt mich Ihre Kaltblütigkeit in Erstaunen, mein Herr», fuhr er fort. «Hier einfach zu erscheinen wie ein wohlgesonnener Besucher!»

«Aber ich *bin* ein wohlgesonnener Besucher! Im übrigen möchte ich Sie darauf hinweisen, daß die Entscheidung, ob er mich empfangen will oder nicht, bei Herrn Kuroda liegt.»

«Mein Herr, ich kenne Herrn Kuroda inzwischen schon sehr gut, und für mich steht fest, daß Sie jetzt besser gehen sollten. Er wird Sie nicht sehen wollen.»

Ich seufzte und stand auf. Der junge Mann schaute wieder aus dem Fenster. Als ich an der Tür meinen Hut vom Haken nahm, wandte er sich jedoch erneut zu mir um und sagte mit seltsam beherrschter Stimme: «Alle Einzelheiten? Mir ist klar, daß *Sie* es sind, der nicht alle Einzelheiten kennt. Wie hätten Sie es sonst gewagt, hier zu erscheinen? Beispielsweise bin ich sicher, daß Sie nie von der Sache mit Herrn Kurodas Schulter erfahren haben, oder? Er hatte große Schmerzen, aber die Gefängniswärter dachten nicht daran, die Verletzung zu melden, und so wurde sie erst nach Kriegsende behandelt. Aber wenn die Wärter meinten, es sei Zeit für eine weitere Tracht Prügel, da fiel ihnen die Schulterverletzung natürlich wieder ein. Einen

Verräter nannten sie ihn, jawohl: Verräter! Und das Tag und Nacht, pausenlos! Dabei wissen wir inzwischen alle, wer die wirklichen Verräter waren.»

Ich war gerade damit fertig, meine Schuhe zuzubinden, und wandte mich zur Tür.

«Sie sind noch zu jung, Herr Enchi, um zu wissen, wie kompliziert die Welt ist.»

«Wir alle wissen jetzt, wer die wirklichen Verräter waren. Und viele von ihnen sind noch immer auf freiem Fuß.»

«Sie werden also Herrn Kuroda sagen, daß ich hier war? Vielleicht ist er dann so gut, mir zu schreiben. Guten Tag, Herr Enchi.»

Natürlich ließ ich nicht zu, daß mich die Worte des jungen Mannes über die Maßen aus der Fassung brachten, doch falls Kuroda, wie Enchi angedeutet hatte, mir tatsächlich so feindlich gesinnt war, dann war dies angesichts der Verhandlungen wegen Norikos Heirat durchaus Grund zur Sorge. Auf jeden Fall hatte ich als Vater die Pflicht, in dieser Angelegenheit, mochte sie noch so unangenehm sein, hartnäckig zu bleiben. Wieder daheim, verfaßte ich einen Brief an Kuroda und äußerte den Wunsch, ihn wiederzusehen, da es eine für mich zugleich wichtige und delikate Angelegenheit gebe, die ich mit ihm besprechen wolle. Der Ton meines Schreibens war freundlich und versöhnlich, und deshalb reagierte ich enttäuscht auf die kühle und beleidigend kurze Antwort, die ich wenige Tage später erhielt:

«Ich habe keinen Grund zu glauben, daß ein Wiedersehen in irgendeiner Weise von Nutzen sein könnte», schrieb mein einstiger Schüler. «Ich danke Ihnen, daß Sie die Freundlichkeit hatten, mich neulich zu besuchen, aber ich meine, daß Sie künftig besser von weiteren Besuchen Abstand nehmen sollten.»

Diese Sache mit Kuroda überschattete ein wenig mein Gemüt, wie ich zugeben muß. Auf jeden Fall dämpfte sie meinen Optimismus, was Norikos Heiratschancen anging. Wie gesagt, ich verschonte sie mit Einzelheiten über meine Versuche, Kuroda zu sprechen, doch zweifellos spürte sie, daß nicht alles zufriedenstellend verlief, und dies machte sie sicher noch nervöser.

Der Tag kam, an dem der *miai* stattfinden sollte, und meine

Tochter wirkte so verkrampft, daß ich mich besorgt fragte, welchen Eindruck sie auf die, wie zu erwarten stand, entspannt und selbstsicher auftretenden Saitos machen würde. Am späten Nachmittag hielt ich es für ratsam, Norikos Gemüt ein wenig aufzuheitern, und dies war der Grund, warum ich, als sie durch das Eßzimmer ging, wo ich saß und las, die Bemerkung fallen ließ:

«Ich staune darüber, Noriko, wie du es fertig bringst, dich den ganzen Tag nur um dein Äußeres zu kümmern. Man könnte meinen, du bereitest dich auf die eigentliche Hochzeitsfeier vor.»

«Es sieht meinem Vater ähnlich, zu spotten und dann selbst nicht rechtzeitig fertig zu sein», gab sie schnippisch zurück.

«Ich brauche nicht lange, um mich fertig zu machen», antwortete ich lachend. «Wirklich erstaunlich, daß du den ganzen Tag damit zubringen kannst.»

«Das ist ja gerade das Problem. Mein Vater ist zu stolz, um sich für einen Anlaß wie diesen sorgfältig vorzubereiten.»

Ich blickte sie verdutzt an. «Zu stolz? Was meinst du damit? Worauf willst du hinaus, Noriko?»

Meine Tochter wandte sich ab und hantierte mit ihrer Haarspange.

«Noriko, was meinst du mit ‹zu stolz›? Was wolltest du damit sagen?»

«Wenn sich mein Vater wegen einer solchen Nebensächlichkeit, wie meine Zukunft es ist, nicht aus der Ruhe bringen läßt, dann wundert es mich nicht. Schließlich hat er ja noch nicht einmal seine Zeitung fertig gelesen.»

«Du lenkst vom Thema ab. Gerade eben meintest du, ich sei zu stolz. Willst du dich dazu nicht ein wenig genauer äußern?»

«Ich hoffe nur, daß mein Vater vorzeigbar ist, wenn es darauf ankommt», sagte meine Tochter und verließ demonstrativ den Raum.

Wieder einmal, wie so oft während jener schwierigen Tage, mußte ich daran denken, wie anders sich Noriko vor einem Jahr während der Verhandlungen mit den Miyakes verhalten hatte. Damals war sie so zwanglos und entspannt gewesen, daß sie fast selbstgefällig gewirkt hatte. Vielleicht lag es daran, daß sie Jiro

Miyake so gut kannte. Ich nehme an, sie sah in ihm ihren zukünftigen Ehemann und betrachtete deshalb die Verhandlungen zwischen den beiden Familien als lästige Formalitäten. Was später geschah, muß für sie ein schwerer Schock gewesen sein, aber ich finde, daß sie sich trotzdem Bemerkungen wie die soeben erwähnte hätte sparen können. Auf jeden Fall war der kleine Wortwechsel wohl kaum geeignet, uns in die richtige Stimmung für den *miai* zu versetzen. Er war vielmehr höchstwahrscheinlich mit schuld an dem Verlauf des Abends im Kasuga-Park-Hotel.

Viele Jahre lang hatte das Kasuga-Park-Hotel zu den angenehmsten Stadthotels im westlichen Stil gezählt. Neuerdings jedoch ist die Leitung darauf verfallen, die Zimmer auf recht vulgäre Weise umzugestalten – wobei man zweifellos die amerikanische Kundschaft, bei der das Hotel als «zauberhaft japanisch» gilt und sehr populär ist, im Auge hat. Trotz alledem war der Raum, den Herr Kyo reserviert hatte, durchaus annehmbar. Sein größter Vorzug war der Blick durch die großen Panoramafenster, den Westhang des Kasuga-Hügels hinab und über die funkelnde Stadt. Die Einrichtung bestand im wesentlichen aus einem großen runden Tisch, umgeben von Stühlen mit hoher Rückenlehne und, an einer Wand, einem Gemälde, das ich Matsumoto zuschrieb, einem Künstler, den ich vor dem Krieg flüchtig gekannt hatte.

Mag sein, daß mich die innere Anspannung dazu verleitete, ein bißchen mehr zu trinken, als ich beabsichtigt hatte – jedenfalls sind meine Erinnerungen an jenen Abend nicht so klar, wie sie es sein könnten. Immerhin weiß ich noch, daß Taro Saito, der junge Mann, den ich als künftigen Schwiegersohn in Betracht ziehen sollte, sofort einen guten Eindruck auf mich machte. Er schien mir nicht nur ein intelligenter, verantwortungsbewußter Mensch zu sein, sondern er besaß darüber hinaus das gewandte, selbstsichere Auftreten, das ich so an seinem Vater bewunderte. Mir entging nicht, mit welch ausgesuchter Höflichkeit Taro Saito mich und Noriko empfing, und ich fühlte mich an einen anderen jungen Mann und an einen ähnlichen Anlaß vor mehreren Jahren erinnert, nämlich an Suichis und Setsukos *miai* im Hotel Imperial. Einen Augenblick lang dachte ich daran, daß Taro Saitos Höflichkeit und Freundlichkeit im Lauf der Zeit genauso unweigerlich verschwinden könnten wie Suichis, aber natürlich hoffte ich, daß Taro Saito niemals Erfahrungen machen muß wie jene, die Suichi so verbittert haben.

Was nun Dr. Saito betrifft, so hatte er dasselbe imponierende Auftreten wie immer. Zwar waren wir einander bis zu jenem Abend nie offiziell vorgestellt worden, doch kannten wir uns seit Jahren und grüßten uns zum Zeichen gegenseitiger Hochachtung jedesmal, wenn wir uns auf der Straße begegneten. Auch mit seiner Gattin, einer schönen Frau in den Fünfzigern, hatte ich schon mehrmals ein paar Worte gewechselt, aber dabei war es bisher geblieben. Ich erriet, daß auch sie ein Mensch von beträchtlichem Format war, und daß sie sich zutraute, mit jeder peinlichen Situation fertigzuwerden. Das einzige Mitglied der Familie Saito, das keinen großen Eindruck auf mich machte, war Mitsuo, der jüngere, schätzungsweise knapp über zwanzig Jahre alte Sohn.

Wenn ich jetzt an jenen Abend zurückdenke, bin ich mir sicher, daß ich gleich beim ersten Anblick von Mitsuo ein ungutes Gefühl hatte. Ich wüßte jedoch auch jetzt nicht genau zu sagen, was mich von Anfang an auf der Hut sein ließ. Vielleicht war es die Tatsache, daß er mich an Enchi erinnerte, den jungen Mann, dem ich in Kurodas Wohnung begegnet war. Wie dem auch sei – schon kurz, nachdem wir uns zu Tisch begeben hatten, fand ich meine Verdachtsmomente immer mehr bestätigt. Aus Mitsuos Verhalten sprach zwar die gebotene Wohlerzogenheit, aber in der Art, wie er mich heimlich beobachtete oder mir eine Schüssel über den Tisch reichte, lag etwas, aus dem ich eine feindselige, vorwurfsvolle Haltung herausspürte.

Wir saßen erst ein paar Minuten bei Tisch, als mich der plötzliche Gedanke durchzuckte, daß Mitsuos Einstellung mir gegenüber sich vielleicht keineswegs von der seiner Angehörigen unterschied, daß er sich nur nicht so geschickt zu verstellen wußte. Von da an warf ich ihm immer wieder einen raschen Blick zu, als wäre an ihm abzulesen, was die Saitos tatsächlich dachten. Da er jedoch ziemlich weit von mir entfernt auf der anderen Seite des

Tisches saß, und da Herr Kyo ihn in ein längeres Gespräch verwickelt zu haben schien, kam es zunächst zu keiner nennenswerten Unterhaltung zwischen Mitsuo und mir.

«Man hat uns gesagt, Sie spielen sehr gerne Klavier, Fräulein Noriko», sagte, wie ich mich entsinne, Frau Saito zu meiner Tochter.

Noriko lachte ein wenig und erwiderte: «Ja, aber ich übe längst nicht genug.»

«Ich habe selbst viel gespielt, als ich jünger war», sagte Frau Saito. «Aber jetzt bin ich ganz aus der Übung. Uns Frauen bleibt so wenig Zeit für solche Dinge, meinen Sie nicht auch?»

«Ja, das stimmt», gab meine Tochter ziemlich nervös zurück.

«Ich habe nicht viel Ahnung von Musik», schaltete sich Taro Saito ein. Sein Blick ruhte unverwandt auf Noriko. «Wissen Sie, meine Mutter behauptet immer, ich hätte kein Ohr für Musik. Daher traue ich meinem eigenen Geschmack nicht und muß mir von ihr sagen lassen, welche Komponisten am meisten Bewunderung verdienen.»

«Unsinn», sagte Frau Saito.

«Wissen Sie, Fräulein Noriko», fuhr Taro fort, «ich hab mir mal ein paar Platten mit einem Klavierkonzert von Bach gekauft. Ich mochte die Musik sehr gern, aber meine Mutter kritisierte ständig daran herum und hielt mir meinen schlechten Geschmack vor. Natürlich habe ich in einem solchen Fall den Argumenten einer Mutter wie meiner wenig entgegenzusetzen, und ich höre jetzt kaum noch Bach. Aber vielleicht könnten Sie mir ein bißchen zu Hilfe kommen, Fräulein Noriko. Lieben Sie zufällig Bach?»

«Bach?» Für einen Augenblick schien meine Tochter um eine Antwort verlegen, dann sagte sie lächelnd: «Oh, doch, sogar sehr.»

«Aha!» triumphierte Taro Saito. «Jetzt wird Mutter ihr Urteil revidieren müssen.»

«Mein Sohn redet Unsinn, Fräulein Noriko. Ich habe nie Bachs Werk als Ganzes kritisiert. Doch sagen Sie: Meinen Sie nicht auch, daß Chopin ausdrucksvoller ist, auf dem Klavier zumindest?»

«Ja, gewiß», sagte Noriko.

Solche ungelenken Antworten waren kennzeichnend für Norikos Auftreten während fast der gesamten ersten Hälfte des Abends. Für mich kam dies freilich nicht unerwartet. Im Kreis der Familie oder in Gesellschaft enger Freunde hat Noriko gewöhnlich ein recht schnippisches Mundwerk; dann kann sie redselig und witzig sein, aber bei formelleren Anlässen habe ich schon oft festgestellt, daß es ihr schwerfällt, den richtigen Ton zu finden, und so den Eindruck einer schüchternen jungen Frau vermittelt. Daß dies ausgerechnet an diesem Abend geschah, war für mich Anlaß zur Sorge, zumal für mich so gut wie feststand – die Art, wie Frau Saito den Kopf hochtrug, schien dies zu bestätigen –, daß die Saitos keine jener altmodischen Familien waren, deren Frauen unterwürfig zu schweigen hatten. Ehrlich gesagt hatte ich das vorausgesehen und bei unseren Vorbereitungen für den *miai* nachdrücklich die Meinung vertreten, Noriko solle, soweit es sich ziemte, ihr lebhaftes, intelligentes Wesen zur Geltung bringen. Meine Tochter hatte einer solchen Strategie rundum zugestimmt, ja sie hatte sogar mit einer solchen Entschlossenheit ihre Absicht kundgetan, sich frei und natürlich zu benehmen, daß ich befürchten mußte, sie könnte es zu weit treiben und über das Ziel hinausschießen. Als ich sie nun beobachtete, wie sie, mit gesenktem Kopf in ihre Schüssel starrend, um schlichte, gefällige Antworten auf die Fragen der Saitos rang, da konnte ich mir ausmalen, welche Qualen sie litt.

Von Noriko und ihren Problemen abgesehen, schien die Unterhaltung überall am Tisch mit Leichtigkeit in Gang zu kommen. Besonders Dr. Saito verstand sich so meisterhaft darauf, eine entspannte Atmosphäre herzustellen, daß ich, hätte ich nicht die verstohlenen Blicke des jungen Mitsuo auf mir ruhen gespürt, leicht den Ernst des Anlasses hätte vergessen und mich ein wenig leutseliger geben können. Ich weiß noch, daß sich Dr. Saito irgendwann während der Mahlzeit bequem zurücklehnte und sagte:

«Anscheinend hat es heute in der Innenstadt noch mehr Demonstrationen gegeben. Wissen Sie, Herr Ono, als ich heute nachmittag in der Straßenbahn saß, stieg ein Mann mit einer großen Platzwunde an der Stirn ein. Er setzte sich neben mich, und so erkundigte ich mich natürlich, ob mit ihm alles in Ordnung sei. Ich riet ihm, eine Klinik aufzusuchen. Aber wissen Sie was? Es stellte sich heraus, daß er gerade vom Arzt kam und fest entschlossen war, sich wieder seinen demonstrierenden Kameraden anzuschließen. Wie finden Sie das, Herr Ono?»

Dr. Saito hatte durchaus beiläufig gesprochen, aber ich hatte trotzdem sekundenlang den Eindruck, daß alle am Tisch, Noriko eingeschlossen, zu essen aufgehört hatten und auf meine Antwort warteten. Es ist natürlich gut möglich, daß ich mir das nur einbildete, aber dann erinnere ich mich noch ganz deutlich, daß der junge Mitsuo, zu dem ich kurz hinüberblickte, mich mit einer sonderbaren Eindringlichkeit musterte.

«Es ist wirklich bedauerlich», sagte ich, «daß Menschen verletzt werden. Gewiß lassen sie sich von den besten Absichten leiten.»

«Ich bin überzeugt, daß Sie recht haben, Herr Ono», schaltete sich Frau Saito ein. «Die Absichten mögen die besten sein, doch mir scheint, daß es die Leute jetzt ein bißchen zu weit treiben. So viele Verletzte! Mein Mann meint trotzdem, daß etwas Gutes dabei herauskommt. Ehrlich gesagt kann ich ihm da nicht folgen.»

Ich erwartete, daß Dr. Saito darauf etwas erwidern würde, doch statt dessen trat wieder eine Pause ein, und alle Aufmerksamkeit schien sich auf mich zu konzentrieren.

«Es ist, wie Sie sagen», bemerkte ich. «Jammerschade, daß so viele verletzt worden sind.»

«Meine Frau hat mich mal wieder ins falsche Licht gerückt, Herr Ono», sagte Dr. Saito. «Ich habe nie behauptet, diese Gewalttätigkeiten seien zu begrüßen. Ich habe nur klarmachen wollen, daß mit der Feststellung, viele Menschen würden verletzt, längst nicht alles gesagt ist. Natürlich will niemand, daß andere Menschen Schaden nehmen, doch der Geist, der alldem zugrunde liegt, das Bedürfnis der Leute, offen und mit allem Nachdruck ihre Standpunkte zu vertreten – nun, das ist doch wirklich etwas Positives, meinen Sie nicht auch, Herr Ono?»

Vielleicht zögerte ich einen Augenblick zu lange, jedenfalls kam Taro Saito meiner Antwort zuvor:

«Es stimmt, Vater, die Dinge geraten jetzt wirklich außer Kontrolle. Demokratie ist eine feine Sache, aber sie bedeutet nicht, daß die Bürger das Recht haben, jedesmal den Aufstand zu proben, wenn sie mit etwas nicht einverstanden sind. In dieser Hinsicht hat sich herausgestellt, daß wir Japaner wie Kinder sind. Wir müssen noch lernen, verantwortungsvoll mit der Demokratie umzugehen.»

«Hier haben Sie den ungewöhnlichen Fall», sagte Dr. Saito lachend, «daß zumindest in dieser Frage der Vater weit liberaler ist als der Sohn. Mag sein, daß Taro recht hat. Gegenwärtig gleicht unser Land einem kleinen Knaben, der das Laufen lernt. Trotzdem bleibe ich dabei, daß der Geist, der alledem zugrunde liegt, gesund ist. Es ist, als würde man einem kleinen Jungen zuschauen, der losrennt, stürzt und sich das Knie aufschlägt. Niemand wird ihn davor bewahren wollen, indem er ihn daheim einschließt. Glauben Sie nicht auch, Herr Ono? Oder bin ich zu liberal, wie meine Frau und mein Sohn behaupten?»

Vielleicht täuschte ich mich – ich hatte wie gesagt ein bißchen zu viel und zu schnell getrunken –, aber mir kam es vor, als wären die Saitos sich trotz aller vorgeblichen Meinungsverschiedenheit durchaus nicht so uneins. Übrigens entging mir nicht, daß der junge Mitsuo mich wieder beobachtete.

«Ich hoffe wirklich, daß nicht noch mehr Menschen verletzt werden», sagte ich.

Ich glaube, Taro Saito wechselte das Thema, indem er Noriko fragte, was sie von einem erst kürzlich in der Innenstadt eröffneten Kaufhaus hielt. Danach drehten sich die Gespräche eine Zeitlang um belanglosere Dinge.

Anlässe wie dieser sind natürlich für eine zukünftige Braut heikel – und es scheint unfair, von einer jungen Frau, während sie selbst unter die Lupe genommen wird, Stellungnahmen zu verlangen, die für ihr künftiges Glück ausschlaggebend sein könnten –, aber ich war nicht darauf gefaßt gewesen, daß Noriko so schlecht mit ihrer eigenen Unsicherheit fertig würde. Während der Abend seinen Lauf nahm, schien ihr Selbstvertrauen zusehends zu zerbröckeln, bis sie kaum mehr etwas anderes herausbrachte als «ja» oder «nein». Taro Saito tat alles, damit sich Noriko entspannte, aber bei einem Anlaß wie diesem ziemte es sich nicht, daß er allzu hartnäckig auf sie einredete, und so endeten seine Versuche, ein humorvolles Gespräch anzuknüpfen, immer wieder in unbehaglichem Schweigen. Während ich zusah, wie sich meine Tochter quälte, kam mir erneut in den Sinn, wie anders der *miai* im vergangenen Jahr verlaufen war. Setsuko, die uns zu jener Zeit einen Besuch abstattete, war dabei gewesen, um ihrer Schwester den Rücken zu stärken, doch Noriko schien an jenem Abend keinen Beistand zu brauchen. Ich erinnere mich sogar, wie irritiert ich darüber war, daß Noriko und Jiro Miyake sich ständig quer über den Tisch vielsagende Blicke zuwarfen, als machten sie sich über die Förmlichkeit des Anlasses lustig.

«Erinnern Sie sich, Herr Ono?» fragte Dr. Saito. «Bei unserer letzten Begegnung stellten wir fest, daß wir einen gemeinsamen Bekannten haben, einen Herrn Kuroda.»

Wir waren zu diesem Zeitpunkt fast mit dem Essen fertig.

«Ach ja, richtig», sagte ich.

«Mein Sohn hier» – Dr. Saito zeigte auf den jungen Mitsuo, mit dem ich bisher kaum ein Wort gewechselt hatte – «besucht seit einiger Zeit die Uemachi-Schule, an der Herr Kuroda unterrichtet.»

«Tatsächlich?» Ich wandte mich dem jungen Mann zu. «Sie kennen also Herrn Kuroda gut?»

«Nein, nicht gut», antwortete Mitsuo. «Leider habe ich keine künstlerische Begabung, und deshalb halten sich meine Kontakte mit den Kunsterziehern in Grenzen.»

«Aber über Herrn Kuroda hört man doch nur Gutes, nicht wahr, Mitsuo?» warf Dr. Saito ein.

«Ja, das stimmt.»

«Herr Ono stand früher in sehr enger Verbindung mit Herrn Kuroda. Wußtest du das?»

«Ich habe davon gehört», sagte Mitsuo.

Hier wechselte Taro Saito wieder das Thema, indem er sagte: «Wissen Sie, Fräulein Noriko, ich habe schon immer eine eigene Theorie gehabt, warum ich unmusikalisch bin. Als ich klein war, war das Klavier bei uns zu Hause nie richtig gestimmt. Tag für Tag mußte ich in jenen für meine Persönlichkeit so entscheidenden Jahren mit anhören, wie meine Mutter auf einem verstimmten Piano übte. Gut möglich, daß das an meinen Problemen schuld ist, meinen Sie nicht auch?»

Noriko lächelte, sagte jedoch nichts.

Bei diesem Stand der Dinge begann Herr Kyo, der sich bislang zurückgehalten hatte, eine seiner komischen Anekdoten zu erzählen. Falls Noriko mit ihrer Darstellung recht hat, dann hatte er seine Geschichte noch nicht einmal halb zu Ende erzählt, als ich ihn unterbrach, indem ich mich an Mitsuo Saito wandte und sagte:

«Herr Kuroda hat Ihnen zweifellos von mir erzählt.»

Mitsuo blickte mich verwundert an.

«Von Ihnen erzählt?» wiederholte er zögernd. «Sicher erwähnt er Sie oft, aber ehrlich gesagt, kenne ich ihn nicht sehr gut, und deshalb . . .» Er verstummte und blickte hilfesuchend zu seinen Eltern hinüber.

«Ich bin überzeugt», sagte Dr. Saito mit – wie mir schien – besonderem Nachdruck, «daß Herr Kuroda sich recht gut an Herrn Ono erinnert.»

«Und ich glaube nicht», sagte ich, wobei ich wieder Mitsuo anblickte, «daß Herr Kuroda eine besonders hohe Meinung von mir hat.»

Der junge Mann wandte sich peinlich berührt erneut seinen Eltern zu. Diesmal war es Frau Saito, die sagte:

«Im Gegenteil. Ich bin mir sicher, daß er die allerbeste Meinung von Ihnen hat, Herr Ono.»

«Es gibt ein paar Menschen, Frau Saito», erwiderte ich vielleicht ein bißchen zu laut, «die glauben, ich hätte während meiner Laufbahn einen schädlichen Einfluß auf andere Menschen ausgeübt, einen Einfluß, der jetzt am besten endgültig gelöscht und vergessen werden sollte. Mir ist nicht entgangen, daß manch einer diesen Standpunkt vertritt, und ich nehme an, daß dies auch auf Herrn Kuroda zutrifft.»

«Meinen Sie wirklich?» Vielleicht täuschte ich mich, aber mir kam es so vor, als betrachtete Dr. Saito mich wie ein Lehrer, der darauf wartet, daß ein Schüler einen auswendig gelernten Text heruntersagt.

«Ja, so ist es. Und was mich angeht, so bin ich jetzt durchaus bereit, die Richtigkeit eines solchen Standpunktes zu akzeptieren.»

«Und ich bin sicher, daß Sie ungerecht mit sich selbst sind», warf Taro Saito ein, aber ich fuhr rasch fort:

«Es gibt Leute, die meinen, daß Menschen wie ich für die schrecklichen Dinge verantwortlich sind, die unserem Land widerfahren sind. Ich für meinen Teil gebe freimütig zu, daß ich viele Fehler gemacht habe. Ich bestätige, daß vieles von dem, was ich getan habe, letztlich unserem Land geschadet hat, und daß ich Teil jener Kraft war, die unsägliches Leid über unser Volk gebracht hat. All dies gebe ich, wie Sie sehen, bereitwillig zu, Dr. Saito.»

Dr. Saito beugte sich verwundert vor.

«Verzeihen Sie mir, Herr Ono», sagte er, «aber soll das heißen, daß Sie sich von Ihrer Arbeit und Ihren Bildern distanzieren?»

«Ja, von meinen Bildern und meiner Tätigkeit als Lehrer. Wie Sie sehen, Dr. Saito, tue ich dies ganz bereitwillig. Ich kann nur sagen, daß ich damals in gutem Glauben gehandelt habe. Ich war aufrichtig überzeugt, daß ich zum Wohl meiner Mitbürger handelte, aber wie Sie jetzt selbst sehen, scheue ich mich nicht, zuzugeben, daß ich im Irrtum war.»

«Meiner Meinung nach sind Sie zu streng mit sich selbst, Herr Ono», verkündete Taro Saito fröhlich. Zu Noriko gewandt sagte er: «Sagen Sie, Fräulein Noriko, ist Ihr Vater immer so streng mit sich selbst?»

Es war mir nicht entgangen, daß Noriko mich verblüfft anstarrte. Gut möglich, daß sie durch Taros Frage vollends aus dem Konzept gebracht wurde, denn zum ersten Mal an diesem Abend sprach sie forsch und schnippisch, wie es ihre Art ist.

«Vater ist überhaupt nicht streng mit sich. *Ich* muß ihn streng behandeln. Sonst würde er morgens nie zum Frühstück aufstehen.»

«Wirklich?» sagte Taro Saito erfreut, daß er Noriko eine weniger förmliche Antwort entlockt hatte. «Mein Vater ist auch ein Langschläfer. Angeblich schlafen ältere Menschen weniger als

Leute wie Sie und ich. Aber unsere Erfahrung scheint das Gegenteil zu beweisen.»

Lachend erwiderte Noriko: «Ich glaube, das gilt nur für Väter. Bestimmt fällt Frau Saito das Aufstehen nicht schwer.»

«Hören Sie sich das an», sagte Dr. Saito zu mir. «Sie machen sich über uns lustig, und sie warten nicht einmal, bis wir den Raum verlassen haben.»

Ich möchte nicht unbedingt behaupten, Norikos Verlobung sei bis zu diesem Augenblick noch unsicher gewesen, doch habe ich das Gefühl, daß ihr *miai*, bisher eine steife Angelegenheit, die in einem Fiasko zu enden drohte, von da an zu einem Erfolg wurde. Nach dem Essen saßen wir noch lange beisammen und tranken Sake, und als wir uns schließlich Taxis kommen ließen, hatten wir alle das Gefühl, gut miteinander vorangekommen zu sein. Wichtiger noch: Zwar hatten Taro Saito und Noriko gebührende Distanz bewahrt, doch war offensichtlich, daß sie aneinander Gefallen gefunden hatten.

Natürlich kann ich nicht abstreiten, daß manche Augenblicke an jenem Abend für mich schmerzlich gewesen sind, und ich kann auch nicht behaupten, ich hätte mich hinsichtlich meiner eigenen Vergangenheit genauso bereitwillig zu einer Erklärung herbeigelassen, hätten mir die Umstände dies nicht nahegelegt. Dem muß ich noch hinzufügen, daß ich kaum verstehe, wie ein Mann mit Selbstachtung wünschen kann, sich längere Zeit der Verantwortung für seine in der Vergangenheit begangenen Taten zu entziehen. Sicher, es ist nicht immer leicht, aber zweifellos liegt eine gewisse Würde und Genugtuung darin, mit den Fehlern ins reine zu kommen, die man im Verlauf eines Lebens gemacht hat. Im übrigen muß man sich wohl nicht übermäßig jener Fehler schämen, die man in bestem Glauben begangen hat. Mit Sicherheit ist es viel beschämender, seine Verfehlungen nicht zugeben zu wollen oder zu können.

Nehmen wir beispielsweise Shintaro, der anscheinend tatsächlich den heißbegehrten Posten als Lehrer ergattert hat. Shintaro wäre meiner Meinung nach heutzutage ein glücklicherer Mensch, hätte er den Mut und die Ehrlichkeit gehabt, zu seiner eigenen Vergangenheit zu stehen. Kann sein, daß die Abfuhr, die ich ihm an jenem Nachmittag kurz nach Neujahr erteilt habe, ihn bewog, in der Frage der Plakate zur China-Krise eine andere Haltung gegenüber dem Ausschuß einzunehmen. Aber nach meiner Einschätzung hat Shintaro, um sein Ziel zu erreichen, sich weiterhin an seine kleinmütigen Heucheleien geklammert. Ich glaube mittlerweile sogar, daß Shintaros Wesen schon immer eine berechnende, hinterhältige Seite hatte, die mir früher nur nicht aufgefallen ist.

«Wissen Sie, Obasan», sagte ich zu Frau Kawakami, als ich vor nicht allzu langer Zeit mal wieder einen Abend bei ihr verbrachte, «ich habe fast den Verdacht, daß Shintaro durchaus nicht so weltfremd ist, wie er uns weismachen wollte. Es war einfach nur seine Art, andere Menschen auszunützen und sich Vorteile zu verschaffen. Wenn Menschen wie Shintaro sich etwas vom Hals schaffen wollen, dann tun sie so, als wären sie absolut hilflos, und alle anderen haben Nachsicht mit ihnen.»

«Ich muß schon sagen, Sensei!» Frau Kawakami warf mir einen mißbilligenden Blick zu, denn verständlicherweise zögerte sie, über jemand, der so lange ihr bester Kunde gewesen war, schlecht zu reden.

«Denken Sie beispielsweise daran, Obasan», fuhr ich fort, «wie schlau er sich im Krieg gedrückt hat. Während andere so viel verloren, arbeitete er weiter in seinem kleinen Atelier, als wäre nichts geschehen.»

«Aber Sensei, Shintaro-san hat ein schlimmes Bein . . .»

«Schlimmes Bein oder nicht – jeder war aufgerufen. Gut, am Ende haben sie ihn doch geschnappt, aber ein paar Tage später war der Krieg vorbei. Wissen Sie, Obasan, Shintaro hat einmal zu mir gesagt, er hätte wegen des Krieges zwei Wochen Arbeit verloren. Das war der Preis, den Shintaro im Krieg bezahlen mußte! Glauben Sie mir, Obasan, hinter dem harmlosen Auftreten unseres alten Freundes verbirgt sich viel mehr.»

«Jedenfalls sieht es so aus», erwiderte Frau Kawakami resigniert, «als würde er sich hier nie wieder blicken lassen.»

«Ja, Obasan, das stimmt, Sie müssen ihn wohl endgültig abschreiben.»

Frau Kawakami, eine brennende Zigarette zwischen den Fingern, lehnte sich gegen den Rand der Theke und umfaßte mit einem Blick ihr kleines Lokal. Wie so oft war ich der einzige Gast. Die spätnachmittägliche Sonne fiel durch die Moskitonetze an den Fenstern und ließ den Raum noch verstaubter und älter erscheinen als nach Einbruch der Dunkelheit, wenn er von Frau Kawakamis Lampen erhellt wird. Draußen wurde noch immer gearbeitet. Seit einer Stunde waren irgendwo Hammerschläge, hohl wie ein Echo, zu hören gewesen, und immer wieder bebte das ganze Haus, wenn ein Lastwagen anfuhr oder ein Preßlufthammer losratterte. Und während ich an jenem Sommerabend Frau Kawakamis Blick folgte und mich im Raum umsah, durchzuckte mich der Gedanke, wie unbedeutend, schäbig und fehl am Platz ihr kleines Lokal inmitten der großen Betonbauten aussehen würde, die das Stadtbauamt ringsum hochzog. Ich sagte zu Frau Kawakami:

«Wissen Sie, Obasan, Sie sollten wirklich ernsthaft daran denken, das Angebot anzunehmen, und woanders hinziehen. Es ist eine große Gelegenheit.»

«Aber ich bin doch schon so lange hier», sagte sie und wedelte mit einer Hand, weil der Rauch ihrer Zigarette sie störte.

«Sie könnten ein hübsches neues Lokal aufmachen, Obasan. Im Kitabashi-Bezirk oder vielleicht sogar in Honcho. Glauben Sie mir, ich würde jedesmal bei Ihnen vorbeischauen, wenn ich in der Nähe bin.»

Frau Kawakami schwieg ein Weilchen, als lauschte sie einer Stimme zwischen all dem Lärm, den die Arbeiter draußen machten. Schließlich überzog ein Lächeln ihr Gesicht, und sie sagte: «Dies war früher solch ein wunderbarer Bezirk. Erinnern Sie sich noch daran, Sensei?»

Ich erwiderte ihr Lächeln, sagte jedoch nichts. Natürlich war das alte Viertel schön gewesen. Wir hatten alle unseren Spaß gehabt, und all die Wortplänkeleien und Diskussionen waren stets von einem Geist der Aufrichtigkeit durchdrungen gewesen. Aber vielleicht hatte gerade dieser Geist nicht immer Gutes erzeugt. Mag sein, daß die kleine Welt von einst, wie so viele andere Dinge auch, für immer der Vergangenheit angehört und nie wiederkehrt. Fast wäre ich der Versuchung erlegen und hätte mich an jenem Abend Frau Kawakami gegenüber in diesem Sinn geäußert, aber ich hielt mich zurück, weil es taktlos gewesen wäre. Mir war klar, wie sehr die Erinnerung an das alte Vergnügungsviertel ihr Herz berührte – sie hatte ihm den größten Teil ihres Lebens und ihrer Arbeitskraft geopfert –, und es ist nur allzu verständlich, wenn sie sich dagegen sträubt, daß es endgültig aus und vorbei ist.

NOVEMBER 1949

Die Erinnerung an meine erste Begegnung mit Dr. Saito ist noch so frisch, daß es ihr, wie ich zuversichtlich glaube, nicht an Genauigkeit mangeln dürfte. Es war vor mittlerweile sechzehn Jahren, einen Tag nachdem ich mein neues Haus bezogen hatte. Ich weiß noch, daß es ein schöner Sommertag war und daß ich draußen am Zaun herumbastelte oder vielleicht etwas am Tor anbrachte, wobei ich jedesmal, wenn einer meiner neuen Nachbarn vorbeikam, mit ihm ein paar Worte wechselte. Dann – ich hatte dem Weg bei meiner Arbeit seit einer Weile den Rücken zugekehrt – spürte ich plötzlich, daß hinter mir jemand stehengeblieben war und mich beobachtete. Als ich mich umwandte, sah ich mich einem Mann gegenüber, der etwa so alt war wie ich und der voller Interesse meinen erst vor kurzem auf den Torpfosten geschriebenen Namen las.

«Sie sind also Herr Ono», bemerkte er. «Das ist ja wirklich eine große Ehre. Ja, es ist eine große Ehre, einen Mann Ihres Ranges in unserer Nachbarschaft zu wissen. Sehen Sie, ich selbst bin auch in der Welt der schönen Künste zuhause. Mein Name ist Saito, von der Universität der Kaiserstadt.»

«Dr. Saito? Oh, welche Auszeichnung! Ich habe viel von Ihnen gehört.»

Wir unterhielten uns wohl noch ein Weilchen draußen vor dem Tor, und ich glaube mich mit Sicherheit zu erinnern, daß Dr. Saito schon bei jener ersten Begegnung mehrmals auf mein Werk und meine Laufbahn zu sprechen kam. Bevor er seinen Weg hügelab fortsetzte, sagte er noch einmal sinngemäß: «Eine große Ehre, einen Künstler Ihres Ranges in unserer Nachbarschaft zu wissen, Herr Ono.»

In der Folgezeit grüßten Dr. Saito und ich uns stets respektvoll, wenn sich unsere Wege zufällig kreuzten. Es trifft wohl zu, daß wir, bis die jüngste Entwicklung der Dinge Anlaß gab, unsere Beziehungen zu vertiefen, nur selten längere Gespräche führten. Aber da ich mich noch sehr lebhaft an unsere erste Begegnung und auch daran erinnere, daß Dr. Saito mein Name geläufig war, stelle ich mit ziemlicher Entschiedenheit fest, daß meine ältere Tochter, Setsuko, sich letzten Monat zumindest in einem Punkt geirrt hat. Es ist beispielsweise kaum möglich, daß Dr. Saito nicht über meine Person Bescheid wußte, bis ihn letztes Jahr die Verhandlungen wegen der Heirat unserer Kinder zwangen, sich mit mir zu befassen.

Da Setsuko dieses Jahr nur kurz zu Besuch war und sie die meiste Zeit bei Noriko und Taro in deren neuem Heim im Izumimachi-Bezirk verbrachte, war jener morgendliche Spaziergang durch den Kawabe-Park für mich wirklich die einzige Gelegenheit zu einem richtigen Gespräch mit ihr. Es ist deshalb nicht verwunderlich, daß mich diese Unterhaltung noch lange beschäftigte, und es zeugt meiner Meinung nach nicht von Unvernunft, wenn mich jetzt gewisse Dinge, die sie an jenem Tag zu mir sagte, in steigendem Maße irritieren.

Während des Gesprächs selbst scheinen Setsukos Worte jedoch keinen sonderlich tiefen Eindruck auf mich gemacht zu haben, denn ich weiß noch, daß ich recht guter Laune war, mich darüber freute, wieder einmal meine Tochter bei mir zu haben, und es genoß, durch den Kawabe-Park zu spazieren, was ich seit längerem nicht getan hatte. Dies ist jetzt reichlich einen Monat her, und die Tage waren, wie du dich gewiß erinnerst, noch sonnig, obwohl schon die ersten Blätter fielen. Setsuko und ich wanderten die weite Allee entlang, die quer durch den Park führt, und da noch reichlich Zeit bis zu unserer Verabredung mit Noriko und Ichiro am Standbild des Kaisers Taisho war, beeilten wir uns nicht, sondern blieben immer wieder stehen, um die herbstliche Szenerie zu bewundern.

Vielleicht stimmst du mir zu, daß der Kawabe-Park von allen städtischen Anlagen die angenehmste ist. Nachdem man eine Zeitlang durch die engen, geschäftigen Straßen des Kawabe-Bezirks gelaufen ist, empfindet man es wirklich als sehr erfrischend, sich in einer jener luftigen, langen, von Bäumen überschatteten

Alleen aufzuhalten. Bist du jedoch neu in dieser Stadt und ist dir die Geschichte des Kawabe-Parks nicht vertraut, sollte ich dir vielleicht an dieser Stelle erklären, warum der Park für mich immer von besonderem Interesse war.

Gewiß hast du bemerkt, daß du an einigen vereinzelten Rasenflächen, keine größer als ein Schulhof, vorbeigekommen bist, die zwischen den Bäumen hindurchschimmern, während du einer der Alleen folgst. Es sieht so aus, als wären jenen, die den Park planten, Zweifel an ihrem eigenen Konzept gekommen, so daß einiges unvollendet blieb. Und so oder so ähnlich verhält es sich tatsächlich. Vor Jahren hegte Akira Sugimura – derselbe, dessen Haus ich kurz nach seinem Tod kaufte – äußerst ehrgeizige Pläne für den Kawabe-Park. Ich weiß, Akira Sugimuras Name wird seit einiger Zeit kaum noch genannt, aber ich kann dir versichern, daß er bis vor kurzem zu den einflußreichsten Männern dieser Stadt zählte. Auf dem Gipfel seiner Laufbahn besaß er dem Vernehmen nach vier Häuser, und wenn man durch die Straßen dieser Stadt wanderte, dann stieß man früher oder später unweigerlich auf ein Unternehmen, das ihm gehörte oder das geschäftlich eng mit ihm verbunden war. Dann, es muß 1920 oder 1921 gewesen sein, beschloß er, einen Großteil seiner Gelder und seines Vermögens auf eine Karte zu setzen, um ein Projekt zu finanzieren, das dieser Stadt und ihren Bewohnern für alle Zeiten seinen, Akira Sugimuras, Stempel aufdrücken würde. Er faßte den Plan, den Kawabe-Park, damals ein ziemlich ödes, vernachlässigtes Areal, zur kulturellen Drehscheibe unserer Stadt zu machen. Nicht nur sollte das Gelände um zahlreiche, der Erholung dienende Grünanlagen erweitert werden, sondern der Park sollte zugleich Standort von mehreren funkelnagelneuen Kulturzentren sein: ein naturgeschichtliches Museum, ein neues Kabuki-Theater für die Takahashi-Schule, deren Gebäude in der Shirahama-Straße erst kürzlich ein Opfer der Flammen geworden war, ein Konzertsaal im europäischen Stil und – ein ziemlich launiger Einfall – ein Friedhof für die Katzen und Hunde der Stadt. Ich wüßte nicht zu sagen, was sonst noch alles geplant war, doch steht außer Frage, daß das Vorhaben äußerst ambitioniert war. Sugimura hoffte nicht nur den Kawabe-Bezirk, sondern das gesamte kulturelle Gleichgewicht in unserer Stadt zu verändern, indem er den Schwerpunkt auf die Nordseite des Flusses verlegte. Es war, wie ich schon sagte, nichts Geringeres als der Versuch eines einzigen Mannes, dieser Stadt für alle Zeiten seinen Stempel aufzudrücken.

Die Arbeiten am Park waren schon weit vorangekommen, als das ganze Unternehmen in schwerste finanzielle Bedrängnis geriet. Ich kann hier mit keinen Details aufwarten, sondern nur feststellen, daß Sugimuras «Kulturzentren» nie gebaut wurden. Sugimura selbst verlor eine Menge Geld und erlangte danach nie wieder seinen früheren Einfluß. Nach dem Krieg fiel der Kawabe-Park unter die direkte Zuständigkeit der städtischen Behörden, die die Alleen anlegen ließen. An Sugimuras Vorhaben erinnern heutzutage nur noch jene seltsam öden Rasenflächen, auf denen seine Museen und Theater errichtet werden sollten.

Ich habe wohl schon an anderer Stelle gesagt, daß meine Erfahrungen mit Sugimuras Hinterbliebenen nicht eben geeignet waren, sein Angedenken besonders hochzuhalten. Trotzdem – wann immer ich jetzt durch den Kawabe-Park wandere, kommen mir Sugimura und dessen ehrgeizige Pläne in den Sinn, und ich muß gestehen, daß ich für diesen Menschen allmählich so etwas wie Bewunderung zu empfinden beginne. Wirklich, ein Mann, der danach strebt, sich über das Mittelmaß zu erheben und kein Dutzendmensch zu sein, verdient auf jeden Fall Bewunderung, selbst wenn er am Ende versagt und seine Ambitionen mit dem Verlust eines Vermögens bezahlen muß. Außerdem bin ich überzeugt, daß Sugimura nicht als unglücklicher Mensch gestorben ist. Immerhin war sein Versagen ganz anderer Art als das Scheitern so vieler Durchschnittsmenschen, und dies war einem Manne wie ihm mit Sicherheit bewußt. Wenn man bei Unternehmungen versagt, zu denen es anderen an Mut oder Willenskraft gefehlt hat, dann hat dies etwas Tröstliches, ja es erzeugt sogar in der Rückschau auf das eigene Dasein ein Gefühl großer Genugtuung.

Ich hatte eigentlich nicht vor, mich lange mit Sugimura zu befassen. Wie ich schon sagte, genoß ich an jenem Tag den Spaziergang mit Setsuko durch den Kawabe-Park, ungeachtet gewisser Bemerkungen, die sie machte und deren volle Bedeutung mir erst später aufging, als ich darüber nachgrübelte. Wie dem auch sei, unserem Gespräch wurde durch die Tatsache ein Ende bereitet, daß sich dicht vor uns, mitten auf dem Weg, das Standbild des Kaisers Taisho erhob, der vereinbarte Treffpunkt mit Noriko und Ichiro. Ich ließ meinen Blick über die rings um das Standbild plazierten Bänke schweifen, als ich eine Knabenstimme rufen hörte: «Da drüben ist Oji!»

Schon kam Ichiro wie in Erwartung einer Umarmung mit ausgestreckten Armen auf mich zugelaufen, doch bei mir angelangt, schien er sich zu besinnen. Er setzte eine feierliche Miene auf und hielt mir die Hand hin.

«Guten Tag», sagte er sachlich wie ein Geschäftsmann.

«Na, Ichiro, du wirst ja allmählich ein richtiger Mann! Wie alt bist du jetzt?»

«Acht, glaube ich. Bitte komm hier lang, Oji, ich möchte ein paar Dinge mit dir besprechen.»

Seine Mutter und ich folgten ihm zu der Bank, auf der Noriko saß und auf uns wartete. Meine jüngere Tochter trug ein helles Kleid, das ich noch nie an ihr gesehen hatte.

«Du siehst sehr hübsch und lustig aus, Noriko», sagte ich zu ihr. «Anscheinend braucht eine Tochter nur von zu Hause fortzugehen, damit man sie schon kurze Zeit später kaum wiedererkennt.»

«Es gibt keinen Grund, warum sich eine Frau langweilig anziehen sollte, bloß weil sie geheiratet hat», erwiderte meine Tochter prompt, aber mein Kompliment schien sie trotzdem zu freuen.

Ich entsinne mich, daß wir alle für ein Weilchen zu Füßen von Kaiser Taisho Platz nahmen und uns unterhielten. Der Grund für unser Treffen im Park war, daß meine beiden Töchter ein bißchen Zeit für sich haben wollten, um Stoffe einzukaufen. Deshalb hatte ich mich bereit erklärt, mit Ichiro im Restaurant eines Kaufhauses zu Mittag zu essen und ihm am Nachmittag die Innenstadt zu zeigen. Ichiro war ungeduldig und wäre am liebsten sofort aufgebrochen. Während wir auf der Bank saßen und uns unterhielten, zupfte er mich immer wieder am Ärmel und sagte:

«Oji, laß doch die Frauen reden, soviel sie wollen! Wir haben andere Dinge zu tun.»

Mein Enkel und ich erreichten das Kaufhaus kurz nach der üblichen Essenszeit. Das Restaurant war deshalb nicht mehr so voll. Ichiro, der sich viel Zeit ließ mit der Auswahl eines der in den Vitrinen ausgestellten Gerichte, drehte sich zu mir um und sagte:

«Oji, rate mal, was ich am liebsten esse.»

«Also, keine Ahnung, Ichiro. Pfannkuchen? Eis?»

«Nein, Spinat! Spinat gibt Kraft!» Er warf sich in die Brust und spannte seinen Bizeps.

«Aha. Schau mal, zum ‹Menu für unsere kleinen Gäste› gehört auch Spinat.»

«Das ist für kleine Kinder.»

«Kann sein. Aber es sieht gut aus. Vielleicht entscheidet sich dein Oji selbst dafür.»

«Also gut. Ich nehme auch das für kleine Kinder, um Oji Gesellschaft zu leisten. Aber sag dem Mann, ich will viel Spinat.»

«Gern, Ichiro.»

«Oji, du mußt so oft wie möglich Spinat essen. Das gibt Kraft.»

Ichiro wählte für uns einen Tisch an der großen Fensterfront, und während wir auf das Essen warteten, beobachtete er, die Stirn an die Scheibe gelehnt, den Verkehr in der geschäftigen Hauptstraße vier Stockwerke tiefer. Ich hatte Ichiro seit Setsukos letztem Besuch vor über einem Jahr nicht wiedergesehen – wegen einer Virusinfektion war er bei Norikos Hochzeit nicht dabeigewesen –, und ich staunte, wie sehr er seitdem gewachsen war. Er war jetzt nicht nur viel größer, sondern er wirkte auch ruhiger und nicht mehr so kindlich. Besonders am Ausdruck seiner Augen war abzulesen, daß er älter geworden war.

Während ich an jenem Tag beobachtete, wie er das Gesicht an die Fensterscheibe preßte, um unten die Straße überblicken zu können, konnte ich feststellen, daß er seinem Vater immer ähnlicher wurde. Gewiß, er hatte auch manches von seiner Mutter, aber das beschränkte sich größtenteils auf seine Gestik und sein Mienenspiel. Am meisten staunte ich wieder einmal über Ichiros Ähnlichkeit mit meinem eigenen Sohn Kenji, als dieser genausoalt gewesen war, und ich gebe zu, daß ich mich seltsamerweise getröstet fühle, wenn ich beobachte, wie Kinder nach dem einen oder anderen Verwandten schlagen. Auf jeden Fall hoffe ich, daß mein Enkel sich diese Ähnlichkeiten bis weit in die reiferen Jahre hinein bewahren wird.

Natürlich sind wir nicht nur als Kinder für prägende Einflüsse empfänglich; auch ein Lehrer oder Erzieher, den wir als Heranwachsende bewundern, hinterläßt seine Spuren, so daß noch lange, nachdem wir seine Lehren in ihrer Gesamtheit einer kritischen Prüfung unterzogen oder sie gar verworfen haben, gewisse Wesenszüge in uns fortdauern und uns, als Abglanz der einst empfangenen Prägung, bis ans Lebensende begleiten. Ich bin mir beispielsweise bewußt, daß manche meiner Gesten und Eigenheiten – die Art, wie ich meine Hand hebe, wenn ich etwas erkläre, ein gewisser Tonfall, wenn ich Ironie oder Ungeduld signalisieren will, ja sogar ganze mir liebgewordene Sätze, die andere Menschen für meine eigenen halten – ich bin mir also durchaus bewußt, daß ich all diese Merkmale vor langer Zeit von meinem ehemaligen Lehrer Mori-san übernommen habe. Und vielleicht darf ich, ohne mir selbst schmeicheln zu wollen, davon ausgehen, daß auch viele meiner eigenen Schüler etwas von mir übernommen haben. Ich möchte sogar hoffen, daß die meisten von ihnen, obwohl sie inzwischen vielleicht anders über die Lehrjahre bei mir denken, noch immer dankbar für das sind, was sie damals gelernt haben. Was mich selbst betrifft, so werde ich stets bereitwillig zugeben, daß die sieben Jahre, die ich in der Hügellandschaft der Präfektur Wakaba im Haus meines einstigen Lehrers Seiji Moriyama (wir nannten ihn immer nur Mori-san) verbracht habe, zu den wichtigsten meiner gesamten Laufbahn zählen. Weder Mori-sans unbestreitbare Mängel noch die Art und Weise, wie wir uns am Ende trennten, können daran etwas ändern.

Wenn ich heutzutage versuche, mir das Bild von Mori-sans Villa zu vergegenwärtigen, dann kommt mir meist ein von mir als besonders schön empfundener Anblick des Hauses in den Sinn, vom Gebirgspfad aus, der ins nächste Dorf führte. Wenn man diesen Pfad hinaufstieg, sah man die Villa tief unten in einer Mulde, ein Rechteck aus dunklem Holz vor dem Hintergrund hoher Zedern. Drei langgestreckte Gebäudeteile umschlossen u-förmig einen Hof, und ein Zaun aus Zedern, mit einem Tor in der Mitte, bildete die vierte Seite des Rechtecks. Der Innenhof war also nach allen Seiten abgeschirmt, und man konnte sich vorstellen, daß es in alten Zeiten für feindlich gesonnene Besucher keine leichte Sache gewesen sein konnte, in das Anwesen einzudringen, wenn das schwere Tor geschlossen war.

Moderne Eindringlinge hätten damit keine Schwierigkeiten gehabt. Wenn man es vom Pfad aus auch nicht erkennen konnte, so befand sich Mori-sans Villa doch in einem recht baufälligen Zustand. Nein, oben auf dem Weg hätte man nicht geahnt, daß die Papierbespannung der Trennwände in allen Räumen Löcher hatte, und daß die *tatami* an manchen Stellen so altersschwach war, daß man bei jedem unachtsamen Schritt einzubrechen riskierte. Ehrlich gesagt bietet sich mir, wenn ich mir die Villa aus größerer Nähe vorzustellen versuche, vor allem das Bild geborstener Dachziegel, verrottender Lattengitter und morscher Veranden. Das Dach war ewig undicht, und nach einer regnerischen Nacht roch es in jedem Zimmer nach feuchtem Holz und modrigem Laub. Zu einer bestimmten Jahreszeit wimmelte es dort von Insekten und Motten, überall krallten sie sich ins Holz, krochen in Spalten und Ritzen herum, so daß man befürchten mußte, sie könnten das Haus endgültig zum Einsturz bringen.

Von all den Räumen waren nur zwei oder drei so weit in Ordnung, daß sie die einstige Schönheit der Villa ahnen ließen. Einer, der fast den ganzen Tag von klarem Licht erfüllt war, war besonderen Anlässen vorbehalten, und ich erinnere mich, daß Mori-san jedesmal, wenn er ein neues Bild fertiggestellt hatte, all seine Schüler – wir waren zehn an der Zahl – in jenem Raum zu versammeln pflegte. Auch entsinne ich mich, daß jeder von uns vor dem Eintreten kurz auf der Schwelle stehenblieb, und daß es uns beim Anblick des in der Zimmermitte aufgestellten Gemäldes vor Bewunderung den Atem verschlug. Mori-san kümmerte sich derweil um irgendeine Pflanze oder schaute aus dem Fenster, als hätte er unser Kommen nicht bemerkt. Rasch nahmen wir im Halbkreis um das Gemälde Platz und machten uns gegenseitig im Flüsterton auf bestimmte Details aufmerksam: «Wie

Sensei diese Ecke ausgeführt hat! Beachtlich!» Niemand hätte jemals gesagt: «Sensei, was für ein herrliches Gemälde!», denn es herrschte bei diesen Anlässen die stillschweigende Übereinkunft, daß wir uns so verhielten, als wäre unser Lehrer nicht anwesend. Oft wies ein Gemälde eine verblüffende Neuerung auf; dann kam es zwischen uns zu recht hitzigen Debatten. Ich weiß beispielsweise noch, daß wir uns einmal beim Betreten des Raumes dem Bildnis einer knienden Frau gegenübersahen, und daß es eine Darstellung aus einem besonders tiefen Blickwinkel heraus war – so tief, daß man aus Fußbodenhöhe zu der Frau aufzublicken vermeinte.

«Diese tief angesetzte Perspektive», meinte jemand dazu, «verleiht der Frau eindeutig eine Würde, die sie sonst nicht hätte. Alles andere an ihr deutet eher auf einen Menschen hin, der zu Selbstmitleid neigt. Gerade diese Spannung gibt dem Bild eine verhaltene Kraft.»

«Kann sein», meldete sich ein anderer. «Die Frau hat vielleicht so etwas wie Würde, aber das liegt kaum an dem tiefen Blickwinkel. Es ist doch wohl klar, daß Sensei uns etwas viel Wichtigeres begreiflich machen will. Er will uns darauf hinweisen, daß der Blickwinkel uns nur deshalb so tief vorkommt, weil wir uns so sehr an eine bestimmte Perspektive aus Augenhöhe gewöhnt haben. Sensei kam es zweifellos darauf an, uns von solchen willkürlichen und einschränkenden Sichtweisen freizumachen. Er sagt: ‹Man muß die Dinge nicht unbedingt aus einem ewig gleichen Blickwinkel sehen.› Deshalb ist dieses Gemälde so anregend.»

Gleich darauf redeten wir alle laut durcheinander und äußerten widersprüchliche Theorien über Mori-sans Intentionen. Beim Diskutieren warfen wir hin und wieder einen verstohlenen Blick auf unseren Lehrer, doch der ließ sich nicht anmerken, welche unserer Theorien er billigte. In meiner Erinnerung sehe ich ihn mit gekreuzten Armen auf der anderen Seite des Raumes stehen und durch das Lattengitter vor dem Fenster in den Hof hinausblicken, einen belustigten Ausdruck auf dem Gesicht. Nachdem er unserer Debatte eine Zeitlang gelauscht hatte, drehte er sich schließlich um und sagte: «Ihr solltet mich jetzt vielleicht allein lassen. Es gibt da gewisse Dinge, um die ich mich kümmern muß.» Daraufhin verließen wir, indem wir eine letzte bewundernde Bemerkung über das neue Bild murmelten, im Gänsemarsch den Raum.

Während ich dies erzähle, ist mir klar, daß Mori-sans Verhalten dir irgendwie arrogant vorkommen könnte. Vielleicht versteht man seine bei solchen Anlässen zur Schau getragene Unnahbarkeit besser, wenn man sich selbst schon einmal in einer Position befunden hat, in der man ständig von anderen Menschen bewundert wird. Es ist nämlich durchaus nicht ratsam, die eigenen Schüler pausenlos zu belehren und zu unterrichten, sondern es gibt viele Situationen, in denen man besser schweigt, damit sie Gelegenheit haben, miteinander zu diskutieren und gemeinsam nachzudenken. Jeder, der jemals eine einflußreiche Stelle innehatte, wird dies bestätigen.

Die Wirkung auf uns war jedenfalls, daß die Streitgespräche über das Werk unseres Lehrers manchmal wochenlang andauerten. Und da die ganze Zeit von Mori-san selbst keinerlei Erklärung kam, neigten wir dazu, sie bei einem der unseren zu suchen, einem Künstler namens Sasaki, der sich damals rühmen konnte, Mori-sans Lieblingsschüler zu sein. Wie gesagt, manche Diskussionen wurden über einen langen Zeitraum geführt, aber wenn sich Sasaki endlich zu einer Stellungnahme entschloß, war die Angelegenheit damit im allgemeinen beigelegt. In ähnlicher Weise reichte zumeist schon eine Andeutung Sasakis, eines unserer Bilder sei gegenüber dem Meister «unloyal», um den Missetäter sofort zum Aufgeben zu bewegen, das Bild also nicht fertigzumalen oder es sogar, wie es ein paarmal geschah, zusammen mit dem Müll zu verbrennen.

Dies erinnert mich übrigens daran, daß Schildkröte in den ersten Monaten nach der Ankunft in der Villa wiederholt das eine oder andere seiner Bilder aus dem soeben geschilderten Grund vernichtete. Denn während ich mir ziemlich mühelos die dortigen Maßstäbe zu eigen machte, malte mein Freund immer wieder Bilder, die in bestimmten Einzelheiten eindeutig den Prinzipien unseres Lehrers zuwiderliefen, so daß ich mich oft bei unseren Kollegen für ihn einsetzen mußte, indem ich ihnen erklärte, daß

Schildkröte sich nicht absichtlich unloyal gegenüber Mori-san verhielt. Immer wieder nahm mich Schildkröte damals mit betrübtem Gesicht beiseite, damit ich mir eines seiner halbfertigen Bilder anschaute, und dann sagte er leise: «Ono-san, bitte, sag mir, ist es so, wie es unser Lehrer gemalt hätte?»

Bisweilen reagierte ich richtig ungehalten, wenn ich entdeckte, daß Schildkröte in seiner ahnungslosen Art wieder einmal bestimmte Details so dargestellt hatte, daß sie mit Sicherheit Anstoß erregen würden. Es war nämlich durchaus nicht schwer zu begreifen, worauf Mori-san Wert legte. Unser Lehrer wurde damals häufig als «moderner Utamaro» bezeichnet, und wenn ein solcher Titel auch allzu leichtfertig manch anderem Künstler von Rang verliehen wurde, der sich auf Portraits von Frauen aus dem Vergnügungsviertel spezialisiert hatte, so gibt er doch recht trefflich Mori-sans Zielsetzungen wieder, denn Mori-san machte bewußt den Versuch, die Utamaro-Tradition zu «modernisieren». Auf vielen seiner bekanntesten Bilder – «Beim Spannen einer Tanztrommel» oder auch «Nach einem Bad» – ist die Frau in klassischer Utamaro-Manier von hinten dargestellt. Auch andere klassische Elemente finden sich immer wieder in Mori-sans Werk: die Frau, die sich ein Tuch vors Gesicht hält, oder die Frau, die ihr langes Haar kämmt. Darüber hinaus machte Mori-san ausgiebig von einer Malweise Gebrauch, die darin bestand, Gefühle nicht etwa durch den Gesichtsausdruck, sondern durch die Stoffe und Gewebe darzustellen, die eine Frau in der Hand hält oder am Körper trägt. Zugleich war sein Werk jedoch geprägt von europäischen Einflüssen, was die dogmatischeren unter den Utamaro-Bewunderern wohl als eine Art Bilderschändung empfunden haben müssen. Beispielsweise verzichtete er, um seine Gestalten zu definieren, schon seit langem auf die traditionelle dunkle Konturierung und bevorzugte statt dessen eine westliche Malweise mit gegeneinander abgesetzten Farbflächen, die, zusammen mit Licht und Schatten, den Anschein von Räumlichkeit erzeugten. Zweifellos hatte er den Europäern auch das abgeschaut, was in seinem Werk zentrale Bedeutung erlangen sollte: den Einsatz gedämpfter Farben. Mori-san trachtete danach, eine gewisse melancholische, nächtliche Atmosphäre im

Bannkreis seiner Frauengestalten heraufzubeschwören, und während all der Jahre, die ich bei ihm als sein Schüler verbrachte, experimentierte er ausgiebig mit Farben und versuchte, das Wesen des Lichtscheins einzufangen, den eine Laterne verbreitet. Daher galt es bald als eine Art Markenzeichen, daß auf allen Bildern Mori-sans eine Laterne dargestellt war, wenn nicht als sichtbarer Gegenstand, so doch zumindest als verborgene Lichtquelle. Vielleicht war es bezeichnend für Schildkrötes Begriffsstutzigkeit, was das Wesen von Mori-sans Kunst anging, daß er selbst nach einjährigem Aufenthalt in der Villa noch immer Farben verwendete, die eine ganz und gar falsche Wirkung erzeugten, und daß er sich dann verwundert fragte, warum er wieder einmal einer «unloyalen» Haltung bezichtigt wurde, wo er doch bei der Komposition seines Bildes auch an eine Laterne gedacht hatte.

Trotz meiner Fürsprache brachten Sasaki und andere seines Schlages wenig Geduld für Schildkrötes Probleme auf, und manchmal drohte die Stimmung in eine Feindseligkeit gegen meinen Freund umzuschlagen, wie er sie schlimmer nicht in Meister Takedas Firma zu spüren bekommen hatte. Doch dann – ich glaube, es war im Verlauf des zweiten Jahres, das wir in der Villa verbrachten – vollzog sich in Sasaki ein Wandel, eine Veränderung, die es mit sich brachte, daß er selbst einer Feindseligkeit ausgesetzt sein sollte, die viel finsterer und unerbittlicher war als alles, was er jemals gegen Schildkröte mobilisiert hatte.

Man kann wohl davon ausgehen, daß es in jeder Schülergruppe die Tendenz gibt, sich einem Anführer zu unterwerfen – einem, den der Lehrer aufgrund seiner Befähigungen zum Vorbild für alle anderen erhoben hat. Dieser Lieblingsschüler fungiert dann gewöhnlich, da er den unmittelbaren Zugang zur Vorstellungswelt des Meisters hat, bei den weniger begabten oder erfahrenen Mitschülern als wichtigster Deuter und Vermittler der Ideen des Lehrers. Andererseits erkennt gerade solch ein Lieblingsschüler am ehesten die Grenzen seines Meisters oder entwickelt aus sich heraus Konzepte, die von denen seines Lehrers abweichen. In der Theorie sollte sich ein guter Lehrer natürlich nicht gegen eine solche Entwicklung sperren, sondern sie vielmehr als ein Zeichen dafür begrüßen, daß er seinem Schüler zu einem gewissen Reifegrad verholfen hat. In der Praxis allerdings können sich die Dinge aus Gründen des Gefühls ziemlich schwierig gestalten. Wenn man einen begabten Schüler lange Zeit nach Kräften gefördert hat, dann fällt es manchmal schwer, in einem solchen Reifungsprozeß etwas anderes als Verrat zu erblicken, und es kann zu bedauerlichen Szenen kommen.

Was wir Sasaki angetan haben, nachdem er sich mit unserem Lehrer gestritten hatte, wüßte ich jetzt nicht mehr mit Bestimmtheit zu sagen, und es hätte wohl ohnehin wenig Sinn, hier noch einmal darauf zu sprechen zu kommen. Ich erinnere mich jedoch noch recht lebhaft an die Nacht, in der Sasaki uns endgültig verließ.

Die meisten von uns waren schon zu Bett gegangen. Ich selbst lag wach in einem jener dunklen, verwahrlosten Räume, als ich plötzlich Sasaki hinten auf der Veranda nach jemandem rufen hörte. Anscheinend erhielt er keine Antwort, denn gleich darauf wurde eine Schiebetür aufgeschoben, und dann vernahm ich Sasakis sich nähernde Schritte. Er blieb vor einem anderen Zimmer stehen und sagte etwas, bekam jedoch wiederum keine Antwort. Seine Schritte kamen noch näher, und ich hörte, wie er die Schiebetür zum benachbarten Zimmer öffnete.

«Wir sind doch viele Jahre lang gute Freunde gewesen», sagte er. «Willst du nicht wenigstens mit mir reden?»

Die angesprochene Person reagierte nicht. Da sagte Sasaki:

«Willst du mir nicht zumindest sagen, wo die Bilder sind?»

Noch immer keine Antwort. Ich lauschte in völliger Dunkelheit und hörte, wie die Ratten unter den Dielenbrettern des angrenzenden Zimmers hin- und herhuschten. Mir kam dieses Geräusch als eine Art Antwort vor.

«Wenn sie so beleidigend sind», fuhr Sasaki fort, «dann kann dir nicht viel daran liegen, sie zu behalten. Aber mir bedeuten sie in diesem Augenblick sehr viel. Ich möchte sie mitnehmen, egal wohin ich gehe. Sie sind alles, was mir hier geblieben ist.»

Wieder das Getrappel der Ratten, als wäre es eine Antwort; dann herrschte lange Zeit Stille, so lange, daß ich schon dachte, Sasaki sei, von mir unbemerkt, in der Dunkelheit davongegangen. Doch da hörte ich ihn sagen:

«Seit ein paar Tagen machen mir die anderen das Leben schwer, aber am meisten hat mich verletzt, daß du nicht ein einziges tröstliches Wort zu mir gesagt hast.»

Wieder herrschte Schweigen. Schließlich hörte ich Sasaki sagen: «Willst du mir selbst jetzt nicht in die Augen schauen und mir Lebewohl sagen?»

Es verging noch ein Weilchen, dann wurde die Schiebetür zugeschoben, und ich hörte Sasakis Schritte, die sich zuerst über die Veranda und dann über den Hof entfernten.

Nachdem Sasaki uns verlassen hatte, wurde er kaum jemals in der Villa erwähnt, und wenn doch einmal die Rede von ihm war, nannten wir ihn einfach nur den «Verräter». Um mir zu vergegenwärtigen, welch feindselige Gefühle allein schon die Nennung seines Namens auslösen konnte, brauche ich mich nur daran zu erinnern, wie ein paar der Wortgefechte, die wir uns häufig lieferten, verlaufen sind.

An wärmeren Tagen ließen wir gewöhnlich die Schiebetüren weit offen, und wenn dann mehrere von uns in einem Zimmer beisammensaßen, konnte es geschehen, daß unser Blick auf ein ähnliches Grüppchen im gegenüberliegenden Flügel der Villa fiel. Dies führte meist dazu, daß jemand ein paar witzige, provozierende Worte quer über den Hof rief, und dann dauerte es nicht mehr lange, bis sich beide Gruppen auf ihrer jeweiligen Veranda versammelt hatten und sich gegenseitig mit Schmähworten eindeckten. Ein solches Verhalten mag im nachhinein absurd erscheinen, aber die Villa war so gebaut, daß der Hof einen starken Nachhall hatte, und das verleitete uns wohl zu solchen kindischen Wortgefechten. Unsere Spottlust machte vor nichts halt – die Manneskraft des Gegners wurde in Frage gestellt oder ein soeben fertiggestelltes Bild verhöhnt –, aber meist stand nicht die Absicht dahinter, jemanden wirklich zu beleidigen. Ich weiß noch, daß solche Geplänkel oft sehr lustig waren, und daß unsere Gesichter dabei vor Lachen puterrot anliefen. Insgesamt fügen sich meine Erinnerungen zu einem recht deutlichen Bild des zwar von Konkurrenzdenken geprägten, zugleich jedoch innigen, fast familiären Zusammenlebens, das wir während jener Jahre in der

Villa genossen. Dennoch: Es brauchte nur Sasakis Name zu fallen, was ein- oder zweimal bei derlei Anlässen geschah, damit die Dinge außer Kontrolle gerieten und einige von uns unter Mißachtung aller Grenzen im Innenhof sogar handgreiflich wurden. Wir begriffen schnell, daß ein Vergleich mit dem «Verräter», mochte er auch spaßhaft gemeint sein, von dem Betroffenen kaum jemals gut aufgenommen wurde.

Aus solchen Erinnerungen folgerst du zu Recht, daß wir uns unserem Lehrer und seinen Prinzipien bedingungslos unterwarfen. Natürlich ist es, sobald die zweifelhaften Seiten einer Beeinflussung offenkundig geworden sind, später leicht, einen Lehrer zu kritisieren, der um sich herum solch ein Klima verbreitete. Doch sei hier noch einmal gesagt: Jeder, der irgendwann einmal hochfliegende Pläne verfolgt hat oder sich in die Lage versetzt sah, Großes zu vollbringen, und der dabei den Drang verspürte, seine eigenen Vorstellungen möglichst nachhaltig an andere weiterzuvermitteln, wird der Art und Weise, wie Mori-san die Dinge in die Wege leitete, gewiß Verständnis entgegenbringen. Wenn man bedenkt, was aus Mori-sans Leben und Werk geworden ist, dann mag es ein wenig töricht klingen, aber unser Lehrer verfolgte damals kein geringeres Ziel, als die Malkunst, so wie sie in unserer Stadt praktiziert wurde, von Grund auf zu verändern. Dies war es, was ihn dazu bewog, seine Schüler ohne Rücksicht auf Zeit und Geld zu fördern, und daran sollte man sich vielleicht erinnern, bevor man über meinen einstigen Lehrer ein Urteil fällt.

Sein Einfluß auf uns beschränkte sich natürlich nicht nur auf die Malerei. Während jener Jahre machten wir uns seine Wertvorstellungen und seinen Lebensstil fast gänzlich zu eigen, und das brachte auch mit sich, daß wir viel Zeit darauf verwandten, die «fließende Welt» unserer Stadt zu erkunden, also die Welt nächtlicher Zerstreuungen, Vergnügungen und Zechereien. Sie lieferte den Hintergrund zu allen Bildern, die wir malten. Mich beschleicht stets eine gewisse Wehmut, wenn ich daran denke, wie es einst in der Innenstadt zuging. Die Straßen waren noch nicht von so viel Lärm erfüllt, und je nach Jahreszeit trug die Nachtluft den Duft bestimmter Blumen und Blüten in die Fabriken. Einer unserer Lieblingstreffpunkte war ein kleines Teehaus am Kanal in der Kojima-Straße. Es hieß «Zur Wasserlaterne», und tatsächlich erblickte man beim Näherkommen die sich im Kanal spiegelnden Laternen des Lokals. Die Besitzerin war eine alte Freundin von Mori-san, weshalb wir stets großzügig bewirtet wurden. Ich erinnere mich an ein paar denkwürdige Nächte, die wir dort singend und zechend mit unseren «Begleiterinnen» verbrachten. Stammgäste waren wir auch in einem anderen Lokal, wo man die Kunst des Bogenschießens pflegte. Die Inhaberin wurde nicht müde, uns daran zu erinnern, daß sie vor Jahren – damals war sie noch in Akihara als Geisha tätig – Mori-san für eine später überaus beliebte Serie von Holzschnitten Modell gesessen habe. Sechs oder sieben junge Frauen kümmerten sich in jenem Lokal um die Gäste, und jeder von uns hatte nach einer Weile eine Favoritin, mit der er Pfeife rauchte und die Nacht verbrachte.

Unsere Lustbarkeiten beschränkten sich jedoch durchaus nicht auf solche Abstecher in die Innenstadt. In Mori-sans Haus schien die lange Reihe von Besuchern aus der Welt der unterhaltenden Künste nie abzureißen: Trupps verarmter Wanderschauspieler, Tänzer und Musikanten trafen in der Villa ein und wurden wie längst verloren geglaubte Freunde begrüßt. Wir bewirteten sie mit großen Mengen alkoholischer Getränke, mit der Folge, daß unsere Besucher die ganze Nacht hindurch sangen und tanzten. Es dauerte nie lange, bis jemand zum Weinhändler im nächsten Dorf losgeschickt wurde, um Nachschub zu holen. Einer der regelmäßigen Besucher jener Zeit war ein Geschichtenerzähler namens Maki, ein dicker, lustiger Mensch, der es fertigbrachte, daß wir uns, wenn er eine alte Mär vortrug, erst vor Lachen ausschütteten und schon wenige Augenblicke später Tränen der Rührung vergossen. Jahre später begegnete ich diesem Maki ein paarmal im Migi-Hidari, und jedesmal gedachten wir dann verwundert jener Nächte in Mori-sans Villa. Maki behauptete, sich noch an viele dieser Feste zu erinnern – Feste, die nicht nur eine Nacht, sondern auch noch den nächsten Tag und einen Teil der zweiten Nacht gedauert hätten. Für die Richtigkeit dieser Behauptung gab es zwar keinerlei Gewähr, aber ich muß zugeben, daß er sich an den Anblick von Mori-sans Villa bei Tage richtig erinnerte: Überall lagen schlafende oder total erschöpfte Zecher herum. Manche waren einfach im Innenhof zu Boden gesunken, und die Sonne brannte auf sie hinab.

Eine dieser Nächte ist mir lebhafter in Erinnerung geblieben als alle anderen. Ich weiß noch, daß ich irgendwann allein quer über den Hof ging, dankbar die frische Nachtluft atmete und mich darüber freute, der Zecherei für ein Weilchen entronnen zu sein. Ich steuerte auf die Tür zum Lagerraum zu, und bevor ich hineinging, drehte ich mich noch einmal um und blickte über den Hof zu dem Zimmer hin, in dem meine Kollegen mit unseren Besuchern feierten. Auf den mit Papier bespannten Trennwänden zeichneten sich die Silhouetten tanzender Gestalten ab, und die Stimme eines Sängers drang durch die Nacht an mein Ohr.

Mich hatte es zum Lagerraum gezogen, weil er einer der wenigen Orte in der Villa war, wo man sich mit ziemlicher Wahrscheinlichkeit so lange ungestört aufhalten konnte, wie es einem beliebte. Vermutlich waren hier in alten Zeiten, als die Villa noch von Wächtern und Gefolgsleuten beschützt wurde, Waffen und allerlei Rüstzeug aufbewahrt worden. Als ich jedoch in jener Nacht eintrat und die über der Tür hängende Laterne anzündete, fand ich den Fußboden derartig mit allen möglichen Gegenständen übersät, daß ich, um weiter in den Raum vorzudringen, von einer freien Stelle zur anderen hüpfen mußte. Überall erblickte ich zusammengeschnürte Bündel alter Leinwände, kaputte Staffeleien sowie Töpfe und Tiegel, aus denen Pinsel oder Stöckchen herausragten. Ich bahnte mir meinen Weg zu einer Lichtung auf dem Fußboden und setzte mich hin. Mir fiel auf, daß die Dinge im Licht der über der Tür hängenden Laterne verzerrte Schatten warfen. Das erzeugte eine geisterhafte Stimmung, und ich kam mir vor, als säße ich mitten auf einem grotesken Miniaturfriedhof.

Ich nehme an, ich war bald tief in meine Grübeleien versunken, denn ich weiß noch, daß ich überrascht zusammenzuckte, als ich hörte, wie die Schiebetür zur Abstellkammer aufgeschoben wurde. Ich hob den Kopf und sah Mori-san in der Öffnung stehen.

«Guten Abend, Sensei», beeilte ich mich zu sagen.

Möglicherweise verbreitete die Laterne über der Tür nicht genug Licht, um den Teil des Zimmers zu erleuchten, in dem ich saß, oder vielleicht befand sich mein Gesicht einfach nur im Schatten. Jedenfalls blickte Mori-san angestrengt in meine Richtung und fragte:

«Wer ist da? Ono?»

«Ja, ich bin's, Sensei.»

Er starrte noch sekundenlang zu mir hin und steuerte dann auf mich zu, indem er behutsam die Füße zwischen die auf dem Boden verstreuten Gegenstände setzte. Dabei brachte die schwankende Laterne die Schatten ringsumher zum Tanzen. Rasch wollte ich einen Platz für ihn freimachen, doch bevor ich dazu kam, hatte er sich schon ein Stückchen weiter auf einer alten Truhe niedergelassen. Mit einem Seufzer sagte er:

«Ich bin hinausgegangen, um ein bißchen frische Luft zu atmen, und da sah ich, daß hier drinnen Licht ist. Überall ist es dunkel, nur diese eine Laterne brennt. Ich dachte bei mir: In der Abstellkammer wird sich wohl kaum ein Liebespärchen versteckt haben. Wer da drin ist, dem ist bestimmt nach Alleinsein zumute.»

«Ich glaube, ich bin ins Träumen geraten, Sensei. Eigentlich wollte ich hier nicht so lange bleiben.»

Er hatte die Laterne neben sich auf den Boden gestellt, so daß ich von meinem Platz aus nur seine Umrisse erkennen konnte.

«Mir schien vorhin, daß eine der Tänzerinnen von dir sehr angetan ist. Sie wird enttäuscht sein, daß du verschwunden bist, wo es jetzt endlich Nacht ist.»

«Es war nicht meine Absicht, unsere Gäste zu kränken, Sensei. Wie Sie selbst bin ich einfach nur ein bißchen frische Luft schnappen gegangen.»

Wir schwiegen eine Weile. Auf der anderen Seite des Hofes hörten wir die fröhliche Gesellschaft singen und im Takt in die Hände klatschen.

«Nun, Ono», meinte Mori-san schließlich, «was hältst du von meinem alten Freund Gisaburo? Eine echte Persönlichkeit, nicht wahr?»

«Allerdings, Sensei. Er scheint ein liebenswürdiger Mensch zu sein.»

«Mag er auch neuerdings in Lumpen herumlaufen, so war er doch früher eine richtige Berühmtheit. Und wie er uns heute abend bewiesen hat, ist noch viel von seinem einstigen Können übriggeblieben.»

«Ja, wirklich.»

«Sag mal, Ono, was bedrückt dich eigentlich?»

«Mich? Oh, nichts, Sensei.»

«Findest du an dem alten Gisaburo vielleicht etwas ein bißchen anstößig?»

«Durchaus nicht, Sensei.» Ich lachte beklommen. «Nein, wirklich nicht. Er ist ein sehr charmanter Herr.»

Danach redeten wir ein Weilchen über andere Dinge, über alles, was uns gerade in den Sinn kam, doch als Mori-san wiederum auf das zu sprechen kam, was mich «bedrückte», begriff ich, daß er so lange sitzen bleiben würde, bis ich ihm mein Herz ausschüttete. So sagte ich denn schließlich:

«Gisaburo-san scheint ein äußerst gutherziger Mensch zu sein. Er und seine Tänzer hatten die Güte, uns zu unterhalten, aber ich muß trotzdem daran denken, Sensei, wie oft wir in den vergangenen Monaten Besuch von Leuten seines Schlages hatten.»

Mori-san sagte nichts, deshalb fuhr ich fort:

«Verzeihen Sie, Sensei. Ich will gegenüber Gisaburo-san und seinen Freunden nicht respektlos sein, doch manchmal wundere ich mich ein bißchen. Ich frage mich, warum wir Künstler so viel Zeit in der Gesellschaft von Menschen wie Gisaburo-san verbringen.»

Ich glaube, mein Lehrer stand nach diesen Worten auf, nahm die Laterne und trat vor die rückwärtige Wand des Raumes. Bisher war auf diese Wand kein Licht gefallen, doch als Mori-san nun die Laterne hochhielt, wurden drei untereinander aufgehängte Holzschnitte scharf ausgeleuchtet. Es handelte sich um Darstellungen einer Geisha, die ihre Frisur richtet. Alle drei Bilder zeigten die Frau in sitzender Stellung und von hinten. Mori-san warf einen Blick auf die Holzschnitte, wobei er die Laterne jeweils ein bißchen näher an das betreffende Bild hielt, dann schüttelte er den Kopf und murmelte: «Heillos mißlungen. Heillos mißlungen wegen ein paar banaler Nebensächlichkeiten.» Ohne sich umzudrehen fügte er nach einigen Sekunden hinzu: «Trotzdem möchte man seine frühen Werke nicht missen. Vielleicht wirst du eines Tages gegenüber den Bildern, die du hier gemalt hast, genauso empfinden.» Wieder schüttelte er den Kopf. «Aber diese hier sind wirklich heillos mißlungen, Ono.»

«Ich kann diese Meinung nicht teilen, Sensei», entgegnete ich. «Ich finde, daß diese Drucke wunderbare Beispiele dafür sind, daß ein begabter Künstler die Grenzen eines bestimmten Stiles sprengen kann. Ich habe es schon immer als große Schande empfunden, daß die frühen Drucke unseres Sensei in einem Raum wie diesem versteckt gehalten werden. Meiner Meinung nach sollten sie zusammen mit seinen anderen Bildern für jedermann sichtbar aufgehängt werden.»

Mori-san war noch immer in Gedanken bei den Holzschnitten. «Heillos mißlungen», wiederholte er ein weiteres Mal. «Ich war damals eben noch sehr jung.» Wieder bewegte er die Laterne. Eines der Bilder verschwand im Dämmerschatten, ein anderes trat daraus hervor. «Dies sind Szenen aus einem gewissen Geisha-Haus in Honcho», sagte er. «In meiner Jugend war es ein sehr angesehenes Haus. Gisaburo und ich haben solche Orte oft zusammen aufgesucht.» Dann, nach ein, zwei Momenten, sagte er: «Diese Bilder sind heillos mißlungen, Ono.»

«Aber Sensei, ich kann keine Mängel entdecken, die das geschulte Auge diesen Holzschnitten ankreiden könnte.»

Er betrachtete die Bilder noch ein Weilchen, wandte sich um und kam zu mir zurück. Mir schien, daß er übermäßig viel Zeit darauf verwandte, sich zwischen all den Gegenständen hindurch einen Weg zu bahnen; ich hörte, wie er etwas vor sich hin murmelte und mit den Füßen eine Kiste oder einen Topf beiseite schob. Ein- oder zweimal kam es mir sogar so vor, als suchte Mori-san inmitten des chaotischen Durcheinanders nach etwas – vielleicht nach noch mehr frühen Holzschnitten –, aber dann nahm er wieder mit einem tiefen Seufzer auf der alten Holztruhe Platz. Er schwieg und sagte schließlich:

«Gisaburo ist ein unglücklicher Mensch. Er hat ein trauriges

Leben hinter sich. Von seinem Talent sind nur noch ein paar Scherben übrig. Die Menschen, die er einst geliebt hat, sind längst tot oder haben sich von ihm abgewandt. Sogar in seiner Jugend war er schon ein einsamer, trauriger Mensch.» Mori-san besann sich einen Augenblick, dann fuhr er fort: «Damals gingen wir manchmal zusammen ein Glas trinken und amüsierten uns mit den Frauen im Vergnügungsviertel. Gisaburo war glücklich, denn die Frauen sagten ihm, was er hören wollte, und er glaubte ihnen für eine Nacht, aber wenn der Morgen graute, ließ er sich nichts mehr vormachen. Dafür war er viel zu intelligent. Trotzdem schätzte Gisaburo solche Nächte deshalb nicht weniger. ‹Die besten Dinge›, pflegte er zu sagen, ‹ergeben sich in einer einzigen Nacht und lösen sich am nächsten Morgen in nichts auf.› Was die Leute die ‹fließende Welt› nennen, Ono, das war etwas, was Gisaburo sehr zu schätzen wußte.»

Wieder hielt Mori-san inne, und wie zuvor sah ich nur die Umrisse seiner Gestalt, aber ich hatte den Eindruck, als lauschte er dem fröhlichen Treiben auf der anderen Seite des Hofes. «Gisaburo ist älter und noch trauriger geworden, aber sonst hat er sich kaum geändert. Heute nacht ist er glücklich, wie damals in einem dieser Freudenhäuser.» Mori-san holte tief Luft, als inhalierte er Tabakrauch. «Die zarteste, zerbrechlichste Schönheit», fuhr er fort, «die ein Künstler hoffen kann einzufangen, ist die, die einen nach Einbruch der Dunkelheit in solchen Freudenhäusern anweht. Und auch in Nächten wie dieser, Ono, liegt etwas von solcher Schönheit in der Luft. Aber die Bilder da drüben – die sind nicht einmal ein blasser Widerschein dieser fließenden, vergänglichen Anmut. Nein, Ono, sie sind von Grund auf mißlungen.»

«Aber Sensei, in meinen Augen suggerieren diese Holzschnitte in höchst eindrucksvoller Weise genau solche Dinge.»

«Ich war sehr jung, als ich diese Bilder schuf. Vermutlich liegt der Grund dafür, daß ich die fließende Welt nicht gebührend zu zelebrieren verstand, darin, daß es mir nicht gelang, an ihren Wert zu glauben. Junge Männer werden beim Vergnügen oft von Schuldgefühlen geplagt, und ich machte da wohl keine Ausnahme. Ich glaubte, daß es ziemlich verschwenderisch und dekadent wäre, sein Talent darauf zu verwenden, solche schwer zu erfassenden und vergänglichen Dinge darzustellen. Es ist schwierig, die Schönheit einer Welt zu schätzen, wenn man an ihrem Wert und ihrer Gültigkeit zweifelt.»

Ich dachte darüber nach und sagte dann: «Ja, Sensei, ich gebe zu, daß sich Ihre Worte gut auf mein eigenes Werk anwenden lassen, und ich werde alles tun, um mich zu bessern.»

Mori-san schien mir nicht zugehört zu haben. «Es dauerte jedoch nicht lange, bis ich all diese Zweifel überwand, Ono», fuhr er fort. «Wenn ich eines Tages als alter Mann auf mein Leben zurückblicke und feststelle, daß ich all meine Zeit der Aufgabe gewidmet habe, die einzigartige Schönheit jener Welt einzufangen, dann, glaube ich, werde ich zufrieden sein, und niemand wird mir weismachen können, ich hätte meine Zeit vergeudet.»

Es ist natürlich möglich, daß Mori-san nicht genau diese Worte wählte. Eigentlich klingen solche Sätze eher nach dem, was ich selbst zu meinen Schülern zu sagen pflegte, wenn wir im Migi-Hidari ein paar Gläser getrunken hatten: ‹Als Mitglieder einer neuen Generation von japanischen Künstlern tragt ihr gegenüber der Kultur dieser Nation eine große Verantwortung. Es erfüllt mich mit Stolz, Menschen wie euch als Schüler zu haben. Und mag ich selbst für meine Bilder auch nur geringes Lob verdienen, so brauche ich doch nur auf mein Leben zurückzublicken und mich daran zu erinnern, daß ich euch alle in eurer Laufbahn gefördert und bestärkt habe, damit mir kein Mensch weismachen kann, ich hätte meine Zeit vergeudet.› Wann immer ich mich so äußerte, übertrafen sich die jungen, am Tisch versammelten Männer in ihrem Protest gegen die Art und Weise, wie ich meine eigenen Bilder schlechtmachte – Bilder, denen schon längst ein Platz in der Nachwelt sicher sei, wie sie lauthals bekräftigten. Aber wie gesagt: Viele Sätze und Ausdrücke, die mir im Lauf der Zeit als sehr typisch zugeschrieben wurden, hatte ich in Wirklichkeit von Mori-san übernommen, und deshalb ist es gut möglich, daß die oben zitierten Worte den genauen Wortlaut dessen bilden, was Mori-san in jener Nacht zu mir sagte, und daß sie sich mir so deutlich eingeprägt haben, weil sie damals auf mich gewaltigen Eindruck machten.

Aber ich bin wohl wieder vom Thema abgekommen. Eigentlich wollte ich von dem Mittagessen mit meinem Enkel letzten Monat in jenem Kaufhaus erzählen, im Anschluß an das ärgerliche Gespräch mit Setsuko im Kawabe-Park. Dabei fiel mir wohl besonders Ichiros Begeisterung für Spinat wieder ein.

Ich weiß noch genau, daß Ichiro, nachdem unser Essen serviert worden war, mürrisch mit dem Löffel im Spinat auf seinem Teller herumstocherte. Nach einem Weilchen blickte er auf und sagte: «Oji, schau genau zu!»

Mein Enkel machte sich daran, so viel Spinat wie möglich auf den Löffel zu häufen. Als er damit fertig war, hob er den Löffel hoch in die Luft und ließ den Spinat in seinen weit geöffneten Mund kleckern. Dieses Verfahren erinnerte daran, wie jemand den letzten Rest aus einer Flasche in seine Kehle tropfen läßt.

«Ichiro», sagte ich, «ich glaube, das sind keine guten Manieren.» Aber mein Enkel stopfte sich noch mehr Spinat in den Mund und kaute heftig darauf herum. Den Löffel legte er erst aus der Hand, als nichts mehr darauf war und seine Backen zu platzen drohten. Noch immer kauend, setzte er eine grimmige Miene auf, warf sich in die Brust und fing an, in die Luft zu boxen.

«Was machst du da, Ichiro? Sag mir, was das soll!»

«Rate mal, Oji!» sagte er mit all dem Spinat im Mund.

«Also, ich weiß nicht, Ichiro. Ein Mann, der Sake getrunken hat und mit einem anderen kämpft? Nein? Dann sag es mir. Oji kann es nicht erraten.»

«Popeye der Matrose!»

«Wer soll das sein, Ichiro? Einer von deinen Helden?»

«Popeye der Matrose ißt Spinat. Spinat macht ihn stark.» Mein Enkel warf sich erneut in die Brust und teilte noch mehr Boxhiebe aus.

«Verstehe, Ichiro», sagte ich lachend. «Spinat ist wirklich herrlich.»

«Macht dich Sake stark?»

Ich schüttelte lächelnd den Kopf. «Sake kann dich glauben machen, du seist stark, aber in Wirklichkeit ist man nicht stärker als vorher, Ichiro.»

«Warum trinken Männer dann Sake, Oji?»

«Ich weiß nicht, Ichiro. Vielleicht weil sie für eine Weile glauben können, sie seien stärker geworden. Aber Sake macht niemanden stärker.»

«Spinat macht richtig stark.»

«Dann ist Spinat viel besser als Sake. Iß nur ruhig weiter, Ichiro. Sag mal, wie steht's mit all den anderen Dingen auf deinem Teller?»

«Ich trinke auch gern Sake. Und Whisky. Bei uns zu Hause gibt es eine Bar, da gehe ich immer hin.»

«Was du nicht sagst, Ichiro. Ich glaube, du solltest lieber Spinat essen. Es stimmt, er macht dich richtig stark.»

«Am liebsten trinke ich Sake. Jeden Abend zehn Flaschen. Und danach zehn Flaschen Whisky.»

«Tatsächlich, Ichiro? So was nenne ich trinken! Bestimmt macht sich deine Mutter deswegen Sorgen.»

«Frauen können nicht verstehen, warum wir Männer trinken», sagte Ichiro und wandte sich seinem Essen zu, aber schon nach einem Weilchen schaute er wieder zu mir auf und stellte fest: «Oji ißt heute abend bei uns.»

«Das stimmt, Ichiro. Hoffentlich setzt uns Tante Noriko etwas Schönes vor.»

«Tante Noriko hat ein bißchen Sake gekauft. Sie meint, Oji und Taro werden alles wegtrinken.»

«Nun ja, das kann passieren, aber sicher wollen die Frauen auch ein bißchen. Trotzdem hat sie recht, Ichiro: Sake ist hauptsächlich für uns Männer da.»

«Oji, was passiert, wenn Frauen Sake trinken?»

«Hm, schwer zu sagen. Frauen sind nicht so stark wie wir Männer, Ichiro. Kann sein, daß sie schnell betrunken sind.»

«Tante Noriko betrunken! Könnte sie von einem kleinen Schälchen schon völlig betrunken sein?»

Ich mußte lachen. «Gut möglich.»

«Tante Noriko wird vielleicht völlig betrunken! Sie wird Lieder singen und dann am Tisch einschlafen!»

«Ja, Ichiro», sagte ich noch immer lachend, «und deshalb sollten wir Männer beim Saketrinken lieber unter uns bleiben. Meinst du nicht auch?»

«Männer sind stärker, und darum können wir mehr trinken.»

«Da hast du recht, Ichiro. Sake ist etwas, das wir für uns behalten sollten.»

Ich dachte kurz nach und fügte hinzu: «Wenn ich mich nicht täusche, Ichiro, bist du jetzt acht Jahre alt, und so wie du wächst, wirst du ein großer Mann. Wer weiß, vielleicht wird Oji heute abend dafür sorgen, daß du ein bißchen Sake bekommst.»

Mein Enkel schaute mich fast so an, als hätte ich ihm mit etwas gedroht, sagte aber nichts. Ich lächelte ihn an und warf dann durch die großen Fenster neben uns einen Blick auf den blaßgrauen Himmel. «Du hast nie deinen Onkel Kenji kennengelernt, Ichiro. Als er so alt war wie du, war er genauso groß und stark. Ich weiß noch, daß er damals zum ersten Mal Sake probieren durfte, und ich werde heute abend darauf bestehen, daß man dir auch einen kleinen Schluck gibt.»

Ichiro dachte einen Moment darüber nach, dann sagte er:

«Vielleicht hat Mutter was dagegen.»

«Mach dir keine Sorgen wegen deiner Mutter, Ichiro, dein Oji wird schon mit ihr fertigwerden.»

Ichiro schüttelte verdrießlich den Kopf. «Frauen werden nie verstehen, warum Männer trinken», bemerkte er.

«Stimmt, aber es ist Zeit, daß ein Mann wie du ein bißchen Sake probiert. Keine Sorge, Ichiro, überlaß deine Mutter nur deinem Oji. Wir können doch nicht zulassen, daß die Frauen uns herumkommandieren, oder?»

Mein Enkel hing ein Weilchen seinen Gedanken nach, dann, ganz plötzlich, sagte er sehr laut:

«Vielleicht wird Tante Noriko betrunken!»

Ich lachte. «Wir werden sehen, Ichiro», sagte ich.

«Tante Noriko könnte total betrunken werden!»

Ungefähr fünfzehn Minuten später – wir warteten auf unser Eis – fragte Ichiro nachdenklich:

«Oji, hast du Yujiro Naguchi gekannt?»

«Du meinst bestimmt Yukio Naguchi, Ichiro. Nein, ich habe ihn nicht persönlich gekannt.»

Mein Enkel schwieg, offensichtlich ganz in die Betrachtung seines Spiegelbildes in der Scheibe neben ihm versunken.

«Deine Mutter», fuhr ich fort, «dachte wohl auch an Herrn Naguchi, als ich mich heute morgen im Park mit ihr unterhielt. Ich nehme an, daß die Erwachsenen gestern abend beim Essen über ihn geredet haben, stimmt's?»

Ichiro starrte noch einen Augenblick sein Spiegelbild an, dann drehte er sich zu mir um und fragte:

«War Herr Naguchi wie Oji?»

«Ob Herr Naguchi wie ich war? Nun, deine Mutter glaubt das anscheinend nicht. Ich habe einmal etwas über ihn zu deinem Onkel Taro gesagt, nichts von Belang, aber deine Mutter hat meine Worte viel zu ernst genommen, scheint es. Ich erinnere mich kaum noch, worüber Onkel Taro und ich uns unterhalten haben. Dein Oji hat einfach nur geäußert, er hätte ein oder zwei Dinge mit Menschen wie Herrn Naguchi gemein. Aber sag mal, Ichiro – was haben die Erwachsenen gestern abend denn alles gesagt?»

«Oji, warum hat sich Herr Naguchi umgebracht?»

«Das ist schwer zu sagen, Ichiro. Ich habe Herrn Naguchi nie persönlich gekannt.»

«War er ein böser Mensch?»

«Nein, er war kein böser Mensch, er war einfach nur jemand, der hart gearbeitet und das getan hat, was er für richtig hielt. Weißt du, Ichiro, als der Krieg zu Ende war, da sah alles ganz anders aus. Die Lieder, die Herr Naguchi geschrieben hat, waren sehr berühmt, nicht nur in dieser Stadt, sondern überall in Japan. Sie wurden im Radio und in Lokalen gesungen. Menschen wie dein Onkel Kenji sangen sie, wenn sie marschierten oder in den Kampf zogen. Aber nach dem Krieg sagte sich Herr Naguchi, daß seine Lieder anscheinend ein – ja, ein Fehler gewesen waren. Er dachte an all die Menschen, die ihr Leben verloren hatten, an die vielen kleinen Jungen, die so alt waren wie du, Ichiro, und die ihre Eltern verloren hatten. All dies bedachte er, und er kam zu dem Ergebnis, daß seine Lieder ein Fehler gewesen waren. Da sagte er: Ich muß mich entschuldigen, bei allen, die übriggebliebenen sind, muß ich mich entschuldigen – bei den kleinen Jungen, die keine Eltern mehr haben, und bei den Eltern, die kleine Jungen wie dich verloren haben. All diesen Leuten wollte er sagen:

Es tut mir leid. Ich glaube, daß er sich deshalb umgebracht hat. Herr Naguchi war kein böser Mensch, wirklich nicht, Ichiro. Er hatte den Mut, zu seinen Fehlern zu stehen. Ja, er war tapfer und aufrichtig.»

Ichiro betrachtete mich nachdenklich. Ich fragte ihn lachend: «Was geht in dir vor, Ichiro?»

Mein Enkel schien etwas sagen zu wollen, doch dann wandte er sich ab und betrachtete wieder sein Spiegelbild in der Fensterscheibe.

«Dein Oji hat sich nichts Besonderes dabei gedacht, als er sagte, er sei so wie Herr Naguchi», sagte ich. «Es war so etwas wie ein Scherz, nichts weiter. Sag das deiner Mutter, wenn du sie das nächste Mal über Herrn Naguchi reden hörst. Nach dem zu schließen, was sie heute morgen gesagt hat, hat sie die ganze Sache völlig falsch aufgefaßt. – Was ist mit dir, Ichiro? Du bist plötzlich so still.»

Nach dem Mittagessen machten wir in der Innenstadt einen kleinen Schaufensterbummel und schauten uns Spielsachen und Bücher an. Am Spätnachmittag spendierte ich Ichiro in einer der feinen Eisdielen an der Sakurabashi-Straße noch ein Eis, und dann machten wir uns auf den Weg zu Taros und Norikos neuer Wohnung im Izumimachi-Bezirk.

Diese Gegend ist, wie du bestimmt weißt, seit einiger Zeit bei jungen Paaren aus besseren Kreisen sehr beliebt, und zweifellos wirkt dort alles sauber und respektierlich, doch die meisten der neuerrichteten Appartementblocks, die junge Paare so attraktiv finden, kommen mir phantasielos und beengend vor. Taros und Norikos Appartement beispielsweise ist eine kleine Zweizimmerwohnung im dritten Stock: Die Decken sind niedrig, die Wände lassen alle Geräusche aus der Wohnung nebenan durch, und der Ausblick aus dem Fenster besteht hauptsächlich aus der Fensterfront des Nachbargebäudes. Sicher liegt es nicht nur daran, daß ich an mein geräumigeres, im traditionellen Stil erbautes Haus gewöhnt bin, doch löst diese Wohnung in mir schon nach kurzer Zeit so etwas wie Klaustrophobie aus. Noriko scheint auf ihr Appartement jedoch sehr stolz zu sein und preist ständig dessen «moderne» Errungenschaften. Anscheinend ist es leicht sauberzuhalten und zu lüften. Besonders die Küche und das Badezimmer im westlichen Stil seien, versichert mir meine Tochter, unendlich praktischer als alles, was mein eigenes Haus in dieser Hinsicht zu bieten habe.

Ob dies nun zutraf oder nicht – auf jeden Fall war die Küche sehr klein, und als ich an jenem Abend nachschauen wollte, ob meine Töchter beim Zubereiten unserer Mahlzeit gut vorankamen, fand ich nicht einmal im Stehen Platz. Deshalb, und weil meine Töchter sehr beschäftigt schienen, plauderte ich nicht lange mit ihnen, sondern ging bald wieder. Im Verlauf des Gesprächs sagte ich zu ihnen:

«Hört mal, Ichiro hat mir vorhin gesagt, er würde gern einen kleinen Schluck Sake probieren.»

Setsuko und Noriko, die Seite an Seite standen und Gemüse schnitten, hielten beide inne und blickten flüchtig zu mir hin.

«Ich habe darüber nachgedacht und meine, daß wir ihm einen kleinen Schluck gönnen sollten», fuhr ich fort. «Vielleicht solltet ihr ihn mit ein bißchen Wasser verdünnen.»

«Verzeih mir, Vater», sagte Setsuko, «aber ist es wirklich dein Wunsch, daß Ichiro heute abend Sake trinkt?»

«Nur ein bißchen. Schließlich ist er schon ein großer Junge. Doch wie gesagt: Am besten verdünnt ihr den Sake mit Wasser.»

Meine Töchter tauschten Blicke, dann sagte Noriko: «Vater, er ist erst acht Jahre alt.»

«Ein bißchen Sake, mit Wasser verdünnt, wird ihm nicht schaden. Vielleicht versteht ihr Frauen das nicht, aber solche Dinge können für einen Jungen wie Ichiro sehr wichtig sein. Es ist eine Frage des Stolzes. Er wird sich bis an sein Lebensende daran erinnern.»

«Vater, das ist Unsinn», sagte Noriko. «Bestimmt wird ihm nur schlecht.»

«Unsinn oder nicht – ich habe es mir genau überlegt. Ihr Frauen bringt manchmal nicht genug Sympathie für das auf, worauf ein Junge stolz ist.» Ich zeigte auf eine Sakeflasche, die über ihren Köpfen im Regal stand. «Nur ein paar Tropfen, das reicht.»

Ich schickte mich an zu gehen, doch da hörte ich Noriko sagen: «Setsuko, das kommt nicht in Frage. Ich weiß nicht, was in Vater gefahren ist.»

«Was soll das ganze Theater?» sagte ich und drehte mich auf der Schwelle um. Hinter mir, im Wohnzimmer, hörte ich Taro und meinen Enkel über etwas lachen. Mit gedämpfter Stimme fuhr ich fort:

«Ich habe es ihm versprochen, und er freut sich darauf. Ihr Frauen wißt manchmal wirklich nicht, was Stolz bedeutet.»

Wieder wandte ich mich ab, um zu gehen, aber diesmal sagte Setsuko:

«Es ist sehr nett von unserem Vater, sich so viele Gedanken über Ichiros Gefühle zu machen, aber ich frage mich trotzdem, ob wir nicht besser abwarten, bis er ein bißchen älter ist.»

Ich lachte kurz und erwiderte: «Wißt ihr, ich erinnere mich noch, daß eure Mutter genau wie ihr dagegen protestierte, als ich beschloß, Kenji, der damals so alt war wie Ichiro, Sake probieren zu lassen. Es hat eurem Bruder wohl kaum geschadet.»

Augenblicklich bereute ich, mich bei einer nebensächlichen Meinungsverschiedenheit auf Kenji berufen zu haben. Ich war wohl – offen gesagt – ein paar Augenblicke lang ziemlich über mich selbst verärgert, und es ist möglich, daß ich deshalb nicht sonderlich auf Setsukos Worte achtete, aber ich glaube, sie sagte etwa Folgendes:

«Zweifellos hat sich unser Vater viele Gedanken über die Erziehung meines Bruders gemacht, aber wenn wir bedenken, was später passiert ist, wird uns vielleicht klar, daß unsere Mutter zumindest in ein paar Punkten die richtige Vorstellung hatte.»

Doch ich will gerecht sein und einräumen, daß sie sich vielleicht nicht so hart ausdrückte. Es ist sogar möglich, daß ich ihre Worte völlig falsch auffaßte, denn ich erinnere mich noch genau, daß Noriko nicht reagierte, sondern sich wieder mißmutig ihrem Gemüse zuwandte. Außerdem traue ich Setsuko nicht zu, einem Gespräch absichtlich eine solche Wendung zu geben. Dennoch: Wenn ich andererseits bedenke, welche Anspielungen sie zuvor im Kawabe-Park gemacht hatte, dann muß ich wohl die Möglichkeit in Betracht ziehen, daß sie etwas in diesem Sinn gesagt hat. Auf jeden Fall weiß ich noch, daß Setsuko mit den Worten schloß:

«Übrigens befürchte ich, daß es Suichi nicht recht wäre, wenn Ichiro Sake trinkt. Dafür muß er wohl noch ein bißchen älter werden. Trotzdem war es sehr nett von unserem Vater, sich so viele Gedanken über das zu machen, was in Ichiro vorgeht.»

Mir war klar, daß Ichiro unser Gespräch vielleicht belauschte, und da ich nicht wollte, daß auf solch ein seltenes Familientreffen ein Schatten fiel, ließ ich die Dinge auf sich beruhen und ging aus der Küche. Ich saß dann, wie ich mich entsinne, mit Taro und Ichiro ein Weilchen im Wohnzimmer und unterhielt mich einträchtig mit ihnen, während wir auf das Abendessen warteten.

Nach etwa einer Stunde gingen wir zu Tisch. Als wir Platz nahmen, streckte Ichiro die Hand nach der Sakeflasche aus, tippte mit dem Finger daran und warf mir einen komplizenhaften Blick zu. Ich lächelte, sagte jedoch nichts.

Die Frauen hatten ein prächtiges Essen zubereitet, und bald unterhielten wir uns zwanglos miteinander. Taro brachte uns alle zum Lachen, als er uns von einem Arbeitskollegen erzählte, dem eine Mischung aus Pech und komisch anmutender Unfähigkeit den Ruf eingebracht hatte, ewig mit der Arbeit hinterherzuhinken.

«Es sieht so aus», sagte Taro unter anderem, «daß unsere Vorgesetzten diesen Kollegen jetzt nur noch ‹Schildkröte› nennen. Kürzlich hat Herr Hayasaka bei einer Besprechung aus Versehen angekündigt: ‹Wir hören uns jetzt noch Schildkrötes Bericht an, und dann machen wir Mittagspause.›»

«Wirklich?» entfuhr es mir. «Ich hatte einmal einen Kollegen mit demselben Spitznamen, und ich würde sagen, daß er ihn sich aus demselben Grund verdient hatte.»

Taro schien von dieser zufälligen Übereinstimmung nicht sonderlich beeindruckt. Er nickte höflich und sagte: «Ich weiß noch, daß wir in der Schule einen Mitschüler hatten, den wir Schildkröte nannten. Vermutlich hat jede Gruppe nicht nur ihren Anführer, sondern auch ihre ‹Schildkröte›.» Und er kehrte zu seiner lustigen Geschichte zurück.

Wenn ich jetzt darüber nachdenke, will mir scheinen, daß

mein Schwiegersohn recht hatte: In jeder Gruppe gibt es wohl eine «Schildkröte», mag sie auch nicht immer so genannt werden. Im Kreis meiner eigenen Schüler war es beispielsweise Shintaro, dem diese Rolle zukam. Das soll nicht heißen, Shintaro sei im Grunde kein tüchtiger Mensch, aber im Vergleich zu einem Kuroda fehlt seinem Talent eine ganze Dimension.

Ich habe für die Schildkröten dieser Welt wohl nicht allzuviel übrig. Mag man ihnen auch ihre unverdrossene Stetigkeit und ihre Fähigkeit zu überleben hoch anrechnen, so argwöhnt man bei ihnen doch einen Mangel an Offenheit und einen Hang zum Verrat. Vermutlich kreidet man ihnen letzten Endes auch ihre mangelnde Bereitschaft an, zugunsten hochgesteckter Ziele oder für Prinzipien, an die zu glauben sie vorgeben, Risiken einzugehen. Menschen ihres Schlages werden nie Opfer einer großen Katastrophe wie beispielsweise jener, zu der sich das Projekt Kawabe-Park für Akira Sugimura auswuchs. Andererseits werden sie auch nie etwas schaffen, was über das Mittelmaß hinausreicht, sondern stets nur kleine Achtungserfolge verbuchen.

Es trifft zu, daß ich während der Jahre, die wir in Mori-sans Villa verbrachten, eine gewisse Zuneigung zu Schildkröte entwickelte, aber ich glaube nicht, daß ich ihn jemals als einen Ebenbürtigen akzeptierte. Dies lag am Wesen unserer Freundschaft, die in der Zeit zustande gekommen war, als Schildkröte in Meister Takedas Firma Schikanen ausgesetzt war, und die sich während der ersten, für ihn schwierigen Monate in der Villa weiter festigte, bis sie im Lauf der Zeit zu einer Beziehung erstarrte, die davon geprägt war, daß Schildkröte sich wegen eines nicht näher definierten «Beistandes» für alle Zeiten in meiner Schuld wähnte. Lange nachdem er so zu malen gelernt hatte, daß er bei den anderen in der Villa keine feindseligen Gefühle mehr erweckte, sondern längst von allen wegen seines gefälligen und einnehmenden Wesens geschätzt wurde, sagte er zu mir noch immer Dinge wie:

«Ich bin dir so dankbar, Ono-san. Es ist nur dir zuzuschreiben, daß ich hier so gut behandelt werde.»

In einer Hinsicht war Schildkröte natürlich wirklich in meiner Schuld: Ohne meine Initiative wäre er mit Sicherheit nie auf den

Gedanken verfallen, Meister Takeda zu verlassen und Mori-sans Schüler zu werden. Es war ihm äußerst schwergefallen, solch einen Schritt ins Ungewisse zu machen, doch nachdem ihn die Umstände erst einmal dazu gezwungen hatten, stellte er die Richtigkeit seiner Entscheidung niemals in Frage. Vor Mori-san hatte er einen derartigen Respekt, daß er, wie ich mich entsinne, im Gespräch mit ihm lange Zeit nichts anderes herausbrachte als ein gemurmeltes «Ja, Sensei», oder «Nein, Sensei.»

Während jener Jahre malte Schildkröte weiterhin so langsam wie eh und je, aber daraus machte ihm niemand einen Vorwurf. Es gab sogar einige von uns, die genauso langsam arbeiteten, und diese Gruppe neigte dazu, uns andere, die wir schneller vorankamen, zu verspotten. Ich erinnere mich, daß sie uns den Spitznamen «die Heizer» verpaßten, und daß sie das hektische, intensive Arbeitstempo, das wir vorlegten, wenn wir eine Eingebung hatten, mit der Tätigkeit eines Zugführers verglichen, der schaufelweise Kohle ins Feuer wirft, als hätte er Angst, seiner Lok könnte von einem Moment auf den anderen der Dampf ausgehen. Wir revanchierten uns, indem wir unsere langsamen Kollegen «die Rückschrittler» nannten. Ursprünglich war diese Bezeichnung in der Villa auf jemanden gemünzt worden, der in einem Raum voll Staffeleien, an denen andere Kollegen arbeiteten, in kurzen Abständen ein paar Schritte rückwärts zu machen pflegte, um sein Werk zu betrachten, und dabei prompt mit dem hinter ihm arbeitenden Kameraden zusammenstieß. Natürlich war es ziemlich ungerecht, einem Künstler, der sich beim Malen Zeit ließ und der sich derart «rückschrittlich» verhielt, eine Neigung zur Rücksichtslosigkeit zu unterstellen, aber uns gefiel allein schon der provokante Klang solcher Spitznamen. Ich erinnere mich an viele lustige Frotzeleien zwischen «Heizern» und «Rückschrittlern».

Tatsache ist, daß niemand von uns gegen eine solche «Rückschrittlichkeit» gefeit war, und deshalb vermieden wir so gut es ging, mit zu vielen Kollegen im selben Raum zusammen zu arbeiten. Während der Sommermonate stellte manch einer von uns seine Staffelei auf die Veranda oder gar in den Innenhof. Andere hatten in mehreren Zimmern gleichzeitig einen reservierten

Platz, denn sie wechselten je nach den Lichtverhältnissen gern ihren Standort. Schildkröte und ich arbeiteten am liebsten in der längst nicht mehr benutzten Küche, einem großen, scheunenartigen Anbau hinter einem Seitentrakt der Villa.

Der Fußboden nahe dem Eingang war aus gestampftem Lehm, und weiter hinten gab es eine erhöhte Plattform aus Brettern, groß genug für unsere beiden Staffeleien. Die niedrigen Querbalken mit ihren Haken, an denen einst Töpfe und sonstiges Küchengerät gehangen hatten, erwiesen sich ebenso wie die aus Bambus gefertigten Regale an den Wänden als äußerst brauchbare Ablagen für unsere Pinsel, Lappen, Farben und dergleichen. Ich weiß noch genau, daß Schildkröte und ich jedesmal einen großen geschwärzten Topf mit Wasser füllten, ihn zur Empore schleppten und in Schulterhöhe zwischen uns an den alten Flaschenzug hängten.

Ich entsinne mich, daß Schildkröte eines Nachmittags, als wir wieder einmal in der alten Küche malten, zu mir sagte:

«Das Bild, das du gerade malst, macht mich sehr neugierig, Ono-san. Bestimmt wird es etwas ganz Besonderes.»

Ich lächelte, ohne von meiner Arbeit aufzublicken. «Warum sagst du das? Es ist nur eins von meinen kleinen Experimenten, nichts weiter.»

«Aber Ono-san, es ist lange her, seit ich dich so intensiv habe arbeiten sehen. Außerdem hast du uns gebeten, deine Privatsphäre zu respektieren. Das hast du seit mindestens zwei Jahren nicht getan – nicht seit du am ‹Löwentanz› für die erste Ausstellung gearbeitet hast.»

Hier bedarf es vielleicht einer Erläuterung: Jedesmal, wenn einer von uns das Gefühl hatte, seine Arbeit an einem bestimmten Bild könnte durch Kommentare seiner Kollegen beeinträchtigt werden, berief er sich auf seine «Privatsphäre», und dann konnte er davon ausgehen, daß niemand auch nur einen Blick auf sein Bild warf, solange er die Sperre nicht aufhob. Dies war eine vernünftige Regelung, denn wir lebten und arbeiteten eng zusammen, brauchten jedoch einen gewissen Freiraum zum Experimentieren, ohne fürchten zu müssen, daß wir uns lächerlich machten.

«Ist es mir wirklich so leicht anzumerken?» fragte ich Schildkröte. «Ich hatte geglaubt, daß ich meine innere Erregung ziemlich gut verberge.»

«Du vergißt anscheinend, Ono-san, daß wir schon seit fast acht Jahren Seite an Seite arbeiten. Oh, ja, ich weiß genau, daß das Bild für dich etwas ganz Besonderes ist.»

«Acht Jahre?» erwiderte ich. «Nun, das wird wohl stimmen.»

«Es stimmt, Ono-san, und für mich war es ein Privileg, so dicht neben einem Menschen von deinem Talent zu arbeiten. Manchmal habe ich mich ganz klein und demütig gefühlt, aber ein großes Privileg war es trotzdem.»

«Du übertreibst», sagte ich lächelnd und malte weiter.

«Durchaus nicht, Ono-san. Ich weiß, daß ich ohne die ständige Inspiration deiner Bilder, wie sie vor meinen Augen entstehen, in diesen Jahren längst nicht dahin gelangt wäre, wo ich jetzt bin. Zweifellos ist dir aufgefallen, wie stark mein bescheidenes Werk ‹Mädchen im Herbst› von deinem großartigen Gemälde ‹Mädchen bei Sonnenuntergang› beeinflußt ist. Es war einer meiner vielen Versuche, Ono-san, dein glänzendes Talent nachzuahmen. Ein kläglicher Versuch, das weiß ich selbst, aber immerhin war Mori-san so gütig, ihn als einen wichtigen Schritt vorwärts zu loben.»

«Und ich frage mich jetzt», sagte ich, ließ den Pinsel einen Augenblick ruhen und betrachtete mein Werk, «ich frage mich, ob dieses Bild dich ebenfalls inspirieren wird.»

Ich betrachtete noch ein Weilchen mein halbfertiges Bild, dann äugte ich über den alten, zwischen uns baumelnden Topf zu meinem Freund hinüber. Schildkröte malte unbekümmert drauflos, ohne zu merken, daß ich ihn beobachtete. Seit ich ihn in Meister Takedas Firma kennengelernt hatte, hatte er sich ein bißchen mehr Speck angegessen, und der gehetzte, ängstliche Ausdruck in seinen Augen war einer fast kindlichen Zufriedenheit gewichen. Ich weiß noch genau, daß ihn eines Tages jemand von uns mit einem Hündchen verglich, das gerade gestreichelt worden ist, und tatsächlich paßte diese Beschreibung nicht schlecht zu dem Eindruck, den er auf mich machte, während ich ihn an jenem Nachmittag in der alten Küche beim Malen beobachtete.

«Schildkröte», sagte ich zu ihm, «du bist zur Zeit mit deiner Arbeit ziemlich zufrieden, stimmt's?»

«Äußerst zufrieden, Ono-san, danke», antwortete er ohne zu zögern. Dann blickte er rasch zu mir herüber, grinste und fügte eilig hinzu: «Aber natürlich muß ich noch einen weiten Weg gehen, bis meine Bilder neben deinen einigermaßen bestehen können, Ono-san.» Er wandte sein Augenmerk wieder seinem Bild zu. Ich beobachtete ihn ein Weilchen. Dann fragte ich:

«Denkst du manchmal nicht auch daran, ein paar neue... Darstellungsweisen auszuprobieren?»

«Neue Darstellungsweisen, Ono-san?» wiederholte er ohne aufzublicken.

«Ja. Sag mal, Schildkröte, reicht dein Ehrgeiz denn nicht so weit, daß du eines Tages wirklich bedeutende Bilder malen möchtest? Damit meine ich nicht einfach nur Werke, die hier bei uns in der Villa bewundert und gelobt werden. Nein, ich rede von etwas wirklich Bedeutendem, von Werken, die einen sinnvollen Beitrag zum Wohl unseres Volkes und unserer Nation bilden. Deshalb kam ich auf die Notwendigkeit einer neuen Darstellungsweise zu sprechen, Schildkröte.»

Während ich dies sagte, beobachtete ich ihn genau, aber er hielt mit dem Malen nicht inne.

«Ehrlich gesagt, Ono-san», sagte er, «sucht ein demütiger Mensch in meiner Situation ständig nach neuen Darstellungsweisen, und seit einem Jahr glaube ich nun endlich auf dem richtigen Weg zu sein. Weißt du, Ono-san, mir ist aufgefallen, daß Mori-san sich meine Arbeit im vergangenen Jahr immer genauer angeschaut hat. Ich bin sicher, daß er mit mir zufrieden ist. Wer weiß, vielleicht darf ich meine Bilder irgendwann neben deinen und Mori-sans ausstellen.» Schildkröte warf mir einen Blick zu und lachte unsicher. «Verzeih mir, Ono-san, es ist nur ein Wunschtraum. Damit ich nicht lockerlasse.»

Ich beschloß, die Sache auf sich beruhen zu lassen und nahm mir vor, den Freund zu einem späteren Zeitpunkt ins Vertrauen zu ziehen, aber dann passierte etwas, das mir einen Strich durch die Rechnung machte.

Es war an einem sonnigen Morgen, ein paar Tage nach der

soeben geschilderten Unterhaltung. Als ich die alte Küche betrat, sah ich Schildkröte, der hinten in dem scheunenartigen Gebäude auf der Empore stand und mir starr entgegenblickte. Nach dem hellen Morgenlicht draußen brauchten meine Augen ein paar Sekunden, um sich an das Halbdunkel zu gewöhnen, aber schon bald erkannte ich den verstörten, fast entsetzten Ausdruck auf dem Gesicht meines Freundes. Er hob einen Arm vor die Brust, um ihn gleich wieder sinken zu lassen, und diese linkische Geste wirkte so, als rechnete er damit, von mir angegriffen zu werden. Er hatte keinerlei Anstalten gemacht, seine Staffelei aufzustellen oder sich sonstwie auf die Arbeit vorzubereiten, und als ich ihn begrüßte, gab er keine Antwort. Ich trat näher und fragte: «Stimmt etwas nicht?»

«Ono-san...», stammelte er. Mehr brachte er nicht heraus. Als ich näher an die Plattform herantrat, schaute er nervös nach links. Ich folgte seinem Blick zu meinem unvollendeten Bild, das mit einem Tuch verhängt und zur Wand gedreht war. Schildkröte wies mit einer fahrigen Geste darauf und sagte:

«Ono-san, ist das einer deiner Scherze?»

«Nein, Schildkröte», antwortete ich und stieg auf die Plattform. «Das ist alles andere als ein Scherz.»

Ich ging zu dem Bild, zog das Tuch weg und drehte die Staffelei um. Sofort wandte Schildkröte die Augen ab.

«Mein Freund», sagte ich, «einst warst du tapfer genug, um auf mich zu hören. Gemeinsam machten wir einen für unsere Laufbahn wichtigen Schritt. Jetzt würde ich dich gerne bitten, mit mir noch einen Schritt nach vorn zu machen.»

Schildkröte blickte beharrlich zur Seite. Er sagte:

«Ono-san, weiß unser Lehrer von diesem Bild?»

«Nein, noch nicht, aber ich glaube, ich könnte es ihm durchaus zeigen. Von jetzt an will ich immer in dieser Art malen. Schildkröte, sieh dir dieses Bild an! Und laß mich erklären, was ich zu erreichen versuche! Vielleicht können wir dann wieder gemeinsam einen wichtigen Schritt nach vorn machen.»

Endlich drehte er sich zu mir um und schaute mich an.

«Ono-san», sagte er fast flüsternd, «du bist ein Verräter! Und jetzt entschuldige mich bitte.»

Damit verließ er eilig das Gebäude.

Das Gemälde, über das sich Schildkröte so aufgeregt hatte, hieß «Selbstgefälligkeit», und mag es auch nicht lange in meinem Besitz geblieben sein, so hatte ich es doch mit so viel Engagement gemalt, daß es bis auf den heutigen Tag mit allen Einzelheiten in meinem Gedächtnis haften geblieben ist. Der Anstoß zu dem Bild war eine kleine Szene gewesen, die ich ein paar Wochen zuvor miterlebt hatte, etwas, das ich bei einem Spaziergang mit Matsuda gesehen hatte.

Wir waren, so erinnere ich mich, zu einem Treffen mit ein paar von Matsudas Kollegen von der Okada-Shingen-Gesellschaft, denen Matsuda mich vorstellen wollte, unterwegs gewesen. Der Sommer neigte sich dem Ende zu, die heißesten Tage lagen hinter uns, aber ich weiß noch, daß ich mir, während ich dem kräftig ausschreitenden Matsuda über die Eisenbrücke bei Nishizuru folgte, den Schweiß vom Gesicht tupfte und wünschte, mein Begleiter möge langsamer gehen. Matsuda trug an jenem Tag ein elegantes weißes Sommerjackett und hatte sich den Hut wie immer modisch schräg auf den Kopf gesetzt. Trotz des Tempos, das er vorlegte, hatte seine Gangart etwas Müheloses und suggerierte durchaus keine Eile. Als er mitten auf der Brücke stehenblieb, sah ich, daß ihm die Hitze anscheinend überhaupt nichts ausmachte.

«Von hier oben hat man einen interessanten Ausblick», bemerkte er. «Finden Sie nicht auch, Ono?»

Das Panorama in der Tiefe wurde zur Linken wie zur Rechten von zwei Fabrikgebäuden eingerahmt; dazwischen drängte sich ein dichtes Durcheinander von Dächern, manche mit billigen Schindeln gedeckt, andere aus rostigen Blechen zusammengefügt. Dem Nishizuru-Bezirk haftet auch heute noch der Ruf einer vernachlässigten Gegend an, damals aber waren die Zustände dort noch unendlich viel schlimmer. Von der Brücke herab betrachtet, mochte jene Ansammlung von Gebäuden dem ortsfremden Besucher als verlassen und abbruchreif erscheinen, hätte es da nicht bei genauerem Hinsehen die vielen kleinen Gestalten gegeben, die zwischen den Häusern wie Ameisen zwischen Steinen herumwimmelten.

«Schauen Sie sich das da unten an, Ono», sagte Matsuda. «In unserer Stadt gibt es mehr und mehr Gegenden wie diese. Noch vor zwei oder drei Jahren war es hier gar nicht so übel. Aber jetzt ist fast ein Elendsviertel daraus geworden. Auf dem Land verarmen immer mehr Leute, und irgendwann bleibt ihnen nichts anderes übrig, als sich ihren Leidensgenossen in einer Gegend wie dieser anzuschließen.»

«Wie schrecklich», sagte ich. «Es erweckt in einem den Wunsch, etwas für sie zu tun.»

Matsuda lächelte mich an – in seiner überlegenen Art, die immer bewirkte, daß ich mich unbehaglich fühlte und mir dumm vorkam. «Das sind wohlmeinende Gefühle», sagte er und blickte wieder in die Tiefe. «Wir alle reden so daher, in jeder Phase unseres Lebens, aber unterdessen breiten sich solche Gegenden überall wie ein böser Schimmelpilz aus. Holen Sie einmal tief Luft, Ono. Sogar hier kann man die Kloake riechen.»

«Ich habe gemerkt, daß es hier schlecht riecht, aber kommt das wirklich von da unten?»

Matsuda antwortete nicht, sondern blickte mit einem seltsamen Lächeln unverwandt auf das Elendsviertel hinab. Dann sagte er:

«Politiker und Geschäftsleute bekommen so etwas selten zu Gesicht, und wenn, dann nur aus sicherer Entfernung, so wie wir jetzt. Ich bezweifle, daß da schon jemals ein Politiker oder Geschäftsmann zu Fuß hinuntergegangen ist, von Künstlern ganz zu schweigen.»

Mir war der provokante Unterton seiner Stimme nicht entgangen. Ich sagte:

«Ich hätte nichts dagegen, aber dann kommen wir zu spät zu unserer Verabredung.»

«Im Gegenteil, wenn wir abkürzen und da unten mittendurch gehen, sparen wir uns sogar einen oder zwei Kilometer.»

Matsuda hatte recht, die üblen Gerüche stiegen von den Kloaken des Viertels auf. Nachdem wir bis zum Fuß der Brücke hinabgestiegen waren, gingen wir durch eine Anzahl schmaler Gassen, und der Gestank nahm derart zu, daß uns fast schlecht wurde. Nun linderte kein Windhauch mehr die Hitze, und die

Luft rings um uns her war erfüllt vom unablässigen Summen der Fliegenschwärme. Wieder fiel es mir schwer, mit Matsuda Schritt zu halten, doch diesmal verspürte ich keinen Wunsch, ihn zu einer langsameren Gangart zu veranlassen. Zu beiden Seiten sahen wir Verschläge, die wie tagsüber geschlossene Stände eines Marktes aussahen, die jedoch menschliche Behausungen waren, manchmal nur durch einen Stoffvorhang gegen die Gasse abgeschirmt. Alte Leute saßen hier und dort in einem Eingang. Während wir an ihnen vorbeigingen, starrten sie uns interessiert, jedoch nie feindselig an. Kleine Kinder tauchten von überall her auf, und bei jedem unserer Schritte schien eine Katze beiseite zu huschen. Wir gingen weiter, duckten uns unter Decken und Wäsche, die an einer groben Schnur zum Trocknen aufgehängt waren, kamen an greinenden Säuglingen vorbei, an bellenden Hunden und Nachbarn, die hinter geschlossenen Vorhängen hockten und quer über die Gasse freundschaftlich miteinander schwatzten. Nach einer Weile machten mir immer mehr die offenen Abwassergräben beidseitig des schmalen Weges zu schaffen. Über ihnen schwebten auf ganzer Länge Fliegenschwärme, und während ich hinter Matsuda herging, hatte ich das beklemmende Gefühl, daß sich der Abstand zwischen den Gräben immer mehr verringerte, bis es schien, als würden wir auf einem gestürzten Baumstamm balancieren.

Endlich erreichten wir eine Art Hof, wo uns eine Ansammlung ärmlicher Hütten den Weg versperrte. Matsuda zeigte auf eine Lücke zwischen zwei Hütten. Dahinter war ein Stück Brachland zu sehen.

«Wenn wir da langgehen», sagte er, «kommen wir hinter der Kogane-Straße raus.»

Nahe dem Durchgang, auf den Matsuda gezeigt hatte, bemerkte ich drei kleine Jungen, die sich über etwas, das auf der Erde lag, beugten und es mit Stöcken piekten. Als wir nähertraten, fuhren sie mit grimmigen Gesichtern herum, und obwohl ich nichts erkennen konnte, erriet ich aus ihrem Verhalten, daß sie irgendein Tier quälten. Matsuda mußte zu demselben Schluß gelangt sein, denn im Vorbeigehen sagte er zu mir: «Na ja, es gibt hier eben wenig, womit sie sich amüsieren könnten.»

Ich befaßte mich in Gedanken nicht weiter mit den kleinen Jungen, aber dann, ein paar Tage später, trat mir ihr Bild, wie sie sich inmitten all des Elends mit grimmigen Gesichtern und erhobenen Stöcken zu uns umgedreht hatten, wieder ganz deutlich vor Augen, und ich machte daraus das zentrale Motiv von «Selbstgefälligkeit». Vielleicht sollte ich hier darauf hinweisen, daß sich die drei Knaben, die Schildkröte an dem Morgen sah, als er einen verstohlenen Blick auf mein halbfertiges Gemälde warf, in zwei oder drei wichtigen Aspekten von ihren natürlichen Vorbildern unterschieden. Denn obwohl auch sie vor einer armseligen Hütte standen und dieselben Lumpen trugen wie ihre Modelle aus Fleisch und Blut, lag auf ihren grimmigen Gesichtern nicht der schuldbewußte Ausdruck kleiner Missetäter, die man auf frischer Tat ertappt hat, sondern vielmehr die trotzige Grimasse kampfbereiter Samurais. Übrigens ist es durchaus kein Zufall, daß die Knaben auf meinem Bild ihre Stöcke in klassischer *kendo*-Pose halten.

Bei genauerer Betrachtung hätte Schildkröte festgestellt, daß über den Köpfen der drei Knaben allmählich eine zweite Darstellung Gestalt annahm: drei fette, gutgekleidete Männer in einer gemütlichen Bar, die über etwas lachen. Aus ihren Zügen spricht Dekadenz. Vielleicht haben sie sich gerade über ihre Mätressen lustig gemacht oder dergleichen. Diese beiden miteinander kontrastierenden Motive wurden von den Umrissen des japanischen Inselreiches zusammengehalten, und unten, in der rechten Ecke, stand in kräftigen Schriftzeichen das Wort «Selbstgefälligkeit», während links unten in kleineren Zeichen der Satz zu lesen war: «Aber die Jugend ist bereit, für ihre Würde zu kämpfen.»

Wenn ich dieses frühe und zweifellos kunstlose Werk so beschreibe, kommt dir vielleicht manche Einzelheit vertraut vor. Möglicherweise kennst du mein Gemälde «Augen zum Horizont», das, ähnlich wie einer meiner Drucke in den dreißiger Jahren, überall in der Stadt ein gewisses Maß an Berühmtheit erlangte und richtungweisend wurde. Tatsächlich war «Augen zum Horizont» eine überarbeitete Version von «Selbstgefälligkeit», wenngleich mit all den Veränderungen, die nach so vielen Jahren zu erwarten waren. Das spätere der beiden Bilder bestand, wie du dich vielleicht erinnerst, ebenfalls aus zwei kontrastierenden Darstellungen, die ineinander übergingen und von den Umrissen der japanischen Inseln zusammengehalten wurden. Im oberen Teil des Gemäldes waren wiederum die drei gutgekleideten Männer im Gespräch zu sehen, doch diesmal wirkten sie nervös und blickten sich hilfesuchend an. Ich brauche dich wohl nicht daran zu erinnern, daß die drei Gesichter denen von drei damals prominenten Politikern ähnelten. Im unteren, dominanteren Teil des Bildes waren aus den drei bettelarmen Jungen drei hartgesottene Soldaten geworden. Zwei hielten Gewehre mit Bajonetten in der Faust und flankierten einen Offizier, dessen gezückter Degen nach vorn, genauer gesagt nach Westen in Richtung Asien wies. Es gab keinen ärmlichen Hintergrund mehr, sondern einfach nur noch das Militärbanner mit der aufgehenden Sonne. Das Wort «Selbstgefälligkeit» war durch «Augen zum Horizont» ersetzt worden, und links unten stand das Motto: «Keine Zeit für feiges Geschwätz! Japan muß voranschreiten.»

Falls du neu in dieser Stadt bist, hast du vielleicht noch nie von diesem Bild gehört, aber ich kann wohl ohne Übertreibung behaupten, daß sich viele, die hier schon vor dem Krieg wohnten, an das Werk erinnern würden, denn es erhielt damals wegen der schwungvollen Pinselführung und mehr noch wegen der kraftvollen Farben viel Lob. Natürlich ist mir völlig klar, daß die in «Augen zum Horizont» ausgedrückten Gefühle nicht mehr zeitgemäß sind, die künstlerischen Verdienste des Bildes jetzt einmal ausgenommen. Ich wäre sogar als erster zu dem Eingeständnis bereit, daß jene Gefühle zu verdammen sind, denn ich bin nicht einer von jenen, die sich davor fürchten, die Mängel und Verfehlungen der Vergangenheit einzugestehen.

Ich hatte jedoch nicht vor, mich über «Augen zum Horizont» auszulassen. Ich erwähne das Bild hier nur wegen seiner offenkundigen Verwandtschaft mit einem früheren Werk und wohl auch, um der nachhaltigen Wirkung Rechnung zu tragen, die Matsuda auf meinen weiteren Werdegang ausübte. Ein paar Wochen vor dem Morgen, an dem Schildkröte in der Küche die geschilderte Entdeckung machte, hatte ich angefangen, mich regelmäßig mit Matsuda zu treffen. Die Tatsache, daß ich mich weiter mit ihm einließ, ist vermutlich ein Gradmesser dafür, wie empfänglich ich für seine Anschauungen war, denn wie schon gesagt: Anfänglich mochte ich ihn nicht besonders. In der ersten Zeit unserer Bekanntschaft endeten unsere Zusammenkünfte sogar meist mit heftigen Meinungsverschiedenheiten. Beispielsweise erinnere ich mich daran, daß ich nicht lange, nachdem ich hinter ihm her durch das Elendsviertel von Nishizuru gelaufen war, mit ihm in der Innenstadt eine Bar aufsuchte. Name und Lage des Lokals sind mir entfallen, doch entsinne ich mich, daß es ein finsteres, schmutziges Loch war, in dem anscheinend der Abschaum der Stadt verkehrte. Ich hatte schon beim Eintreten ein ungutes Gefühl, aber Matsuda schien sich dort auszukennen, denn bevor er mich zu einer Nische mit einem kleinen, freien Tisch führte, grüßte er ein paar Männer, die rund um einen anderen Tisch saßen und Karten spielten.

Die warnende Stimme in mir wurde nicht eben leiser, als, kaum daß wir Platz genommen hatten, zwei rauhbeinige Kerle, beide ziemlich betrunken, in unsere Nische gestolpert kamen und uns in ein Gespräch zu verwickeln suchten. Matsuda befahl ihnen kurz und bündig, woanders hinzugehen. Ich machte mich auf Unannehmlichkeiten gefaßt, doch mit seinem Auftreten schien mein Begleiter den Männern irgendwie den Schneid abgekauft zu haben, denn sie ließen uns ohne ein weiteres Wort in Ruhe.

Danach saßen wir eine Weile bei einem Glas beisammen und unterhielten uns, aber ich weiß noch, daß es nicht lange dauerte, bis es zwischen uns zu Reibereien kam. Ich entsinne mich, daß ich irgendwann zu Matsuda sagte:

«Zweifellos verdienen wir Künstler zuweilen Spott von Menschen wie Ihnen, aber ich fürchte, Sie irren sich, wenn Sie annehmen, daß wir die Welt mit so naiven Augen sehen.»

Matsuda erwiderte lachend:

«Vergessen Sie nicht, daß ich mit vielen Künstlern zu tun habe. Alles in allem seid ihr ein erstaunlich dekadenter Haufen und habt von den Dingen dieser Welt nicht mehr Ahnung als ein Kind.»

Ich wollte protestieren, doch Matsuda fuhr fort: «Nehmen wir beispielsweise den Plan, den Sie mir gerade so voller Ernst vorgetragen haben. Er ist sehr rührend, aber aus ihm spricht, wenn ich so sagen darf, die ganze für euch Künstler typische Naivität.»

«Ich sehe nicht, weshalb meine Idee Ihren Spott verdient, aber anscheinend habe ich irrtümlich geglaubt, Sie hätten ein Herz für die Armen dieser Stadt.»

«Solche kindischen Sticheleien können Sie sich sparen. Sie wissen genau, was mir Sorge bereitet. Aber lassen Sie uns kurz über Ihren Plan nachdenken. Wollen wir einmal annehmen, das Unwahrscheinliche geschieht, und euer Lehrer nimmt die Sache wohlwollend auf. Dann arbeitet ihr also alle zusammen eine Woche lang in eurer Villa und produziert Bilder. Wie viele? Zwanzig, höchstens dreißig. Es hätte wohl wenig Sinn, mehr zu produzieren, denn ihr würdet auf keinen Fall mehr als zehn oder elf verkaufen. Und dann, Ono? Werden Sie durch die Armenviertel wandern, mit einer Börse voll sauerverdientem Kleingeld? Wollen Sie etwa jedem Armen, dem Sie begegnen, einen Sen schenken?»

«Verzeihen Sie, Matsuda, aber ich wiederhole: Sie irren, wenn Sie mich für derart naiv halten. Ich dachte keinen Moment lang daran, die Ausstellung nur auf Mori-sans Gruppe zu beschränken. Mir ist völlig klar, wieviel Armut es zu lindern gilt, und deshalb bin ich mit meinem Vorschlag an Sie herangetreten. Ihre Okada-Shingen-Gesellschaft wäre durchaus in der Lage, solch einen Plan zu fördern. Regelmäßige großangelegte Ausstellungen überall in der Stadt, die jedesmal mehr Künstler anziehen – das könnte die Not der armen Leute spürbar lindern.»

«Tut mir leid, Ono», erwiderte Matsuda und schüttelte lächelnd den Kopf, «aber ich fürchte, daß ich mich letztlich doch nicht getäuscht habe. Insgesamt seid ihr Künstler wirklich furchtbar naiv.» Er lehnte sich zurück und seufzte. Unser Tisch war von Zigarettenasche eingestaubt, und Matsuda zeichnete darin mit der Ecke einer Streichholzschachtel, die andere Gäste liegengelassen hatten, gedankenverloren schwungvolle Muster und Formen. «Es gibt heutzutage einen bestimmten Typus von Künstler», fuhr er fort, «dessen größtes Talent darin besteht, die Augen vor der Wirklichkeit zu verschließen. Leider scheinen solche Leute gegenwärtig in der Mehrzahl zu sein, und Sie, Ono, sind unter den Einfluß eines solchen Künstlers geraten. Schauen Sie mich nicht so wütend an! Es stimmt, Ihre Kenntnis dieser Welt ist die eines Kindes. Ich bezweifle beispielsweise, ob Sie zu sagen wüßten, wer Karl Marx war.»

Ich muß ihm wohl einen gekränkten Blick zugeworfen haben, sagte jedoch nichts. Da meinte er lachend: «Sehen Sie? Also regen Sie sich deswegen nicht auf! Ihre Kollegen haben auch nicht mehr zu bieten.»

«Machen Sie sich nicht lächerlich! Natürlich weiß ich über Karl Marx Bescheid.»

«Oh, tut mir leid, Ono, vielleicht habe ich Sie unterschätzt. Also bitte, erzählen Sie mir von Karl Marx!»

Ich sagte achselzuckend: «Er war, glaube ich, der Anführer der Russischen Revolution.»

«Und was ist dann mit Lenin? War der vielleicht die rechte Hand von Marx?»

«Nein, eine Art Kollege.» Ich sah Matsuda wieder grinsen und sagte rasch, bevor er den Mund aufmachen konnte: «Sie sind albern! Das sind Dinge, die irgendein fernes Land betreffen, aber ich rede von den armen Leuten hier in dieser Stadt.»

«Ja, Ono, mag sein, aber nochmals: Sie wissen so wenig von so vielen Dingen. Es stimmt, die Okada-Shingen-Gesellschaft ist bestrebt, euch Künstler wachzurütteln und euch die Welt zu zeigen, wie sie wirklich ist, aber ich habe Sie in die Irre geführt, wenn Sie den Eindruck gewonnen haben, unser Verein würde gern die Rolle einer großen Bettelschale spielen. An karikativen Aktionen sind wir nicht interessiert.»

«Ich verstehe nicht, was gegen ein bißchen Nächstenliebe einzuwenden ist. Und wenn man uns Künstlern damit gleichzeitig die Augen öffnen kann – um so besser, würde ich meinen.»

«Ihre Augen sind wirklich alles andere als offen, Ono, wenn Sie glauben, ein bißchen Nächstenliebe könnte den Armen in unserem Land helfen. Die Wahrheit ist, daß Japan geradewegs auf eine Krise zusteuert. Wir sind in der Hand von gierigen Geschäftemachern und schwächlichen Politikern. Solche Leute werden dafür sorgen, daß die Armut tagtäglich zunimmt – es sei denn, wir, die neue Generation, schreiten dagegen ein. Ich bin kein politischer Agitator, Ono, mein ganzes Interesse gehört der Kunst und Künstlern wie Ihnen, talentierten jungen Künstlern, die sich nicht unwiderruflich in der kleinen, engen Welt, in der ihr alle lebt, an ihre Scheuklappen gewöhnt haben. Die Okada-Shingen-Gesellschaft ist dazu da, Leuten wie Ihnen zu helfen, die Augen aufzumachen und in diesen schwierigen Zeiten Werke von unbestreitbarem Wert zu schaffen.»

«Verzeihen Sie, Matsuda, aber mir ist schlagartig klargeworden, daß Sie es sind, der naiv ist, nicht ich. Ein Künstler trachtet danach, Schönheit einzufangen, wo immer er sie findet, aber mag er sich dabei noch so geschickt anstellen – Einfluß auf Dinge, wie sie Ihnen vorschweben, wird er schwerlich erlangen. Wenn die Okada-Shingen-Gesellschaft so ist, wie Sie sagen, dann scheint sie mir, ehrlich gesagt, falsch konzipiert zu sein. Anscheinend beruht ihre Gründung auf einer irrigen Auffassung über das, was Kunst vermag und was nicht.»

«Sie wissen ganz genau, Ono, daß wir die Dinge nicht so einfältig sehen. Tatsache ist, daß die Okada-Shingen-Gesellschaft nicht allein dasteht. Junge Männer wie uns gibt es in allen Bereichen, beispielsweise in der Politik und beim Militär, und sie denken genauso wie wir. Wir sind die aufstrebende Generation. Gemeinsam kann es uns gelingen, wirkliche Werte zu schaffen. Zufällig haben einige von uns ein inniges Verhältnis zur Kunst und würden gern sehen, daß sie zu Fragen der Zeit Stellung nimmt. Ehrlich gesagt, Ono, geht es nicht an, daß sich ein Künstler absondert und so perfekt wie möglich Bilder von Kurtisanen malt, während seine Landsleute verarmen und die Kinder überall immer hungriger und kranker werden. Ich sehe Ihnen an, daß Sie auf mich wütend sind und daß Sie in diesem Augenblick nach einer Möglichkeit suchen, mir eins auszuwischen, aber ich meine es gut mit Ihnen, Ono, und ich hoffe, daß Sie später gründlich über alles nachdenken. Sie sind nämlich in erster Linie ein enorm talentierter Mensch.»

«Na gut, Matsuda, dann sagen Sie mir meinetwegen, wie wir dummen Künstler euch bei eurer Revolution helfen könnten.»

Zu meinem Verdruß lächelte mich Matsuda über den Tisch

hinweg wieder herablassend an. «Revolution? Also wirklich, Ono! Die Kommunisten wollen eine Revolution. *Wir* haben nichts dergleichen im Sinn, eher das genaue Gegenteil. Wir möchten eine Restauration herbeiführen. Und wir verlangen nichts weiter, als daß Seine Majestät der Kaiser wieder in seine angestammten Rechte als Oberhaupt unseres Staates eingesetzt wird.»

«Aber diese Stellung hat unser Kaiser doch schon inne.»

«Also, Ono, Sie sind wirklich naiv und bringen alles durcheinander.» Matsudas Stimme blieb zwar völlig beherrscht wie immer, klang aber irgendwie härter. «Unser Kaiser ist unser legitimer Führer, doch wie sehen die Dinge in Wirklichkeit aus? Ein paar Geschäftemacher und die von ihnen eingesetzten Politiker haben ihm die Macht entrissen. Hören Sie mich an, Ono! Japan ist längst nicht mehr ein Volk von rückständigen Bauern. Wir sind jetzt eine mächtige Nation, die es mit jedem westlichen Land aufnehmen kann. In der asiatischen Hemisphäre steht Japan wie ein Riese zwischen Krüppeln und Zwergen da. Und trotzdem lassen wir zu, daß unter unseren Landsleuten immer größere Verzweiflung herrscht und unsere kleinen Kinder an Unterernährung sterben! Unterdessen werden die Geschäftemacher noch reicher, und die Politiker erfinden bei ihren Palavern immer neue Ausreden. Können Sie sich in einem europäischen Land solche Zustände vorstellen? Mit Sicherheit hätte man dort schon längst Gegenmaßnahmen ergriffen.»

«Gegenmaßnahmen? Was meinen Sie damit, Matsuda?»

«Es ist an der Zeit, daß wir ein Imperium errichten, das genauso mächtig und reich ist wie das englische und französische. Wir müssen alle Kraft darauf verwenden, über unsere Grenzen hinaus zu expandieren. Längst ist für unser Land der Augenblick gekommen, den ihm zustehenden Platz zwischen den Weltmächten einzunehmen. Glauben Sie mir, Ono, wir haben die Mittel dazu, aber es mangelt uns noch an Entschlossenheit. Auf jeden Fall müssen wir diese Geschäftemacher und Politiker loswerden. Dann wird das Militär nur noch Seiner Majestät dem Kaiser verantwortlich sein.» Matsuda lachte kurz und blickte auf die verschlungenen Linien hinab, die er in die Zigarettenasche gezeichnet hatte. «Aber dies sind wohl eher Dinge, über die sich andere den Kopf zerbrechen sollten», fuhr er fort. «Menschen wie Sie und ich, Ono, sollten sich lieber über die Kunst Gedanken machen.»

Diese nächtliche Diskussion mit Matsuda, davon bin ich eigentlich überzeugt, war wohl kaum schuld daran, daß sich Schildkröte drei Wochen später in der verlassenen Küche derart aufregte, denn er hätte mein unvollendetes Bild unmöglich mit einem Blick so von innen heraus verstehen können. Nein, er begriff höchstens, daß das Werk einen eklatanten Verstoß gegen Mori-sans Lehren darstellte: Es kümmerte sich nicht um das gemeinschaftliche Streben aller Schüler, die zarten Lichtverhältnisse der von Laternen erhellten Welt des Vergnügens einzufangen. Kräftige kalligraphische Schriftzeichen waren hinzugekommen und steigerten noch den ohnehin starken visuellen Eindruck. Am meisten jedoch mußte es Schildkröte schockiert haben, daß ich beim Malen ausgiebigen Gebrauch von der scharfen Konturierung gemacht hatte, also einer, wie du gewiß weißt, durchaus in der Tradition verankerten, jedoch bei unserem Lehrer Mori-san grundsätzlich verpönten Malweise.

Was immer die Gründe für Schildkrötes Empörung gewesen sein mögen – mir wurde an jenem Morgen klar, daß ich die rasch in mir heranreifenden Vorstellungen nicht länger vor den Menschen um mich herum verbergen konnte, und daß es nur eine Frage der Zeit war, bis meinem Lehrer alles zu Ohren kam. So hatte ich denn bis zu dem Zeitpunkt, als es mit Mori-san im Pavillon der Takami-Gärten zu einer Aussprache kam, schon oft darüber nachgedacht, was ich zu ihm sagen könnte, und ich hatte den festen Entschluß gefaßt, nicht klein beizugeben.

Es war ungefähr eine Woche seit jenem Morgen in der Küche vergangen. Mori-san und ich hatten den Nachmittag in der Innenstadt mit einer Erledigung verbracht – mag sein, daß wir Materialien auswählten und bestellten, ich weiß es nicht mehr genau, aber ich erinnere mich noch, daß sich Mori-san, während wir uns um unsere Belange kümmerten, mir gegenüber keineswegs seltsam verhielt. Als es dann langsam Abend wurde, blieb uns bis zur Abfahrt des Zuges noch ein bißchen Zeit, und so stiegen wir hinter dem Yotsugawa-Bahnhof die steile Treppe zu den Takami-Gärten hinauf.

Damals überragte noch ein äußerst gefällig anzuschauender Pavillon die Takami-Gärten; er stand weithin sichtbar am Rand der Anhöhe, nahe der Stelle, wo sich jetzt das Mahnmal für den Frieden erhebt. Besonders hübsch und attraktiv wirkte an dem Pavillon die Art und Weise, wie man den Rand des elegant geschwungenen Daches ringsherum mit Laternen behängt hatte – von denen allerdings an jenem Abend keine brannte, wie wir beim Näherkommen feststellten. Der Pavillon selbst war geräumig wie ein großes Zimmer und nach allen Seiten hin offen, so daß, von den Tragepfeilern des Daches abgesehen, nichts den Blick auf den tieferliegenden Stadtteil behinderte.

Es ist gut möglich, daß ich dank Mori-san an jenem Abend zum ersten Mal auf den Pavillon aufmerksam wurde. Danach gehörte er jahrelang zu meinen liebsten Orten, und bis zu seiner Zerstörung während des Krieges suchte ich ihn jedesmal, wenn wir zufällig in der Nähe vorbeikamen, mit meinen Schülern auf. Ich glaube sogar, daß ich in jenem Pavillon kurz vor Kriegsausbruch eine letzte Unterredung mit Kuroda, dem begabtesten meiner Schüler, hatte.

Wie dem auch sei – an jenem ersten Abend betrat ich hinter Mori-san den Pavillon, und ich erinnere mich noch, daß der Himmel sich zu einem fahlen Karmesinrot verfärbt hatte. Zwischen dem im Dämmerlicht gerade noch sichtbaren Dächergewirr in der Tiefe gingen allmählich die Lichter an. Mori-san trat noch näher an den Rand des Aussichtspunktes, lehnte sich mit der Schulter gegen einen Pfeiler, blickte zufrieden zum Himmel auf und sagte, ohne sich umzudrehen, zu mir:

«Ono, in unserem Bündel sind Kerzen und ein paar Streichhölzer. Bitte sei so freundlich und zünde diese Laternen an. Das könnte einen äußerst interessanten Effekt ergeben, stelle ich mir vor.»

Während ich rund um den Pavillon eine Laterne nach der anderen entzündete, wurden die jetzt reglos und still daliegenden Gärten allmählich von der Dunkelheit verschluckt. Immer wieder blickte ich zu Mori-san hinüber, dessen Silhouette sich vom

Himmel abhob, während er dort stand und gedankenverloren das Bild in sich aufnahm. Ich hatte vielleicht die Hälfte der Laternen angezündet, als ich ihn sagen hörte: «Also, Ono, was macht dir denn so sehr zu schaffen?»

«Wie bitte, Sensei?»

«Du hast heute irgendwann erwähnt, daß dir etwas zu schaffen macht.»

Ich lachte kurz und streckte den Arm nach einer Laterne aus.

«Es ist nur eine Kleinigkeit, Sensei. Ich würde Sensei damit nicht behelligen, aber ich weiß nicht, was ich davon halten soll. Es geht um Folgendes: Vor zwei Tagen habe ich entdeckt, daß ein paar von meinen Bildern, die ich immer in der alten Küche aufbewahre, entfernt worden sind.»

Mori-san antwortete nicht gleich. Schließlich sagte er:

«Und was hatten die anderen dazu zu sagen?»

«Ich habe sie gefragt, aber niemand schien etwas zu wissen – oder zumindest wollte mir keiner etwas sagen.»

«Und was schließt du daraus, Ono? Gibt es eine Art Verschwörung gegen dich?»

«Nun ja, es steht fest, daß mir die anderen aus dem Weg gehen, Sensei. Seit ein paar Tagen habe ich mit keinem von ihnen sprechen können. Wenn ich ein Zimmer betrete, verstummen sie oder gehen sogar hinaus.»

Mein Lehrer gab dazu keinen Kommentar ab, und als ich zu ihm hinüberblickte, schien er noch immer in den Anblick des Abendhimmels versunken. Ich wollte gerade eine weitere Laterne anzünden, als ich ihn sagen hörte:

«Deine Bilder sind zur Zeit bei mir in Verwahrung. Ich habe sie an mich genommen, und wenn ich dadurch Aufregung verursacht habe, tut es mir leid. Neulich ergab es sich so, daß ich ein bißchen Zeit hatte, und das schien mir eine gute Gelegenheit, mich mit deinen letzten Arbeiten zu befassen. Du warst nicht da, aber vermutlich hätte ich dir nach deiner Rückkehr Bescheid sagen sollen, Ono. Ich bitte um Verzeihung.»

«Oh, macht nichts, Sensei, ich bin sehr dankbar, daß Sie sich so für meine Arbeit interessieren.»

«Aber das ist doch selbstverständlich. Von allen meinen Schülern hast du es am weitesten gebracht. Ich habe auf die Förderung deines Talentes Jahre verwandt.»

«Oh, gewiß, Sensei. Ich wüßte nicht in Worte zu fassen, wie tief ich in Ihrer Schuld bin.»

Eine Zeitlang schwiegen wir beide. Ich zündete noch mehr Laternen an, dann hielt ich inne und sagte:

«Ich fühle mich sehr erleichtert, daß meine Bilder keinen Schaden genommen haben. Eigentlich hätte ich wissen müssen, daß es für alles eine so einfache Erklärung gibt. Jetzt brauche ich mir nicht länger den Kopf zu zerbrechen.»

Mori-san reagierte nicht darauf. Soweit dies von seiner Silhouette abzulesen war, ruhte sein Blick noch immer auf dem Panorama. Ich überlegte, daß er mich vielleicht nicht gehört hatte, und sagte deshalb ein bißchen lauter:

«Ich bin froh, daß ich mir um die Sicherheit meiner Bilder keine Sorgen mehr machen muß.»

«Ja, Ono», sagte Mori-san. Er wirkte, als wäre er in Gedanken weit fort gewesen. «Ich hatte ein bißchen freie Zeit übrig, und deshalb schickte ich jemanden nach deinen letzten Arbeiten.»

«Wie dumm, daß ich mir Sorgen gemacht habe! Ich bin froh, daß die Bilder in Sicherheit sind.»

Wieder schwieg er eine Zeitlang, und wieder dachte ich, er hätte mich nicht gehört, doch dann sagte er: «Ich war ein bißchen überrascht über das, was ich sah. Mir scheint, du probierst seltsame neue Wege aus.»

Natürlich ist es gut möglich, daß er nicht wörtlich «seltsame neue Wege ausprobieren» sagte. Denn mir fällt im Moment ein, daß ich selbst diesen Ausdruck in späteren Jahren häufig verwendete. Kann sein, daß ich mich an die Worte erinnert habe, die ich zu einem späteren Zeitpunkt in eben jenem Pavillon zu Kuroda gesagt habe. Andererseits glaube ich, daß Mori-san bisweilen davon sprach, «neue Wege auszuprobieren». Wahrscheinlich ist dies ein weiteres Beispiel für die typischen Eigenheiten, die ich von meinem einstigen Lehrer übernommen habe. Jedenfalls entsinne ich mich noch, daß mir damals keine andere Antwort einfiel, als recht gequält zu lachen und den Arm nach einer der Laternen auszustrecken. Da hörte ich Mori-san sagen:

«Es kann nicht schaden, wenn ein junger Künstler ein bißchen experimentiert. Auf die Weise kann er die eher belanglosen Dinge loswerden, für die er sich bislang interessiert hatte, um sich anschließend mit noch mehr Ernst und Hingabe seiner Arbeit zu widmen.» Mori-san schwieg kurz und sagte dann leise wie zu sich selbst: «Nein, es kann nicht schaden zu experimentieren, das gehört zur Jugend. Es ist überhaupt nichts dabei.»

«Sensei», sagte ich, «ich habe das starke Gefühl, daß meine letzten Arbeiten besser sind als alles, was ich bisher gemalt habe.»

«Es kann nicht schaden, wirklich nicht. Aber andererseits sollte man auf solche Experimente nicht zu viel Zeit verwenden. Man riskiert, so zu werden wie einer, der zuviel reist. Am besten wendet man sich bald wieder ernsthafter Arbeit zu.»

Ich wartete ab, ob er noch etwas sagen wollte. Nach einer Weile meinte ich: «Es war zweifellos dumm von mir, daß ich mir so große Sorgen um meine Bilder gemacht habe. Aber sehen Sie, Sensei, ich war noch nie auf etwas so stolz. Trotzdem hätte ich mir natürlich denken können, daß es für alles eine einfache Erklärung gibt.»

Mori-san hüllte sich in Schweigen. Als ich ihm an der Laterne vorbei, die ich gerade anzündete, einen raschen Blick zuwarf, hätte ich nicht zu sagen vermocht, ob er über meine Worte nachsann oder in Gedanken ganz woanders war. Im Pavillon herrschte ein seltsames Zwielicht, denn während der Himmel sich verdunkelte, zündete ich eine Laterne nach der anderen an. Mori-san nahm ich noch immer nur als Silhouette wahr; er lehnte wie zuvor mit dem Rücken zu mir an dem Pfeiler.

«Übrigens habe ich gehört, Ono», sagte er irgendwann, «daß sich einige deiner kürzlich fertiggestellten Bilder nicht unter denen befinden, die ich an mich genommen habe.»

«Gut möglich. Es gibt da ein paar, die ich nicht zusammen mit den anderen aufbewahrt habe.»

«Aha. Und es sind zweifellos die Bilder, die dir am liebsten sind.» Da ich schwieg, fuhr Mori-san fort:

«Vielleicht solltest du mir diese Bilder nach unserer Rückkehr bringen. Ich würde sie mir mit größtem Interesse ansehen.»

Ich überdachte das kurz und sagte schließlich:

«Natürlich wäre ich für Senseis Beurteilung der Bilder dankbar, nur weiß ich leider nicht, wo ich sie gelassen habe.»

«Aber du wirst doch wohl alles daran setzen, um sie zu finden, nicht wahr?»

«Ja, Sensei, doch inzwischen könnte ich Sensei vielleicht einen Dienst erweisen, indem ich die anderen Bilder, denen er freundlicherweise seine Aufmerksamkeit geschenkt hat, wieder an mich nehme. Wahrscheinlich sind sie ihm nur im Wege. Ich werde sie gleich nach unserer Rückkehr abholen.»

«Nur keine Umstände wegen dieser Bilder, Ono. Es reicht, wenn du die anderen findest und sie mir bringst.»

«Ich fürchte, Sensei, daß es mir nicht gelingen wird, die anderen zu finden.»

«Hm, verstehe, Ono.» Er seufzte matt, und ich sah, daß er wieder zum Himmel aufblickte. «Du glaubst also nicht, mir diese Bilder bringen zu können?»

«Nein, Sensei. Ich fürchte, das kann ich nicht.»

«Verstehe. Du hast natürlich schon über die Zukunft nachgedacht – für den Fall, daß du meine Obhut verläßt?»

«Ich hatte gehofft, Sensei würde meinen Standpunkt verstehen und mich weiterhin auf meinem Weg fördern.»

Er schwieg, und so fuhr ich fort:

«Sensei, es würde mich sehr schmerzen, müßte ich die Villa verlassen. Die hinter mir liegenden Jahre waren die glücklichsten und wichtigsten meines Lebens. Meine Kollegen betrachte ich als meine Brüder, und was Sensei selbst angeht – nun, ich kann kaum in Worte fassen, wie tief ich in seiner Schuld bin. Ich möchte darum bitten, daß er sich meine letzten Bilder nochmals anschaut und sie neu beurteilt. Vielleicht gestattet mir Sensei sogar, daß ich ihm nach unserer Rückkehr Bild für Bild meine Absichten erläutere.»

Noch immer war nicht zu erkennen, ob er mir zugehört hatte. Deshalb redete ich weiter.

«Ich habe in den vergangenen Jahren viel gelernt. Ich habe die Welt des Vergnügens zu betrachten und ihre zerbrechliche Schönheit zu erkennen gelernt, doch fühle ich, daß für mich der

Zeitpunkt gekommen ist, weiterzugehen und mich mit anderen Dingen zu befassen. Sensei, ich glaube fest daran, daß wir Künstler in einer unruhigen Zeit wie dieser lernen müssen, etwas Greifbareres als nur die gefälligen Dinge zu schätzen, die sich bei Tagesanbruch in nichts auflösen. Es muß nicht so sein, daß Künstler immer nur in einer dekadenten und hermetischen Welt zu Hause sind. Mein Gewissen sagt mir, Sensei, daß ich nicht für alle Zeiten ein ‹Künstler in einer fließenden Welt› bleiben darf.»

Damit wandte ich mich wieder den Laternen zu. Nach einem Augenblick hörte ich Mori-san sagen:

«Du bist seit langer Zeit mein bester Schüler, und es würde mich schmerzen, müßtest du mich verlassen. Sagen wir also, du hast drei Tage, um mir die anderen Bilder zu bringen. Du wirst sie mir bringen, und anschließend wirst du dich wieder lohnenderen Dingen zuwenden.»

«Wie ich schon sagte, Sensei: Ich bedaure zutiefst, aber ich werde Ihnen die Bilder nicht bringen können.»

Mori-san gab einen Laut von sich, der so klang, als würde er in sich hineinlachen.

«Du hast recht, Ono», sagte er. «Dies sind unruhige Zeiten, zumal für einen jungen, unbekannten und mittellosen Künstler. Hättest du weniger Talent, würde ich mir nach deinem Fortgang Sorgen machen, aber du bist klug. Zweifellos hast du schon alle Vorkehrungen getroffen.»

«Nein, ich habe nichts dergleichen getan. Die Villa ist seit so langer Zeit mein Zuhause, daß ich nie ernsthaft daran gedacht habe, sie zu verlassen.»

«So! Nochmals, Ono: Wärst du weniger talentiert, gäbe es Anlaß zur Sorge, doch du bist ein kluger junger Mann.» Ich sah, wie sich Mori-sans schemenhafte Gestalt zu mir umdrehte. «Du wirst sicher als Zeichner für Magazine und Comic-Hefte Arbeit finden. Vielleicht bekommst du sogar einen Posten in einer Firma wie jener, bei der du tätig warst, bevor du zu mir kamst. Natürlich würde das das Ende deiner Entwicklung als ernstzunehmender Künstler bedeuten, aber all das hast du bestimmt in Betracht gezogen.»

Diese Worte eines Lehrers, der sich der Bewunderung seines

Schülers noch sicher ist, mögen grundlos gehässig klingen, aber wenn dieser Lehrer so viel Zeit und Mühe auf einen bestimmten Schüler verwandt hat und wenn er zugelassen hat, daß der Name dieses Schülers in der Öffentlichkeit mit seinem eigenen in einem Atemzug genannt wird, dann ist es vielleicht verständlich, ja sogar absolut entschuldbar, daß der Lehrer einen Moment lang seinen Sinn fürs rechte Maß verliert und in einer Weise reagiert, die er später eventuell bereut. Sicher mutet auch der Versuch des Lehrers, die Bilder des Schülers an sich zu bringen, kleinlich an, doch ist andererseits einzusehen, daß der Lehrer, nachdem er die meisten Malutensilien und Farben gestellt hat, in einer Situation wie der geschilderten momentan die möglicherweise berechtigten Ansprüche des Schülers auf dessen eigene Werke vergißt. Alles in allem sind jedoch Arroganz und Eigennutz seitens eines Lehrers, mag er noch so berühmt sein, eine bedauerliche Sache.

Noch heute überfällt mich manchmal die Erinnerung an einen kalten Wintermorgen, an dem mir zuerst schwacher und dann immer penetranterer Brandgeruch in die Nase gestiegen war. Es war in dem Winter vor Ausbruch des Krieges. Ich stand ratlos und nervös vor der Tür von Kurodas Haus, einem schäbigen kleinen Gebäude, das er im Nakamachi-Bezirk gemietet hatte. Der Brandgeruch, dessen war ich mir sicher, kam von drinnen, ebenso wie das Schluchzen einer Frau. Ich zog mehrmals an der Klingelschnur und rief schließlich mit lauter Stimme, man solle mir aufmachen, aber nichts geschah. Da beschloß ich, auf eigene Faust einzutreten, doch kaum hatte ich die Haustür aufgemacht, da erschien ein uniformierter Polizist auf der Schwelle.

«Was wollen Sie?» fragte er.

«Herrn Kuroda besuchen. Ist er da?»

«Der Bewohner dieses Hauses ist zum Verhör ins Polizeipräsidium gebracht worden.»

«Zum Verhör?»

«Ich rate Ihnen, nach Hause zu gehen», sagte der Polizeibeamte. «Sonst riskieren Sie, daß wir auch Sie überprüfen. Wir interessieren uns für alle engeren Kontakte des Hausbewohners.»

«Aber warum? Hat Herr Kuroda ein Verbrechen begangen?»

«Leute wie ihn können wir hier nicht brauchen. Und wenn Sie nicht sofort gehen, nehmen wir Sie auch mit zum Verhör.»

Drinnen im Haus schluchzte die Frau – vermutlich Kurodas Mutter – noch immer. Ich hörte, wie jemand sie anbrüllte.

«Wo ist der verantwortliche Offizier?» fragte ich.

«Er steht vor Ihnen. Was ist, wollen Sie, daß ich Sie verhafte?»

«Bevor wir uns darüber unterhalten», erwiderte ich, «lassen Sie sich erst einmal gesagt sein, daß ich Ono heiße.» Der Offizier schien mit meinem Namen nicht viel anfangen zu können, deshalb sagte ich ein bißchen verunsichert: «Ich bin die Person, von der die Informationen stammen, aufgrund derer Sie hierher beordert worden sind. Ich heiße Masuji Ono, bin Künstler und gehöre dem Kulturausschuß des Innenministeriums an. Genau gesagt bin ich offizieller Berater des Komitees gegen unpatriotische Aktivitäten. Mir scheint, hier hat jemand einen Fehler gemacht. Deshalb möchte ich mit einem Vorgesetzten sprechen.»

Der Offizier beäugte mich einen Moment argwöhnisch, dann machte er kehrt und verschwand im Haus. Gleich darauf war er zurück und bedeutete mir mit einer Handbewegung, ihm zu folgen. Während ich hinter ihm her durch Kurodas Haus ging, sah ich überall den Inhalt von Schränken und Schubladen über den Fußboden verstreut. Mir fiel auf, daß ein paar Bücher übereinandergestapelt und verschnürt worden waren. Im größten Raum des Hauses hatte man die *tatami* angehoben, und ein Beamter untersuchte gerade mit einer Taschenlampe die Dielenbretter. Vernehmlicher noch als zuvor hörte ich Kurodas Mutter hinter einer Trennwand schluchzen, während ein Beamter ihr Fragen zubrüllte.

Ich wurde zur rückwärtigen Veranda geführt. In der Mitte eines kleinen Hofes standen neben einem Feuer ein Uniformierter und ein Zivilist, der sich zu mir umdrehte und mir ein paar Schritte entgegenkam.

«Herr Ono?» erkundigte er sich recht höflich.

Der Offizier, der mich hergebracht hatte, begriff wohl, daß er sich in ungehöriger Weise grob gegen mich verhalten hatte, denn er wandte sich rasch ab und ging zurück ins Haus.

«Was ist mit Herrn Kuroda geschehen?»

«Er ist zum Verhör gebracht worden, Herr Ono. Keine Sorge, wir kümmern uns um ihn.»

Ich blickte an dem Mann vorbei zu dem inzwischen fast ausgebrannten Feuer. Der Uniformierte stocherte darin mit einem Stock herum.

«Waren Sie befugt, diese Gemälde zu verbrennen?» fragte ich.

«Es ist bei uns üblich, alles belastende Material, das nicht zur Beweiserhebung gebraucht wird, zu verbrennen. Wir haben ein recht gutes Muster sichergestellt. Den Rest von dem Zeug zünden wir einfach an.»

«Ich hatte keine Ahnung, daß so etwas passieren könnte», sagte ich. «Ich hatte dem Komitee lediglich vorgeschlagen, jemanden herzuschicken und Herrn Kuroda zu seinem eigenen Besten ins Gewissen zu reden.» Wieder starrte ich den qualmenden Haufen im Hof an. «Es bestand keinerlei Notwendigkeit, diese Bilder zu verbrennen. Viele waren ganz ausgezeichnet.»

«Herr Ono, wir sind dankbar für Ihre Hilfe, aber jetzt, wo die Ermittlungen eingeleitet sind, sollten Sie alles den zuständigen Behörden überlassen. Wir werden darauf achten, daß Herr Kuroda gerecht behandelt wird.»

Er lächelte, drehte sich zum Feuer um und sagte etwas zu dem Uniformierten, der daraufhin das Feuer schürte und dabei etwas knurrte, das so klang wie «unpatriotischer Schund».

Ich stand auf der Veranda und schaute ratlos zu. Der Beamte in Zivil wandte sich zu mir: «Herr Ono, ich möchte Ihnen nahelegen, jetzt nach Hause zu gehen.»

«Man ist viel zu weit gegangen», sagte ich. «Warum verhören Sie eigentlich Frau Kuroda? Was hat sie mit alledem zu tun?»

«Das ist jetzt Angelegenheit der Polizei, Herr Ono. Es geht Sie nichts mehr an.»

«Man ist viel zu weit gegangen! Ich habe die Absicht, mit Herrn Ubukata darüber zu reden. Kann sein, daß ich mich sogar direkt an Herrn Saburi wende.»

Der Beamte in Zivil rief nach jemandem im Haus. Sofort erschien der Offizier, der mich an der Tür empfangen hatte, und baute sich neben mir auf.

«Bedanken auch Sie sich bei Herrn Ono für seine Hilfe und

bringen Sie ihn hinaus», sagte der Zivilist. Kaum hatte er sich wieder zum Feuer umgedreht, da mußte er husten. «Schlechte Bilder ergeben schlechten Rauch», sagte er grinsend und wedelte mit den Händen vor seinem Gesicht herum.

Doch all dies ist hier von wenig Belang. Ich glaube, ich erinnerte mich vorhin an die Ereignisse eines bestimmten Tages im vergangenen Monat, als Setsuko kurz zu Besuch kam; genau gesagt schilderte ich, wie Taro uns alle abends bei Tisch mit ein paar Anekdoten über einen Kollegen zum Lachen brachte.

Das Abendessen ging, wie ich mich entsinne, in höchst zufriedenstellender Weise vonstatten. Allerdings fühlte ich mich ein wenig unbehaglich, wenn ich Ichiro beobachtete, während Noriko Sake nachschenkte. Die ersten paar Male blickte er jedesmal mit einem verschwörerischen Lächeln über den Tisch zu mir herüber, und ich gab mir Mühe, dieses Lächeln mit möglichst gelassener Miene zu erwidern. Doch im weiteren Verlauf der Mahlzeit würdigte er mich keines Blickes mehr, sondern starrte mürrisch seine Tante an, während sie unsere Sakeschalen nachfüllte.

Taro hatte noch ein paar Geschichten über seine Kollegen zum besten gegeben, als Setsuko zu ihm sagte:

«Das klingt alles sehr witzig, Taro-san, aber ich habe von Noriko gehört, daß es in eurer Firma jetzt eine hohe Arbeitsmoral gibt. Bestimmt ist es ein großer Ansporn, in solch einem Betriebsklima zu arbeiten.»

Taros Gesicht wurde schlagartig sehr ernst. «Das ist es wirklich, Setsuko-san», sagte er und nickte. «Die nach dem Krieg vorgenommenen Veränderungen wirken sich in unserem Unternehmen allmählich auf allen Ebenen positiv aus. Wir blicken sehr optimistisch in die Zukunft. Wenn jeder von uns sein Bestes gibt, dann dürfte der Name KNC innerhalb von zehn Jahren nicht nur in ganz Japan, sondern überall auf der Welt einen guten Klang haben.»

«Großartig. Noriko hat mir auch erzählt, daß dein Abteilungsleiter ein sehr freundlicher Mensch ist. Das wirkt sich bestimmt auch auf die Moral aus.»

«Da hast du allerdings recht. Herr Hayasaka ist nicht nur ein freundlicher Mensch, sondern auch sehr tüchtig und weitblikkend. Ich versichere dir, Setsuko-san, daß es einen Menschen sehr demoralisieren kann, unter einem inkompetenten Vorgesetzten zu arbeiten, mag er noch so nett sein. Wir schätzen uns glücklich, für einen Mann wie Herrn Hayasaka zu arbeiten.»

«Suichi hat auch Glück gehabt. Er hat ebenfalls einen sehr tüchtigen Vorgesetzten.»

«Ach ja? Ehrlich gesagt habe ich das bei einer Firma wie Nippon Electrics nicht anders erwartet, Setsuko-san. In solch einem Unternehmen erhalten bestimmt nur die Fähigsten einen verantwortungsvollen Posten.»

«Ja, glücklicherweise scheint das so zu sein. Aber ich bin sicher, daß das auch auf KNC zutrifft, Taro-san. Von Suichi hört man immer nur Gutes über KNC.»

«Entschuldige, Taro», schaltete ich mich in das Gespräch ein, «natürlich denkst du wohl zu Recht so optimistisch über KNC, aber ich wollte dich schon immer einmal fragen, ob die durchgreifenden Veränderungen in deiner Firma kurz nach dem Krieg deiner Meinung nach in jeder Hinsicht gut gewesen sind. Es heißt, daß bei euch so gut wie keine der früheren Führungskräfte mehr tätig ist.»

Mein Schwiegersohn lächelte nachdenklich, dann sagte er: «Ich weiß zu schätzen, daß sich unser Vater darüber Gedanken macht. Jugendliche Tatkraft allein erbringt nicht immer die besten Resultate. Aber offen gesagt, Vater, war es Zeit für eine Generalüberholung. Wir brauchten eine neue Führungsmannschaft mit einem Konzept, das den heutigen Verhältnissen entspricht.»

«Oh, gewiß, ich bezweifle durchaus nicht, daß eure neuen Chefs tüchtig sind. Aber sag mal, Taro, kommt es dir nicht manchmal auch so vor, daß wir den Amerikanern allzu eifrig folgen? Ich wäre der erste, der zugibt, daß jetzt viel Altes und Überholtes für immer ausgemerzt werden muß, aber meinst du nicht auch, daß mit den schlechten Dingen manchmal auch ein paar gute weggeworfen werden? Auf mich wirkt Japan, um ehrlich zu sein, bisweilen wie ein kleines Kind, das von einem fremden Erwachsenen lernt.»

«Vater hat sicher recht. Bisweilen waren wir bestimmt etwas übereifrig. Aber alles in allem können wir von den Amerikanern ungeheuer viel lernen. Beispielsweise haben wir Japaner bereits in diesen paar Jahren einen weiten Weg zurückgelegt und verstehen schon eine Menge von Dingen wie Demokratie oder Menschenrechten. Ich habe tatsächlich das Gefühl, Vater, daß Japan sich endlich ein Fundament für eine glänzende Zukunft geschaffen hat. Deshalb blicken Unternehmen wie unseres mit der größten Zuversicht nach vorn.»

«Richtig, Taro-san», sagte Setsuko. «Suichi empfindet genauso. Er hat in letzter Zeit mehrmals zum Ausdruck gebracht, daß unser Land nach den Wirren der letzten Jahre endlich seine eigene Zukunft ins Auge gefaßt hat.»

Zwar schien diese Bemerkung Taro zu gelten, aber ich hatte das deutliche Gefühl, daß sie auf mich gemünzt war. Taro faßte sie anscheinend auch so auf, denn statt auf Setsukos Worte einzugehen, fuhr er fort:

«Neulich Abend, bei einem Essen unserer alten Schulklasse, waren alle möglichen Berufe vertreten, und zum ersten Mal seit der Kapitulation äußerten sich alle optimistisch über die Zukunft. Wir haben also nicht nur bei KNC das Gefühl, daß jetzt alles gut läuft. Natürlich verstehe ich Vaters Besorgnis, aber ich glaube zuversichtlich daran, daß uns die Lektionen, die uns in den letzten Jahren erteilt worden sind, insgesamt gut bekommen sind, und daß sie uns den Weg in eine glänzende Zukunft bereitet haben. Doch vielleicht täusche ich mich und muß mich eines Besseren belehren lassen, Vater?»

«Nein, durchaus nicht», erwiderte ich und lächelte ihm zu. «Es ist, wie du sagst: Zweifellos liegt eine glänzende Zukunft vor euch. Ihr seid alle so zuversichtlich! Ich kann euch nur das Beste wünschen.»

Mein Schwiegersohn schien darauf antworten zu wollen, doch da langte Ichiro quer über den Tisch und tippte mit dem Finger an die Sakeflasche, wie er es zuvor schon einmal getan hatte. Taro wandte sich an ihn: «Ah, Ichiro-san, wir können dich jetzt in unserem Gespräch gut gebrauchen. Sag mal, was willst du denn werden, wenn du erwachsen bist?»

Mein Enkel starrte noch sekundenlang die Sakeflasche an, dann warf er mir einen verdrossenen Blick zu. Seine Mutter berührte ihn am Arm und flüsterte: «Ichiro, Onkel Taro hat dich etwas gefragt. Los, sag ihm, was du werden willst!»

«Präsident von Nippon Electrics!» erklärte Ichiro laut und deutlich.

Wir mußten alle lachen.

«Hast du dir das genau überlegt, Ichiro-san?» fragte Taro. «Möchtest du nicht lieber unser Chef bei KNC werden?»

«Nippon Electrics ist die beste Firma!»

Wieder lachten wir.

«Eine große Schlappe für uns», meinte Taro. «Ichiro-san ist genau der Mann, den wir in ein paar Jahren bei KNC gebrauchen könnten.»

Dieses kurze Gespräch schien Ichiro von der Sakeflasche abgelenkt zu haben, denn von nun an wirkte er lustig und stimmte lauthals in das Lachen der Erwachsenen ein. Erst gegen Ende der Mahlzeit erkundigte er sich beiläufig:

«Ist kein Sake mehr da?»

«Nichts mehr da», sagte Noriko. «Möchte Ichiro-san vielleicht noch ein bißchen Orangensaft?»

Ichiro schlug dieses Angebot wohlerzogen aus und wandte sich wieder Taro zu, der ihm gerade etwas erklärt hatte. Trotzdem konnte ich mir vorstellen, wie enttäuscht er war, und ich spürte in mir eine Welle der Verärgerung gegen Setsuko aufsteigen, weil sie ihrem kleinen Sohn nicht mehr Verständnis entgegengebracht hatte.

Ungefähr eine Stunde später bekam ich Gelegenheit, unter vier Augen mit Ichiro zu reden. Als ich das kleine Gästezimmer betrat, um ihm gute Nacht zu sagen, brannte dort noch Licht, aber Ichiro lag bereits bäuchlings unter der Daunendecke, eine Wange in das Kissen gepreßt. Ich knipste die Lampe aus und mußte feststellen, daß das Licht aus dem Wohnblock gegenüber durch die Ritzen der Jalousie drang, so daß sich dunkle Streifen auf den Wänden und der Zimmerdecke abzeichneten. Nebenan hörte ich meine Tochter lachen. Als ich mich neben Ichiros Bett kniete, flüsterte er: «Oji, ist Tante Noriko betrunken?»

«Nein, ich glaube nicht, Ichiro, sie lacht nur über etwas, nichts weiter.»

«Aber vielleicht ist sie doch ein bißchen betrunken, glaubst du nicht, Oji?»

«Na ja, vielleicht ein bißchen. Dagegen ist nichts zu sagen.»

«Frauen vertragen Sake nicht, stimmt's, Oji?» sagte mein Enkel und kicherte in sein Kissen.

Ich erwiderte lachend: «Weißt du, Ichiro, du solltest dich nicht ärgern, daß du heute abend keinen Sake bekommen hast. Das macht wirklich nichts. Bald bist du groß, und dann kannst du so viel Sake trinken, wie du Lust hast.»

Ich stand auf und ging zum Fenster, um zu sehen, ob die Jalousie sich nicht besser schließen ließ. Ein paarmal machte ich sie auf und zu, aber die Abstände zwischen den Lamellen blieben jedesmal so groß, daß ich die hell erleuchteten Fenster des Hauses gegenüber sehen konnte.

«Nein, Ichiro, über so was solltest du dich wirklich nicht ärgern.»

Mein Enkel antwortete nicht gleich. Dann hörte ich ihn hinter mir sagen: «Oji braucht sich keine Sorgen zu machen.»

«Bitte? Wie meinst du das, Ichiro?»

«Oji soll sich keine Sorgen machen, sonst kann er nicht schlafen, und wenn alte Leute nicht schlafen, werden sie krank.»

«Verstehe. Also gut, Ichiro, Oji verspricht dir, sich keine Sorgen zu machen. Aber dann darfst du dich auch nicht ärgern. Es gibt nämlich wirklich keinen Grund, sich zu ärgern.»

Ichiro schwieg. Ich öffnete und schloß die Jalousie ein weiteres Mal.

«Wenn Ichiro heute abend Sake verlangt hätte», sagte ich, «dann hätte Oji ihn natürlich unterstützt und dafür gesorgt, daß er einen Schluck bekommt. Aber jetzt glaube ich, daß es richtig war, den Frauen diesmal ihren Willen zu lassen. Es lohnt sich nicht, sie wegen solch einer Kleinigkeit zu verärgern.»

«Bei uns zu Hause passiert es manchmal», sagte Ichiro, «daß Vater etwas will und Mutter es ihm verbietet. Manchmal kommt sogar Vater nicht gegen Mutter an.»

«Was du nicht sagst!» meinte ich lachend.

«Oji braucht sich also keine Sorgen zu machen.»

«Es gibt nichts, worüber wir beide uns Sorgen machen müßten, Ichiro.» Ich wandte mich vom Fenster ab und ließ mich wieder neben seinem Bett auf die Knie. «So, und jetzt versuch zu schlafen.»

«Bleibt Oji über Nacht?»

«Nein, Oji fährt bald nach Hause.»

«Warum kann Oji nicht hierbleiben?»

«Hier ist nicht genug Platz, Ichiro. Außerdem hat Oji selbst ein großes Haus, wie du weißt.»

«Kommt Oji morgen zum Bahnhof, um sich zu verabschieden?»

«Natürlich, Ichiro. Ich werde da sein. Bestimmt kommst du bald wieder zu Besuch.»

«Oji soll sich keine Sorgen machen, weil er Mutter nicht dazu gebracht hat, mir Sake zu geben.»

«Ich glaube, du wirst schnell erwachsen, Ichiro», sagte ich lachend. «Du wirst bestimmt ein feiner Kerl, wenn du groß bist. Vielleicht bist du eines Tages wirklich Chef von Nippon Electrics oder von einer genauso großen Firma. Aber jetzt laß uns eine Weile still sein und sehen, ob du einschlafen kannst.»

Ich blieb noch eine Zeitlang bei ihm und gab auf alles, was er sagte, beschwichtigende Antworten. Während ich in dem verdunkelten Raum darauf wartete, daß mein Enkel einschlief, hörte ich meine Töchter nebenan gelegentlich lauthals lachen, und da muß ich mich, glaube ich, plötzlich an das Gespräch mit Setsuko beim Morgenspaziergang im Kawabe-Park erinnert haben. Wahrscheinlich hatte sich mir dafür bisher noch keine Gelegenheit geboten, und so war mir nicht richtig klargeworden, wie sehr mich Setsukos Worte irritiert hatten. Als ich schließlich meinen schlafenden Enkel allein ließ und wieder zu den anderen ins Wohnzimmer ging, muß ich auf meine ältere Tochter richtig wütend gewesen sein, und dies erklärt zweifellos, warum ich, bald nachdem ich Platz genommen hatte, zu Taro sagte:

«Weißt du, es ist schon seltsam. Dein Vater und ich kennen uns seit über sechzehn Jahren, aber erst seit einem Jahr sind wir richtig miteinander befreundet.»

«Das ist vermutlich häufig so», meinte mein Schwiegersohn. «Immer gibt es eine Menge Nachbarn, die man morgens grüßt und nichts weiter. Eigentlich jammerschade, wenn man darüber nachdenkt.»

«Was nun Dr. Saito und mich betrifft», sagte ich, «so waren wir natürlich nicht einfach nur Nachbarn. Da wir beide in der Welt der Kunst zu Hause waren, kannten wir uns vom Hörensagen. Um so bedauerlicher, daß dein Vater und ich nichts unternahmen, um uns schon von Anfang an miteinander anzufreunden, meinst du nicht auch, Taro?»

Während ich dies sagte, warf ich einen raschen Blick auf Setsuko, um mich zu vergewissern, daß sie zuhörte.

«Ja, das ist wirklich schade», sagte Taro. «Immerhin hat es sich am Ende so ergeben, daß ihr Freunde geworden seid.»

«Aber ich will auf etwas anderes hinaus, Taro, nämlich daß es um so bedauerlicher ist, als jeder von uns die ganze Zeit wußte, welchen Ruf der andere in der Welt der Kunst genoß.»

«Ja, es ist wirklich schade. Wenn man weiß, daß ein Nachbar ein distinguierter Kollege ist, dann müßte dies, sollte man meinen, eigentlich zu engeren Beziehungen führen. Aber vermutlich kommen häufig gerade die naheliegendsten Dinge aus Zeitmangel nicht zustande.»

Nicht ohne Genugtuung warf ich Setsuko einen Blick zu, doch meine Tochter schien die Bedeutsamkeit von Taros Worten nicht wahrgenommen zu haben. Es ist natürlich gut möglich, daß sie mit den Gedanken woanders war, aber ich gehe trotzdem davon aus, daß sie alles mitbekommen hatte und nur zu stolz war, meinen Blick zu erwidern, nachdem ich den Beweis erbracht hatte, daß ihre vormittags im Kawabe-Park gemachten Behauptungen falsch waren.

Wir waren gemächlich die breite, quer durch den Park führende Allee entlangspaziert und hatten die herbstlich verfärbten Bäume zu beiden Seiten bewundert. Wir hatten unsere Eindrücke darüber ausgetauscht, wie gut Noriko ihr neues Leben bekam, und wir waren uns darin einig gewesen, daß sie rundum glücklich wirkte.

«Das ist alles sehr erfreulich», sagte ich. «Ihre Zukunft hatte mir immer mehr Kopfzerbrechen bereitet. Aber jetzt sieht alles sehr gut aus. Taro ist ein großartiger Mensch. Eine bessere Partie hätte man sich kaum erhoffen können.»

«Seltsam, wenn man bedenkt, wie viele Sorgen wir uns alle noch vor einem Jahr um sie gemacht haben», meinte Setsuko lächelnd.

«Ja, es ist wirklich alles sehr erfreulich. Und weißt du, Setsuko, ich bin dir dankbar für die Rolle, die du dabei gespielt hast. Du warst deiner Schwester eine große Stütze, als die Dinge sich nicht so gut entwickelten.»

«Im Gegenteil. Ich konnte nur wenig für sie tun, weil ich so weit weg war.»

«Außerdem warst du es», sagte ich lachend, «die mich letztes Jahr warnte. ‹Vorbeugende Maßnahmen› – erinnerst du dich, Setsuko? Wie du siehst, habe ich deinen Rat nicht in den Wind geschlagen.»

«Tut mir leid, Vater, aber was für ein Rat soll das gewesen sein?»

«Hör mal, Setsuko, du brauchst jetzt nicht so taktvoll zu sein. Ich gebe längst bereitwillig zu, daß es in meiner Laufbahn gewisse Dinge gab, auf die ich nicht sehr stolz sein kann. Übrigens habe ich das bei den Verhandlungen mit den Saitos zum Ausdruck gebracht, genau wie du es vorgeschlagen hattest.»

«Ich bedauere, aber mir ist durchaus nicht klar, worauf mein Vater anspielt.»

«Hat dir Noriko denn nicht von dem *miai* erzählt? Also, ich habe an dem Abend dafür gesorgt, daß meine eigene Vergangenheit kein Hindernis für ihr Glück darstellt. Übrigens kann ich dir versichern, daß ich das ohnehin getan hätte. Aber ich war trotzdem dankbar für den Rat, den du mir gegeben hattest.»

«Verzeih, Vater, aber ich erinnere mich nicht daran, dir vor einem Jahr einen Rat gegeben zu haben. Was den *miai* betrifft, so ist Noriko tatsächlich ein paarmal darauf zu sprechen gekommen. Sie hat mir sogar kurz danach in einem Brief geschrieben, wie überrascht sie über die... die Selbstdarstellung unseres Vaters war.»

«Ja, man kann wohl sagen, daß sie überrascht war. Noriko hat ihren alten Vater eben immer unterschätzt. Ich bin aber kein Mensch, der zuläßt, daß seine Tochter leidet, bloß weil er zu stolz ist, den Dingen ins Auge zu schauen.»

«Noriko hat mir gesagt, sie sei über das Verhalten unseres Vaters an jenem Abend äußerst verblüfft gewesen, und den Saitos sei es anscheinend nicht anders gegangen. Niemand habe gewußt, ob Vater seine Worte wirklich ernst meinte. Auch Suichi brachte seine Verwunderung zum Ausdruck, als ich ihm Norikos Brief vorlas.»

«Was du nicht sagst!» erwiderte ich lachend. «Dabei warst du es doch selbst, Setsuko, die mich letztes Jahr dazu veranlaßt hat. Du machtest den Vorschlag, ‹vorbeugende Maßnahmen› zu ergreifen, damit wir mit den Saitos nicht wieder so einen Reinfall erlebten wie mit den Miyakes. Erinnerst du dich?»

«Ich bin ein sehr vergeßlicher Mensch, und ich fürchte, ich kann mich an nichts dergleichen erinnern, Vater.»

«Hör mal, Setsuko, das ist aber äußerst seltsam.»

Setsuko blieb plötzlich stehen und rief aus: «Wie herrlich die Ahornbäume in dieser Jahreszeit aussehen!»

«Tatsächlich», sagte ich, «aber im Spätherbst sind sie bestimmt noch viel schöner.»

«Sie sind so wundervoll», sagte meine Tochter lächelnd. Wir gingen weiter. Nach einer Weile meinte sie: «Übrigens haben wir uns gestern abend zufällig über ein paar Dinge unterhalten, Vater, und da erwähnte Taro-san nebenbei ein Gespräch mit dir vor einer Woche. Es ging um einen Komponisten, der vor kurzem Selbstmord begangen hat.»

«Yukio Naguchi? Ach ja, ich erinnere mich an das Gespräch. Warte mal, ich glaube, Taro ließ durchblicken, der Selbstmord sei seiner Meinung nach sinnlos gewesen.»

«Taro-san war besorgt darüber, daß sich unser Vater so für den Tod von Herrn Naguchi interessierte. Er hatte fast das Gefühl, daß Vater sein eigenes Leben mit dem von Herrn Naguchi verglich. Wir reagierten darauf alle sehr betroffen. Ehrlich gesagt, machen wir uns seit einiger Zeit Gedanken darüber, daß Vater irgendwie mutlos wirkt, seit er sich von der Arbeit zurückgezogen hat.»

Ich lachte und sagte: «Du kannst beruhigt sein, Setsuko, ich spiele zur Zeit nicht mit dem Gedanken, Herrn Naguchi zu imitieren.»

«Soweit ich weiß», fuhr Setsuko fort, «erlangten die Lieder von Herrn Naguchi während des Krieges in allen Bereichen enorme Bedeutung. Deshalb war sein Wunsch, zusammen mit den Generälen und Politikern einen Teil der Verantwortung zu übernehmen, wohl nicht ganz abwegig, aber unser Vater darf nicht einmal daran denken, sich mit diesen Leuten auf eine Stufe zu stellen, denn schließlich war er nur ein Maler.»

«Ich kann dir versichern, Setsuko, daß mir niemals einfallen würde, so zu handeln wie Herr Naguchi, aber ich bin nicht gerade stolz darauf, daß auch ich damals ein Mensch von einigem Einfluß war und daß ich diesen Einfluß in den Dienst einer Sache mit katastrophalem Ausgang gestellt habe.»

Meine Tochter sann eine Weile über meine Worte nach und sagte dann:

«Verzeih mir, aber es ist vielleicht wichtig, die Dinge in der richtigen Perspektive zu sehen. Unser Vater hat eine Anzahl großartiger Bilder gemalt und war zweifellos unter all den anderen Malern einer der einflußreichsten, aber Vaters Werk hatte wohl kaum mit den größeren Dingen zu tun, über die wir hier reden. Vater war einfach ein Maler, und er sollte aufhören zu glauben, er hätte etwas Unrechtes getan.»

«Also, Setsuko, letztes Jahr hast du mir einen ganz anderen Rat gegeben! Da klang es so, als wäre meine Vergangenheit eine schwere Last.»

«Verzeih mir, Vater, aber ich kann nur wiederholen, daß ich nicht verstehe, was du mit deinen Anspielungen auf die Verhandlungen wegen Norikos Heirat vor einem Jahr sagen willst. Außerdem ist mir auch ziemlich rätselhaft, warum der Vergangenheit meines Vaters bei den Verhandlungen ein besonderes Gewicht zugekommen sein soll. Die Saitos schienen sich darüber jedenfalls keine Gedanken zu machen. Sie waren, wie gesagt, recht verwundert über Vaters Verhalten beim *miai*.»

«Das erstaunt mich, Setsuko, zumal Dr. Saito und ich uns schon seit langem kannten. Als einer der hervorragendsten

Kunstkritiker in unserer Stadt hatte er doch bestimmt meinen Werdegang im Lauf der Jahre verfolgt und mußte also mit dessen eher bedauerlichen Aspekten vertraut sein. Folglich war es nur richtig und angebracht, wenn ich in jenem Stadium der Verhandlungen eindeutig Stellung bezog, und ich vertraue eigentlich darauf, daß Dr. Saito dies zu schätzen wußte.»

«Vergib mir, aber nach allem, was Taro-san zu mir gesagt hat, wußte Dr. Saito natürlich die ganze Zeit, daß ihr Nachbarn wart. Aber daß du Künstler bist, das erfuhr er erst letztes Jahr zu Beginn der Verhandlungen.»

«Du irrst dich, Setsuko», erwiderte ich lachend. «Dr. Saito und ich wissen schon seit vielen Jahren übereinander Bescheid. Wenn wir uns auf der Straße begegneten, sind wir oft stehengeblieben und haben die neuesten Nachrichten aus der Kunstszene ausgetauscht.»

«Dann muß ich mich wirklich getäuscht haben. Verzeih mir. Trotzdem möchte ich ausdrücklich darauf hinweisen, daß niemand jemals auf den Gedanken gekommen ist, unserem Vater seiner Vergangenheit wegen einen Vorwurf zu machen. Deshalb hoffe ich, daß Vater aufhört, sich mit Menschen wie diesem unglücklichen Komponisten auf eine Stufe zu stellen.»

Ich verzichtete auf weiteres Argumentieren, und ich glaube, wir unterhielten uns bald darauf über nebensächlichere Dinge. Trotzdem besteht wohl kein Zweifel, daß sich meine Tochter an jenem Morgen irrte. Es war unmöglich, daß Dr. Saito während all jener Jahre über meinen Ruf als Maler nicht Bescheid wußte. Als ich es also an jenem Abend nach dem Essen so einrichtete, daß Taro dies bestätigte, da tat ich es nur, um diesen einen Punkt gegenüber Setsuko richtigzustellen, denn ich selbst habe ja nie einen Zweifel gehegt. Beispielsweise erinnere ich mich noch äußerst lebhaft an jenen sonnigen Tag vor sechzehn Jahren, als mich Dr. Saito zum ersten Mal ansprach, während ich den Zaun meines neuen Hauses reparierte. «Eine große Ehre, einen Künstler Ihres Ranges in der Nachbarschaft zu wissen», hatte er nach einem Blick auf meinen Namen am Torpfosten gesagt. Ich entsinne mich noch ganz deutlich jener Begegnung, und es steht für mich deshalb zweifelsfrei fest, daß sich Setsuko irrt.

JUNI 1950

Nachdem ich gestern am späten Vormittag die Nachricht von Matsudas Tod erhalten hatte, bereitete ich mir ein leichtes Mittagessen zu und verließ anschließend das Haus, um mir ein wenig Bewegung zu verschaffen.

Es war ein angenehm warmer Tag. Ich ging den Hügel hinab, betrat unten am Fluß die Brücke des Zauderns und blickte mich um. Der Himmel war klar und blau, und ein Stück weiter unten an der Böschung, wo die neuen Wohnblocks stehen, spielten zwei kleine Jungen mit Angelruten. Ich sah ihnen ein Weilchen zu, aber meine Gedanken waren bei der Nachricht von Matsudas Tod.

Seit ich mit ihm kurz vor Norikos Hochzeit wieder in Verbindung getreten war, hatte ich mir vorgenommen, ihn öfter zu besuchen, aber dann ergab es sich, daß ich erst vor rund einem Monat erneut nach Arakawa hinausfahren konnte. Ich gab einfach einem Impuls nach, und ich hatte keine Ahnung, daß Matsuda seinem Ende schon so nahe war. Vielleicht ist ihm, nachdem er mir an jenem Nachmittag seine Gedanken anvertraut hatte, das Sterben ein wenig leichter gefallen.

Fräulein Suzuki erkannte mich augenblicklich wieder, als ich vor seiner Tür stand, und bat mich freudig erregt ins Haus. Ihr Verhalten ließ vermuten, daß Matsuda nicht viele Besucher gehabt hatte, seit ich vor achtzehn Monaten zum letzten Mal hier gewesen war.

«Er ist viel kräftiger als das letzte Mal», sagte Fräulein Suzuki froh.

Sie führte mich in den Empfangsraum, und schon wenige Augenblicke später erschien Matsuda. Er ging ohne fremde Hilfe und trug einen lockeren Kimono. Über das Wiedersehen mit mir freute er sich sichtlich. Wir plauderten eine Weile über belanglose Dinge und über gemeinsame Bekannte. Ich glaube, daß ich Matsuda erst für sein aufmunterndes Schreiben während meiner letzten Krankheit dankte, nachdem Fräulein Suzuki den Tee serviert und uns allein gelassen hatte.

«Sie scheinen sich gut erholt zu haben, Ono», bemerkte er. «Wenn man Sie anschaut, würde man nie glauben, daß Sie vor kurzem krank gewesen sind.»

«Ja, ich fühle mich jetzt viel besser», sagte ich. «Allerdings darf ich mir nicht zuviel zumuten. Und ich muß immer diesen Stock mit mir herumtragen. Ansonsten geht es mir so gut wie eh und je.»

«Sie enttäuschen mich, Ono. Ich hatte gedacht, wir zwei alten Männer könnten uns gegenseitig unsere Gebrechen erzählen. Aber da sind Sie nun und sehen genauso aus wie letztes Mal. Ich hingegen muß hier sitzen und Sie um Ihre Gesundheit beneiden.»

«Unsinn, Matsuda, Sie sehen sehr gut aus.»

«Nein, das können Sie mir nicht weismachen, Ono», erwiderte er lachend. «Wahr ist nur, daß ich seit einem Jahr ein bißchen zugenommen habe. Aber, sagen Sie, ist Noriko-san glücklich? Ich habe gehört, daß es mit ihrer Hochzeit geklappt hat. Bei Ihrem letzten Besuch machten Sie sich große Sorgen um ihre Zukunft.»

«Die Dinge haben sich sehr gut entwickelt. Im Herbst erwartet sie ein Kind. Nach all den Sorgen geht es ihr jetzt besser, als ich es jemals zu hoffen gewagt habe.»

«Soso, im Herbst werden Sie also Großvater. Das ist wirklich etwas, worauf Sie sich freuen können.»

«Nun», sagte ich, «meine älteste Tochter erwartet nächsten Monat ihr zweites Kind. Sie hat sich so danach gesehnt, noch ein Kind zu haben. Es ist also eine besonders erfreuliche Nachricht.»

«Das ist es in der Tat. Zwei Enkelkinder, auf die Sie sich freuen können!» Matsuda lächelte vor sich hin und nickte mit dem Kopf. Dann sagte er: «Sie entsinnen sich zweifellos, Ono, daß ich immer viel zu sehr damit beschäftigt war, die Welt zu verbessern, um ans Heiraten zu denken. Erinnern Sie sich noch an unsere Diskussionen damals vor Ihrer Heirat mit Michiko-san?»

Wir mußten beide lachen.

«Zwei Enkelkinder», wiederholte Matsuda. «Da können Sie sich wirklich auf etwas freuen.»

«Ja, ich habe mit meinen Töchtern großes Glück gehabt.»

«Sagen Sie, Ono, malen Sie eigentlich noch?»

«Nur ein paar Aquarelle. Zum Zeitvertreib. Zumeist Pflanzen und Blumen. Zu meinem eigenen Vergnügen, nichts weiter.»

«Ich freue mich jedenfalls, daß Sie wieder malen. Letztes Mal glaubte ich schon, Sie hätten das Malen endgültig aufgegeben. Sie wirkten damals sehr enttäuscht.»

«Das stimmt wahrscheinlich. Ich hatte schon seit langer Zeit nichts mehr gemalt.»

«Ja, Ono, Sie wirkten wirklich sehr enttäuscht.» Matsuda blickte lächelnd zu mir auf und fuhr fort: «Aber das ist natürlich nicht verwunderlich, wenn man bedenkt, daß Sie damals unbedingt etwas Großes leisten wollten.»

Ich erwiderte sein Lächeln und sagte: «Das gilt auch für Sie, Matsuda. Ihre Ziele waren nicht geringer. Immerhin waren Sie es, der das Manifest für unsere Kampagne während der China-Krise verfaßte. Von bescheidenen Zielsetzungen konnte da wohl kaum die Rede sein.»

Wieder lachten wir beide, dann sagte er:

«Sie erinnern sich zweifellos daran, Ono, daß ich Sie als naiv bezeichnete und wegen Ihres engen künstlerischen Horizonts verspottete. Sie wurden immer so wütend! Und jetzt sieht es am Ende so aus, als hätten wir beide die Augen nicht weit genug aufgemacht.»

«Das stimmt wahrscheinlich. Hätten Menschen wie Sie und ich die Dinge damals ein bißchen klarer gesehen, wer weiß, vielleicht hätten wir dann wirklich etwas Gutes zustande gebracht, Matsuda. Wir hatten eine Menge Energie und auch Mut. Daran kann es uns wirklich nicht gefehlt haben, sonst hätten wir nicht die ‹Kampagne für ein neues Japan› ausgeheckt. Erinnern Sie sich?»

«Allerdings! Wir haben uns damals mit ein paar mächtigen

Gegnern angelegt, und die Sache hätte uns leicht über den Kopf wachsen können. Es muß uns tatsächlich sehr ernst gewesen sein, Ono.»

«Manches ist mir nie richtig klar geworden. Den begrenzten Horizont eines Künstlers nennen Sie das. Selbst heute kann ich mir nur schwer vorstellen, daß die Welt weit über die Grenzen unserer Stadt hinausreicht.»

«Und ich», sagte Matsuda, «kann mir heutzutage schlecht vorstellen, daß es eine Welt jenseits von meinem Garten gibt. Vielleicht haben Sie jetzt den weiteren Horizont, Ono.»

Darüber mußten wir beide erneut lachen. Matsuda nippte an seinem Tee.

«Es gibt trotzdem keinen Grund, warum wir uns mit Selbstvorwürfen quälen sollten. Immerhin haben wir nach unserer Überzeugung gehandelt und unser Bestes gegeben. Erst am Ende hat sich herausgestellt, daß wir ganz gewöhnliche Menschen sind, gewöhnliche Menschen mit begrenztem Horizont. Unser Pech war einfach, gewöhnliche Menschen in Zeiten wie diesen gewesen zu sein.»

Matsudas Erwähnung seines Gartens hatte mein Augenmerk in diese Richtung gelenkt. Es war ein milder Nachmittag im Frühjahr. Fräulein Suzuki hatte eine Schiebetür halb offengelassen, so daß ich von dort, wo ich saß, den Widerschein der Sonne auf den blanken Dielenbrettern der Veranda sehen konnte. Eine sanfte Brise wehte von draußen herein, und die Luft roch ein wenig nach Rauch. Ich stand auf und trat zur Schiebetür.

«Brandgeruch macht mich unruhig», sagte ich. «Noch vor kurzem bedeutete er Bomben und Feuer.» Ich betrachtete den Garten ein Weilchen, dann fuhr ich fort: «Nächsten Monat jährt sich Michikos Tod schon zum fünften Mal.»

Matsuda schwieg eine Zeitlang. Schließlich hörte ich ihn hinter mir sagen:

«Heutzutage bedeutet Brandgeruch normalerweise, daß der Nachbar seinen Garten in Ordnung bringt.»

Drinnen im Haus begann eine Uhr zu schlagen.

«Zeit, die Karpfen zu füttern», sagte Matsuda. «Es hat mich viel Zeit und viele Worte gekostet, bis mir Fräulein Suzuki endlich wieder erlaubte, die Karpfen zu füttern. Früher habe ich das regelmäßig getan, aber dann glitt ich auf einem der Trittsteine aus, und danach wollte Fräulein Suzuki davon lange nichts wissen.»

Matsuda erhob sich. Auf der Veranda schlüpften wir in bereitstehende Strohsandalen und gingen in den Garten hinunter. Der sonnenbeschienene Teich lag am anderen Ende, und auf dem Weg dorthin traten wir Schritt für Schritt behutsam auf die Reihe flacher Steine, die sich quer über das von Moos bedeckte, leicht gewellte Gelände hinzog.

Während wir am Rand des Teiches standen und in das trübe grüne Wasser hinabblickten, ließ ein Geräusch uns aufblicken. Nicht weit von uns äugte ein vier oder fünf Jahre alter Knabe über den Rand des Gartenzaunes, wobei er sich mit beiden Händen an einen Ast klammerte. Matsuda lächelte und rief:

«Ah, guten Tag, Botchan!»

Der Junge starrte uns sekundenlang an, dann verschwand er. Matsuda begann lächelnd, Fischfutter ins Wasser zu streuen. «Der Sohn von einem Nachbarn», sagte er. «Um diese Tageszeit klettert er immer auf einen Baumstumpf und wartet ab, bis ich aus dem Haus trete, um meine Karpfen zu füttern. Er ist so schüchtern, daß er jedesmal wegläuft, wenn ich ihn anspreche.» Er lachte in sich hinein. «Ich habe mich oft gefragt, warum er sich Tag für Tag die Mühe macht. Es gibt hier nicht viel zu sehen – nur einen alten Mann mit einem Stock, der an einem Teich steht und Karpfen füttert. Wer weiß, was er daran so faszinierend findet.»

Ich blickte wieder zu der Stelle hin, wo ich kurz zuvor hinter dem Zaun das kleine Gesicht gesehen hatte, und sagte: «Nun, heute gab es für ihn eine Überraschung, heute sah er zwei alte Männer mit Stöcken am Teich stehen.»

Matsuda lachte fröhlich und warf noch mehr Fischfutter ins Wasser. Zwei oder drei prächtige Karpfen waren an die Oberfläche gekommen. Ihre Schuppen glänzten in der Sonne.

«Offiziere, Politiker, Geschäftsleute», sagte Matsuda. «Solchen Leuten hat man die Schuld an dem gegeben, was mit unserem Land passiert ist. Menschen wie Sie und ich, Ono, haben nur als Randfiguren dazu beigetragen. Es kümmert niemanden mehr, was wir damals getan haben. Man schaut uns an und sieht zwei alte Männer mit Stöcken.» Er lächelte mich an und widmete sich dann wieder seinen Fischen. «Wir sind die einzigen, denen das jetzt noch etwas bedeutet. Ja, Ono, wenn wir auf unser Leben zurückblicken und sehen, wo wir versagt haben, dann sind wir die einzigen, für die das jetzt noch wichtig ist.»

Die Art und Weise, wie Matsuda dies an jenem Nachmittag sagte, ließ ahnen, daß er durchaus kein enttäuschter Mensch war, und deshalb gibt es keinen Grund anzunehmen, daß er als solcher gestorben ist. Mag sein, daß er im Rückblick auf sein Leben den einen oder anderen Mangel entdeckt hatte, aber gewiß hatte es auch Bereiche gegeben, auf die er stolz sein konnte, denn wie er selbst bemerkte, bleibt Menschen unseres Schlages die Genugtuung, daß wir immer in bestem Glauben gehandelt haben. Natürlich haben wir uns manchmal verstiegen und erwiesen uns als sehr engstirnig, aber dies war sicher besser, als unsere Überzeugungen aus Mangel an Willenskraft und Mut nie in die Tat umzusetzen. Wenn man fest genug von einer Sache überzeugt ist, dann kommt irgendwann der Punkt, wo längeres Zaudern verwerflich ist. Ich vertraue darauf, daß Matsuda so oder so ähnlich gedacht hat, als er auf sein eigenes Leben zurückblickte.

Es gibt da einen besonderen Augenblick, der mir oft in den Sinn kommt. Es war im Mai 1938, kurz nachdem mir der Preis der Shigeta-Stiftung verliehen worden war. Ich hatte im Verlauf meiner Karriere schon mehrere Auszeichnungen erhalten, aber der Preis der Shigeta-Stiftung war in den Augen der meisten Leute ein besonders wichtiger Meilenstein. Außerdem hatten wir, wie ich mich erinnere, in derselben Woche unsere «Kampagne für ein neues Japan» abgeschlossen, und sie war ein großer Erfolg geworden. Am Abend nach der Preisverleihung wurde deshalb kräftig gefeiert. Vom Alkohol benebelt, saß ich im Migi-Hidari im Kreis meiner Schüler und mehrerer Kollegen und hörte zu, wie mir zu Ehren eine Ansprache nach der anderen gehalten wurde. Alle möglichen Bekannten schauten an jenem Abend im Migi-Hidari vorbei, um mir zu gratulieren, und ich entsinne mich sogar, daß ein Polizeichef, den ich nie zuvor gesehen hatte, hereinkam und mir seine Aufwartung machte. Doch mochte ich auch glücklich sein, so stellte sich bei mir dennoch kein Gefühl des Triumphes ein, wie man es nach der Verleihung eines solchen Preises erwartet hätte. Tatsächlich bemächtigte sich meiner eine solche Empfindung erst Tage später, als ich mich in der hügeligen Landschaft der Provinz Wakaba aufhielt.

Seit etwa sechzehn Jahren war ich nicht nach Wakaba zurückgekehrt – nämlich seit dem Tage, als ich, zu allem entschlossen und dennoch voller Angst vor der Zukunft, Mori-sans Villa verlassen hatte. Während all der Jahre hatte ich zwar äußerlich die Verbindung zu Mori-san abgebrochen, jedoch sämtliche meinen einstigen Lehrer betreffenden Nachrichten voller Neugier aufgenommen, und so wußte ich sehr wohl, daß es mit seinem Ruf in unserer Stadt stetig bergab ging. Sein Bemühen, europäische Einflüsse in die Utamaro-Tradition einzubringen, wurde längst als zutiefst unpatriotisch angesehen, und dem Vernehmen nach brachte er nur noch mit Mühe die eine oder andere Ausstellung an Schauplätzen mit von Mal zu Mal weniger Prestige zustande. Ich hatte sogar von verschiedener Seite gehört, er sei dazu übergegangen, volkstümliche Magazine zu illustrieren, um Einkommensverluste auszugleichen. Ich konnte sicher sein, daß Mori-san meine Laufbahn ebenfalls verfolgte und von der Verleihung des Shigeta-Preises an mich gehört hatte. So kam es, daß ich mir der Veränderungen, die die Zeit für uns beide mit sich gebracht hatte, in aller Schärfe bewußt war, als ich an jenem Tag im Bahnhof des Dorfes aus dem Zug stieg.

Es war ein sonniger Nachmittag im Frühjahr. Ich machte mich zu Mori-sans Villa auf und folgte den schmalen Fußwegen durch das gewellte, bewaldete Land. Langsam schritt ich dahin und genoß die mir einst so wohlbekannte Erfahrung des Wanderns. Die ganze Zeit machte ich mir Gedanken, was wohl geschehen würde, wenn ich Mori-san erneut von Angesicht zu Angesicht gegenübertreten würde. Vielleicht empfing er mich als Ehrengast; oder vielleicht behandelte er mich so kühl und teilnahmslos wie während meiner letzten Tage in der Villa; oder aber er verhielt sich mir gegenüber fast genauso wie in der Zeit, als ich sein Lieblingsschüler gewesen war – also so, als hätte sich unser jeweiliger Status nicht grundlegend verändert. Die letztgenannte Möglichkeit schien mir die wahrscheinlichste, und ich weiß noch, daß ich mir überlegte, wie ich reagieren sollte. Ich würde, beschloß ich, nicht an die alten Gewohnheiten anknüpfen und ihn mit «Sensei» titulieren, sondern ihn statt dessen einfach wie einen Kollegen anreden. Falls er sich dann hartnäckig weigerte, meine jetzige Position anzuerkennen, würde ich nach einem freundlichen Lachen etwa folgendes sagen: «Wie Sie sehen, Mori-san, habe ich meine Zeit nicht mit dem Illustrieren von Comic-Heften verschwenden müssen, wie Sie einst befürchtet haben.»

Irgendwann stand ich dann an jener Stelle des Höhenweges, die einen schönen Blick auf die von Bäumen umgebene Villa in der Talsohle gewährte. Ich hielt kurz inne, um das Panorama zu bewundern, wie ich es vor Jahren so oft getan hatte. Ein frischer Wind wehte, und tief unten in der Senke konnte ich die Bäume gemächlich schwanken sehen. Ich fragte mich, ob die Villa wohl renoviert worden war, aber von weitem war das nicht festzustellen.

Nach einer Weile setzte ich mich mitten ins wilde Gras, das auf dem Kamm des Hügels wuchs, blickte aber weiter auf Mori-sans Villa hinab. Am Bahnhof hatte ich an einem Stand ein paar Orangen gekauft. Ich wickelte sie aus meinem Taschentuch und aß sie eine nach der anderen auf. Während ich dort saß, auf Mori-sans Villa hinabschaute und den Geschmack jener frischen Orangen genoß, stieg in mir allmählich aus dem tiefsten Inneren ein Gefühl des Triumphes und der Genugtuung auf. Es ist schwer, diese Empfindung zu beschreiben, denn sie unterschied sich durchaus von dem Übermut, der einen nach kleineren Siegen überkommt – und sie war auch, wie schon gesagt, ganz anders als alles, was ich beim Feiern im Migi-Hidari gefühlt hatte. Jetzt erfüllte mich eine tiefe Beglückung, und sie wurde von der Überzeugung genährt, daß nun all die Mühen gerechtfertigt waren, daß die harte Arbeit und die Anfechtungen sich gelohnt hatten, und daß ich etwas von wirklichem Wert und hohem Rang vollbracht hatte. Ich machte an jenem Tag keinen Schritt mehr auf die Villa zu – es schien so sinnlos. Ich saß einfach nur da, etwa eine Stunde lang, und verzehrte zufrieden meine Orangen.

Es ist anzunehmen, daß nicht vielen Menschen die Erfahrung eines solchen Gefühls vergönnt ist. Leute vom Schlage Shintaros oder meines Freundes Schildkröte gehen vielleicht unbeirrt ihren Weg, tüchtig und harmlos zugleich, doch ihresgleichen wird nie jenes besondere Gefühl kennenlernen, das mich an jenem Tag erfüllte, denn sie wissen nicht, was es bedeutet, beim Versuch, sich über das Mittelmaß zu erheben, alles aufs Spiel zu setzen.

Matsuda hingegen war ein anderer Fall. Zwar stritten wir uns oft, aber unsere Einstellung zum Leben war dieselbe, und ich bin voller Zuversicht, daß er auf das eine oder andere Erlebnis dieser Art zurückblicken konnte. Sicher hatte er ähnliches im Sinn, als er bei unserer letzten Unterredung freundlich lächelnd sagte: «Immerhin haben wir nach unseren Überzeugungen gehandelt und unser Bestes gegeben.» Wie immer man in späteren Jahren die eigenen Leistungen einschätzt – stets ist es ein Trost zu wissen, daß es im Leben einen oder zwei Augenblicke wirklicher Zufriedenheit gegeben hat, also Augenblicke wie jenen, den ich auf dem Höhenweg erlebte.

Nachdem ich gestern morgen ein Weilchen auf der Brücke des Zauderns gestanden und Matsudas gedacht hatte, setzte ich meinen Weg fort und kam in unser einstiges Vergnügungsviertel. Es ist nicht mehr wiederzuerkennen, denn dort gibt es jetzt nur noch Neubauten. Die enge kleine Straße voll Menschengewimmel und wehenden Fahnen vor den zahlreichen Etablissements hat einer breiten Betonstraße weichen müssen, auf der den ganzen Tag schwere Lastwagen hin- und herfahren. Wo früher Frau Kawakamis Haus stand, erhebt sich jetzt ein vierstöckiges Bürogebäude mit Glasfassade. In der Nachbarschaft gibt es noch mehr solcher Bauten, und tagsüber sieht man dort Angestellte, Lieferanten und Boten geschäftig ein- und ausgehen. Lokale sucht man bis Furukawa vergebens, aber hier und dort fällt einem ein Stück Zaun oder ein Baum ins Auge – in diesem neuen Rahmen ein befremdlicher Anblick.

An der Stelle, wo einst das Migi-Hidari stand, erblickt man nun den Vorhof mehrerer etwas von der Straße zurückgesetzter Bürohäuser. Einige leitende Angestellte parken in diesem Hof ihre Autos, aber meist sieht man nur eine leere, glatte Asphaltfläche mit ein paar vereinzelten frischgepflanzten Bäumchen. Vorn an der Straße steht eine Bank, wie man sie in Grünanlagen findet. Für wen man sie dort aufgestellt hat, weiß ich nicht zu sagen, denn noch nie habe ich auf ihr jemanden sitzen und sich ausruhen sehen. Ich male mir gern aus, daß die Bank nahe der Stelle steht, wo einst unser Tisch im Migi-Hidari stand, und deshalb nehme ich manchmal für ein Weilchen auf ihr Platz. Es kann durchaus sein, daß es keine öffentliche Bank ist, aber sie steht dicht an der Straße, und bisher hat noch niemand, der mich dort sitzen sah, dagegen protestiert. Gestern morgen – die Sonne schien so schön – verweilte ich dort wieder einmal für kurze Zeit und beobachtete das Treiben um mich her.

Es muß wohl kurz vor der Mittagspause gewesen sein, denn auf der anderen Seite der Straße strömten Gruppen von Angestellten mit ihren blendend weißen Hemdsärmeln aus dem Glasgebäude, das sich jetzt dort erhebt, wo noch vor kurzem Frau Kawakamis Haus stand. Während ich zu ihnen hinüberblickte, wurde mir plötzlich klar, wie sehr diese jungen Leute von Optimismus und Begeisterung erfüllt waren. Einmal sah ich zwei junge Männer aus dem Bürohaus kommen und draußen stehenbleiben, um sich mit einem dritten zu unterhalten, der gerade hineingehen wollte. Sie standen auf den Stufen unter der Glasfassade in der Sonne und lachten. Einer, dessen Gesicht ich am deutlichsten sehen konnte, lachte besonders fröhlich, und darin lag etwas von der Offenheit und Unschuld eines Kindes. Gleich darauf verabschiedeten sich die drei Kollegen mit einer raschen Handbewegung voneinander und gingen ihrer Wege.

Ich lächelte still in mich hinein, während ich diese drei jungen Angestellten von meiner Bank aus beobachtete. Wenn ich manchmal an all die hellerleuchteten Bars mit den vielen, im Schein der Lampen versammelten Gästen zurückdenke und mir vorstelle, wie sie vielleicht ein bißchen ungezügelter, aber doch mit derselben Gutherzigkeit gelacht haben, dann ergreift mich so etwas wie Heimweh nach der Vergangenheit und dem Vergnügungsviertel von einst. Doch wenn ich dann sehe, wie unsere Stadt wiederaufgebaut worden ist und wie sich alles in ein paar

Jahren rasch erholt hat, dann empfinde ich echte Freude. Mir scheint, daß unsere Nation ungeachtet aller Fehler, die sie in der Vergangenheit gemacht haben mag, nun erneut die Möglichkeit hat, einen besseren Weg zu beschreiten. Man kann den jungen Leuten nur alles Gute wünschen.

Jenny Diski

Jenny Diski ist eine ungewöhnliche, spannend zu lesende Autorin, die für ihre Romane immer Tabu-Themen wählt, um Versäumnisse unserer Gesellschaft aufzuzeigen. Ihre präzisen psychologischen Beobachtungen, die erschreckend authentischen Dialoge machen ihre Romane zu einem schockierenden Leseerlebnis.

Mutterkind
Roman. 210 Seiten, Linson,
ISBN 3-608-95746-4

Niemand versteht, daß Frances ihr behindertes Kind behalten will, das ohne Großhirn geboren wird. Doch für sie macht es Sinn, daß sie ein Wesen zur Welt bringt, das keine Empfindungen kennt.

Küsse und Schläge
Roman. 264 Seiten, Linson,
ISBN 3-608-95556-9

»Ich bewundere dieses traurige, dieses ehrliche Buch, die Geschichte einer ungewöhnlichen Liebe, welche den vielfältigen physischen und emotionalen Abhängigkeiten mutig nachspürt, die wir Sadomasochismus nennen.« (Doris Lessing)

Regenwald
Roman. 209 Seiten, Linson,
ISBN 3-608-95712-X

»Jenny Diski ist ein erstaunliches und notwendiges, weil wirklich verstörendes Buch gelungen. Es bringt uns den beklemmenden Gedanken, bei unserer Spezies könne es sich möglicherweise nur um eine weitere Fehlkonstruktion der Natur handeln.« (FAZ)

Klett-Cotta

Postfach 10 60 16, 7000 Stuttgart 10